El doble secreto
de la familia Lessage

El doble secreto
de la familia Lessage

Sandrine Destombes

Traducción de María Teresa Gallego Urrutia
y Amaya García Gallego

ROJA Y NEGRA

Para mi marido, ese héroe.

Prólogo

1 de septiembre de 1989

… las autoridades de tráfico recomiendan a todos los conductores que eviten las vías principales entre las diez de la mañana y las seis de la tarde. En lo que al domingo se refiere, se establece el código naranja.

Sucesos: sigue sin hallarse ninguna pista del paradero de los mellizos de Piolenc, los dos niños de once años desaparecidos el pasado sábado durante la fiesta del ajo, que se celebró en la localidad, como todos los años, el último fin de semana de agosto. La gendarmería de Orange va a realizar otra batida mañana a partir de las diez. Nuestro enviado especial en la Provenza, Matthieu Boteau, ha recabado el testimonio de varios vecinos que van a participar en las labores de búsqueda…

11 de noviembre de 1989

… gracias a Olivier Yann y a Bertrand Corte por ofrecernos estas imágenes. Con motivo de este acontecimiento, Antenne 2 emitirá esta noche un reportaje elaborado con documentos de sus archivos sobre las etapas de la construcción del muro de Berlín, al que seguirá un programa especial en el que intentaremos explicarles los retos políticos y económicos a los que tendrá que hacer frente Alemania de aquí en adelante.

Y sin solución de continuidad, pasamos a los sucesos: el caso de los mellizos de Piolenc ha dado esta mañana un vuelco dramático. En efecto, el cuerpo de la niña, Solène, ha aparecido en el cementerio de la capilla de Saint-Michel de Castellas, cerca de Uchaux, es decir, a menos de diez kilómetros del lugar donde se la vio por última vez. Según las primeras constataciones de la gendarmería, la niña llevaba muerta al menos veinticuatro horas. Hemos tenido ocasión de hablar con el jardinero de la parroquia que realizó este macabro hallazgo. Aún muy emocionado, el hombre ha comparado a la pequeña Solène con un ángel. Llevaba puesto un vestido blanco y una corona de flores en el pelo. Parecía tan serena que al principio el jardinero pensó que estaba dormida, a pesar del frío, antes de reconocer el rostro de la niña desaparecida, cuyo retrato aún se sigue difundiendo ampliamente por la zona. De momento, sigue sin encontrarse al hermano mellizo, pero es obvio que este hallazgo va a impulsar de nuevo las investigaciones con la esperanza de que se puedan aprovechar nuevos indicios...

1 de enero de 1990
... que suman 197 coches incendiados solo en este departamento. Aun así, la Prefectura quiere destacar que se trata de una cifra ligeramente inferior a la del año pasado.

En esta noche de San Silvestre, cabe destacar otro acto de vandalismo que sin embargo no es consecuencia del ambiente festivo y el alcohol: los vecinos de Piolenc, una pequeña localidad del departamento de Vaucluse, se han encontrado con varias pintadas cargadas de odio en la fachada del Ayuntamiento. Acusaciones contra las autoridades, escritas en color rojo sangre, por no poner más empeño en buscar a Raphaël, el mellizo de Piolenc del que sigue sin tenerse noticias.

La investigación sobre el asesinato de su hermana sigue abierta, pero la gendarmería de Orange reconoce entre líneas que no alberga muchas esperanzas de que haya un final feliz para este niño de tan solo, recordémoslo, once años de edad.

14 de febrero de 1996
… esta festividad, tan popular al otro lado del Atlántico, tiene, sin embargo, divididos a los franceses. En efecto, aunque la perspectiva de una cena íntima en un restaurante o de un regalito no parece disgustar a las damas, la encuesta a pie de calle que vamos a ofrecerles deja muy claro que los caballeros no son de la misma opinión y están convencidos de que esta festividad del amor es, ante todo, una estratagema comercial…

Gracias a Alain Faure por ofrecernos estas imágenes. Volvemos ahora al tema con el que abríamos la semana. El lunes, Victor Lessage presentará una petición para que se reanude la investigación del asesinato de su hija Solène y la desaparición de su hijo Raphaël. Siete años después de los hechos, este padre afirma estar dispuesto a exhumar el cuerpo de la niña para que le tomen muestras de ADN. Cabe destacar que desde hace un año, los servicios policiales utilizan cada vez más esta técnica que ha permitido resolver en poco tiempo numerosos casos. Nos acompaña en el plató Michel Chevalet, que va a intentar explicarnos en qué consiste esta técnica del ADN mitocondrial (espero haberlo pronunciado correctamente) y a decirnos por qué este descubrimiento está revolucionando el ámbito judicial.

31 de agosto de 2009
… precisamente el señor Luc Chatel, a cargo de la cartera de Educación desde hace tan solo dos meses, estará en nuestro

plató mañana por la mañana para explicar qué va a cambiar este curso para nuestros niños y para responder a las preguntas de los telespectadores.

Hoy a las tres de la tarde se celebrará el sepelio de Luce Lessage, madre de los mellizos de Piolenc. Luce Lessage se suicidó el pasado miércoles, coincidiendo con los veinte años de la desaparición de sus hijos. Recordemos que el cuerpo de la niña, Solène, se encontró al cabo de dos meses y medio y que su asesinato nunca llegó a resolverse. Por su parte, su hermano Raphaël sigue en paradero desconocido. Después de la ceremonia, en la localidad de Piolenc tendrá lugar una marcha blanca. Los organizadores prevén que asistan más de diez mil personas, es decir, el doble de la población de Piolenc, y aspiran a despertar el interés mediático por este caso tan turbio que nadie está dispuesto a olvidar en la región. En principio, Victor Lessage, padre de los mellizos, encabezará la marcha.

21 de junio de 2018

… a pesar del dispositivo que han puesto en marcha las fuerzas del orden desde hace dos días, sigue sin aparecer ningún rastro de la pequeña Nadia Vernois. A la niña de once años se la vio por última vez delante de su colegio, La Ròca, en Piolenc. Nadia, que suele volver a casa en compañía de dos amigas, les dijo a estas que tenía cita en el médico y se marchó en dirección contraria. Desde entonces, nadie ha vuelto a saber nada de ella. Conviene precisar que esta desaparición les trae muy malos recuerdos a los vecinos del pueblo. En efecto, hace veintinueve años, a falta de un par de meses, desaparecían también los hermanos mellizos de Piolenc, Solène y Raphaël. Esperemos que la pequeña Nadia no corra la misma suerte que Solène, cuyo asesinato, que sigue sin resolverse, prescribirá el mes próximo.

Y para terminar con una nota alegre, o casi, les recordamos que esta trigésima sexta edición de la fiesta de la música estará pasada por agua para gran parte de los franceses. Cosa que no parece desanimar a los jóvenes músicos en ciernes con los que Florent Thomas se ha reunido para informarnos. Adelante, Florent…

1

Jean no le quitaba ojo a Victor Lessage, esperando una explicación que no acababa de llegar. Sus antiguos compañeros de la gendarmería de Orange le habían hecho un favor dejándole sentarse enfrente de ese hombre al que conocía desde hacía casi treinta años y que ahora estaba detenido. Era el propio Victor quien había solicitado su presencia. Después de tantos años, el padre de los mellizos seguía confiando en él y Jean no estaba seguro de merecérselo.

—Dime que no has tenido nada que ver con la desaparición de Nadia.

—¿Cómo puedes preguntarme algo así? —contestó Victor con expresión abatida.

Esa cara no se la conocía Jean. Era nueva. Desde hacía tres décadas, Victor Lessage era un hombre airado. Un hombre sublevado, provocador, a veces, incluso, acusador, pero un hombre abatido, jamás. A Jean le sabía mal haberle hecho esa pregunta, pero Victor tenía los elementos en contra y no le hacía ningún favor ignorándolo.

—¿Por qué me has llamado?

—Sabes de sobra que no me van a hacer caso. Soy el sospechoso ideal. Llevo meses peleando para que al asesinato de Solène no le apliquen la prescripción y va alguien y secuestra

15

a otra niña justo antes de la fecha fatídica. Seguro que los investigadores reabren mi caso. Aunque tus amiguitos nunca hayan sido muy espabilados, no es muy difícil atar cabos. Soy el primero que puede sacar algo de este crimen. Si fuera ellos, yo también me habría detenido.

Jean sonrió. Desde que se conocían, Victor nunca había ocultado el desprecio que sentía por los agentes uniformados y no podía culparlo. Sus dos hijos habían desaparecido, la niña para siempre y el niño puede que también, pero nadie había podido ofrecerle la mínima explicación. Lo que no entendía era por qué él, Jean Wimez, encargado de la investigación en el momento de los hechos, le había merecido siempre un poco más de simpatía.

—Tienen otros indicios contra ti —prosiguió Jean a su pesar—. Han encontrado una horquilla de la niña en tu salón.

—Nadia venía a verme de vez en cuando.

—¿Cómo que iba a verte? ¿Desde cuándo? ¿Se lo has contado a mis compañeros?

—¿Para que me tomen por un viejo verde? Gracias, pero no.

—¡Dime por qué iba Nadia a tu casa! —insistió Jean, incómodo.

—Relájate, Jeannot, que no es lo que te piensas. No hay nada enfermizo. Seguro que cualquier psiquiatra de andar por casa te diría que es una transferencia que hago sobre la niña, pero te juro que no es eso. Nadia conocía nuestra historia y había estudiado el tema bastante a fondo. Quería hacer un trabajo de clase sobre Solène. Un proyecto para presentarlo a final de curso. Ya sabes, de esos que se van haciendo poco a poco y luego se exponen delante de toda la clase. A la cría se le había metido en la cabeza que todos los niños de su edad tenían que saber lo que le había pasado a nuestra familia. Una obligación de recordar, en cierto modo. Tenía muy buen corazón, ¿sabes?, y era de lo más madura.

—¿Por qué hablas en pasado? —lo interrumpió Jean con un tono más seco de lo que pretendía.

—Tienes razón —dijo Victor en voz baja—. Va a resultar que sí que estoy haciendo la puñetera transferencia esa. Mira, Jean, no sé lo que le habrá pasado a esa niña, pero te juro que si me dejan salir de aquí seré el primero en buscarla. No vayas a creer que me voy a sentir menos solo si le pasa algo. La pena no es algo que se comparta. Al final, lo he asumido.

Jean escudriñaba a ese hombre al que siempre había admirado en secreto. Victor había peleado como un poseso todos aquellos años. Para que se hiciera justicia, para que la gente no los olvidara, ni a él ni a sus hijos. Ni siquiera el suicidio de su mujer había podido calmar su sed de verdad. Victor Lessage había dedicado todo su tiempo libre a buscar la grieta que le permitiese provocar un cataclismo. Se leía todas las revistas científicas al acecho de alguna tecnología nueva que los investigadores pudiesen aplicar a su caso. Así fue como se le ocurrió hacer una prueba de ADN cuando en la gendarmería el tema estaba aún en mantillas. Por desgracia, Victor exhumó a su hijita en vano. Los resultados de las pruebas no fueron concluyentes y, una vez más, Victor tuvo que tascar el freno. Había fundado una asociación en memoria de Solène que atrajo muchas adhesiones los primeros años, aunque con el tiempo se fueron espaciando. Cuando apareció Facebook, Victor se compró de inmediato un ordenador para abrir una cuenta. Hacía tiempo que había comprendido el impacto que podía tener un medio de comunicación. Su golpe de efecto en el Ayuntamiento, que se emitió por televisión casi treinta años antes, le valió el apoyo de muchísimos desconocidos desperdigados por toda Francia. De modo que Victor utilizó las nuevas herramientas que tenía a su alcance, las redes sociales. Su perfil contaba con más de cinco mil «amigos». No conocía a ninguno personalmente, lo cual no le impedía recurrir a ellos cada vez que quería recordarles a las autoridades que su caso seguía sin resolver. Hasta el momento, ninguno de estos esfuerzos había dado frutos y eso era seguramente lo que obligaba a Jean a admirarlo. Aquel viudo, que se había quedado sin hijos, no se rendía nunca.

—Los compañeros me han dicho que no tenías coartada para el momento de la desaparición —continuó al cabo de unos instantes.

—¿Cuándo vas a dejar de llamarlos «compañeros»? —replicó Victor—. Hace casi diez años que te jubilaste.

—Ya sabes lo que dicen: quien ha sido gendarme…

—¡No lo he oído nunca!

—Igual me lo he inventado —reconoció Jean de buena fe—. Pero volvamos a la coartada, ¿te parece?

—¿Qué quieres que te cuente que no les haya contado ya? Estaba en casa. Solo. Como todos los días de la semana desde que Luce decidió ponerse la soga al cuello.

—¿Nadie te vio ese día?

—¿Qué parte no entiendes de «solo»?

—Tómatelo en serio, por favor. ¿Puede que hicieras una llamada? ¿O que compraras una peli en VOD?

—¿En mitad de la tarde?

—¡Esfuérzate, Victor! Por si no te habías enterado, estoy intentando ayudarte.

Victor pareció pensarse más a fondo la respuesta pero acabó meneando la cabeza de derecha a izquierda.

—¡Solo y ocioso! ¡El culpable perfecto!

—¡Me parece que no te das cuenta de lo grave que es esta situación! —se impacientó Jean.

—Todo lo contrario —contestó Victor fríamente—. Si alguien puede darse cuenta, ¡ese soy yo! Mientras tú y yo estamos aquí de palique y tus compañeros, como tú los llamas, se inventan pruebas de pacotilla, no hay nadie buscando a Nadia.

—¡Mentira! No puedes decir algo así. Están todos en pie de guerra. Ya han peinado tu casa y tu jardín, y ahora mismo, mientras hablamos, están haciendo una batida en tus viñedos.

—Pues entonces, que Dios proteja a esa niña, Jean, ¡porque nadie más va a hacerlo!

2

Jean llevaba dos horas tratando de sacarle información a Victor
Lessage, en vano. El hombre que tenía sentado delante parecía
ahora resignado. «El Maldito de Piolenc», tal y como lo apo-
daban algunos vecinos del pueblo, ya no reaccionaba a las pro-
vocaciones del exgendarme. Y eso que lo que esperaba conseguir Jean Wimez no era una confesión. No se creía ni por un
segundo que fuera culpable. No, lo que esperaba conseguir era
una reacción, un indicio, lo que fuera, que le sirviese para sacar
a Victor de esa situación.

También él habría preferido estar a kilómetros de allí. El
caso de los mellizos de Piolenc había sido «su» caso o, más
bien, su desastre, su maldición. Recién ascendido, se encontró
con treinta y cinco años al frente de una unidad de gestión de
crisis que pronto se vio superada. Se dice que las primeras
cuarenta y ocho horas son de crucial importancia cuando desaparece un niño. Jean comprendió demasiado tarde lo acerta-
das que eran estas estadísticas.

El exgendarme todavía se acordaba de aquella mañana del
11 de noviembre de 1989. Como tantas otras, había dormido
poco pero, por una vez, no fue por culpa de la investigación. Las
imágenes de la caída del muro de Berlín, que llevaban transmi-
tiendo en directo desde hacía veinticuatro horas, lo tenían hip-

notizado. Rostropóvich y su violonchelo lo habían conmovido tanto que acabó llorando. Pero eso no fue nada comparado con lo que iba a experimentar unas horas más tarde.

Solène y su vestido de primera comunión. La corona de flores blancas que llevaba en el pelo. Ese cuerpecito frágil que habían colocado primorosamente sobre la hierba húmeda, con una mano encima de la otra a la altura del corazón. También él opinaba como el jardinero que la había descubierto. Solène parecía un ángel.

La autopsia demostró que la niña no había sufrido maltrato ni abusos sexuales. Era un leve consuelo al que todo el pueblo se agarró como a un clavo ardiendo. Solène había muerto asfixiada. Como en la tráquea no apareció ninguna fibra, la tesis que prevaleció fue la de que el asesino la había ahogado obstruyéndole las vías respiratorias con sus propias manos. Tenía la carita muy menuda. No había que ser muy fuerte para impedirle respirar.

El traje que llevaba puesto no formaba parte de su guardarropa. Como le quedaba perfecto, dedujeron que el asesino lo había comprado para ella. Era la primera pista con la que contaban desde hacía tres meses. Los investigadores preguntaron en todas las tiendas de ropa infantil de la región y también en los talleres de costura y de arreglos, pero no sacaron nada en limpio.

Tras varias semanas de búsqueda, las fuerzas policiales tuvieron que rendirse a la evidencia. El hallazgo del cuerpo de Solène no había servido para que avanzase la investigación. Su muerte seguía siendo un misterio y ya nadie contaba con encontrar a su hermano vivo. El único que seguía creyendo que sí lo estaba era Jean Wimez. Y Victor Lessage, por supuesto. De aquella fe común nació algo así como una amistad o, cuando menos, un respeto mutuo.

—¿Habéis buscado en el cementerio?

A Jean le sorprendió la intervención de Victor. Desde que había entrado en aquella sala de interrogatorios, las preguntas las había hecho él.

—¿El cementerio de Saint-Michel?

—¡Pues claro! ¿Cuál si no?

—Victor, por ahora, no hay nada que demuestre que el secuestro de Nadia tenga alguna relación con el de Solène.

—Y el de Raphaël.

—¿Cómo?

—¡He dicho «y el de Raphaël»! —repitió Victor, desabrido—. Parece que a todo el mundo se le olvida que mi niño sigue estando por ahí, en alguna parte.

Jean no contestó. ¿Qué podía decir, aparte de que aquel niño, de seguir vivo, tendría ya cuarenta años y que seguramente ya no le quedaba nada del niño al que tanto quería Victor?

—No sé si han ido —reconoció al fin—, pero se lo puedo sugerir.

—Gracias.

—No me des las gracias, Victor. Mientras crean que eres culpable, no estoy seguro de conseguir que me escuchen.

—Pero mi caso sí que lo reabrirán, ¿no?

—Yo, en tu lugar, no contaría demasiado con ello. Una vez más, eres el principal sospechoso y la mayoría de los que trabajan en el caso casi ni habían nacido cuando secuestraron a tus mellizos. Ya sé que no es lo que quieres oír, pero Solène y Raphaël seguramente no sean su prioridad en este momento.

—La misma edad, el mismo colegio y prácticamente la misma fecha. ¡No me digas que tienes tanta fe en que las casualidades existen!

—Lo de la edad, te lo admito. Lo del colegio, siento discrepar, pero uno de cada dos niños en Piolenc está escolarizado en La Ròca. En cuanto a la fecha, estás contando la historia como te conviene. Estamos en junio y tus hijos desaparecieron a finales de agosto.

—¿Y el hecho de que Nadia mostrase tanto interés por Solène?

—Tú mismo has dicho que no se lo habías contado a los gendarmes y eso ha sido un error, por si te interesa mi opinión.

Fue entonces cuando Jean percibió un cambio en la actitud de Victor. Una chispa en la mirada, una actitud más rígida, como si estuviera de nuevo listo para pelear.

—¡Dile al tarado ese que va de jefe que venga! —confirmó Victor con voz firme.

—Se llama Fabregas, y no tiene nada de tarado.

—Lo que tú digas.

Satisfecho por haber logrado que su interlocutor entrara en razón, Jean se dirigió hacia la puerta pero esta se abrió bruscamente y estuvo a punto de partirle la nariz.

Apareció un teniente joven. Jean no sabía cómo se llamaba, pero recordaba haberlo visto acompañando a Fabregas en la primera rueda de prensa.

—¡Llega justo a tiempo, teniente! ¿Podría decirle al capitán Fabregas que el señor Lessage está dispuesto a hablar?

El teniente hizo una pausa antes de responder:

—Precisamente vengo de su parte, capitán.

—Ya no soy capitán, teniente.

El joven asintió deprisa con la cabeza para indicar que había procesado el dato, pero aun así transmitió el mensaje.

—La hemos encontrado, señor.

Jean y Victor se miraron, atónitos. Como el teniente no contaba nada más, el exgendarme hizo un ademán con la mano para animarle a dar más detalles.

—Es que no sé si puedo decírselo delante del detenido, señor.

—Yo respondo por él, teniente. Díganos al menos si está viva.

—Lo está, señor. Los padres de Nadia nos han llamado para decirnos que su hija ha vuelto a casa.

—¿Se había escapado? —preguntó Victor, con una voz entre aliviada y consternada.

—Todavía no está muy claro —contestó el oficial—. Según cuentan también los padres, la cría parece… distinta.

—¿Distinta en qué? —preguntó Jean.

—No ha dicho esta boca es mía desde que regresó.

—¿Y ya está? —insistió Jean, que adivinaba que el teniente se estaba guardando información.

—Es por la ropa, señor.

—¿Qué pasa con la ropa?

—No iba vestida como el día que desapareció.

El teniente observó a Victor unos instantes antes de proseguir, a todas luces incómodo:

—Llevaba puesto un vestido blanco y una corona de flores en el pelo.

3

Victor iba y venía como un león enjaulado. Cuando Nadia regresó sana y salva, pensó que acto seguido lo soltarían, pero las órdenes estaban muy claras. Mientras la niña continuara muda, él seguiría en detención preventiva, al menos hasta agotar el plazo legal, es decir, potencialmente, otras treinta y dos horas.

Jean Wimez, desde luego, había intercedido por él ante Fabregas, pero el vestido blanco que llevaba puesto Nadia había recrudecido las sospechas que ya pesaban sobre Victor Lessage. En lugar de exculparlo, ese hecho apuntaba ineludiblemente hacia el caso de los mellizos de Piolenc, cuyo padre permanecía, pues, en el centro de la intriga.

Una psicopediatra que solía colaborar con las fuerzas policiales había acudido urgentemente desde Aviñón, y se encontraba en ese preciso instante con la niña. De la escasa información que había podido recabar Jean se desprendía que, tras media hora de consulta, Nadia seguía sin emitir ningún sonido.

A Victor le hervía la sangre. Consideraba que si había alguien que de verdad se mereciera hacerle preguntas a la niña, ese era él. Habría dado lo que fuera por poder estar cara a cara con ella. Nadia constituía ahora una fuente inagotable de respuestas de la que necesitaba beber.

—¡No lo entiendes, Jean, ha visto al secuestrador de mis hijos!

—Eso no lo sabemos, Victor. Puede que todo esto no sea más que una puesta en escena.

—¿Cómo puedes decir algo así?

—En estos treinta años he visto a muchísimos chalados contándome cómo se habían llevado a tus hijos o acusando a un vecino. He comprobado esas pistas una a una. ¿Y sabes qué tenían en común? Los recortes de periódico. Todos los testigos que cruzaron la puerta de mi despacho coleccionaban los puñeteros recortes de periódico. ¡Y Dios sabe cuántos hubo en su momento! ¿Te acuerdas? Todos esos artículos que describían minuciosamente cómo se desarrollaba la investigación. El cuerpo de tu pobrecita Solène, cómo lo habían encontrado, cómo iba vestida, incluso lo que había cenado la noche anterior. No faltaba ni un solo detalle. Si hasta parecía que los periodistas dormían conmigo. Por no hablar del forense que tuvo la ocurrencia de impartir una clase magistral sobre el caso apenas un año después, con la investigación aún en curso. Desde entonces blindamos la comunicación y aprendimos de nuestros errores, pero ¿a qué precio?

—¿Me estás diciendo que algún demente ha secuestrado a Nadia por diversión, solo para burlarse de nosotros? Por favor, no sigas.

—Lo único que digo, Victor, es que por ahora no sabemos nada y que no me gustaría que te hicieras falsas ilusiones. Por así decirlo.

—Lo único que quiero es que me dejen hablar con ella.

—Eso no va a pasar.

—Entonces ve a verla tú. Estoy seguro de que te dejarán hacerlo.

Sobre eso, Jean Wimez no tenía tanta confianza como Victor, aunque a él la situación también le resultaba muy frustrante. Al fin y al cabo, aquella niña quizá fuera la clave del misterio. Cuando se jubiló, Jean tenía la esperanza de dejar atrás sus viejos demonios, pero era obvio que, a pesar de todos los años transcurridos, seguía teniendo una fijación con el caso de los mellizos de Piolenc.

Tuvo una negociación muy reñida con Fabregas antes de que este accediese a su solicitud. Jean había jugado todos sus triunfos. La antigüedad, la legitimidad, pero también el afecto. Había tenido bajo sus órdenes a Fabregas cuando estaba casi recién salido de la academia y le había ayudado a ascender cada nivel del escalafón. Fabregas era un buen policía, buenísimo incluso, pero sabía que sin el respaldo de Jean su carrera no habría sido la misma. Y como además era un hombre de honor, el exgendarme supo refrescarle la memoria.

Así pues, Fabregas autorizó a Jean a ir a casa de los padres de Nadia, pero con una consigna muy clara: podía asistir a la sesión de la psicopediatra con la niña, pero sin intervenir bajo ningún concepto. La verdad es que Jean había esperado más, aunque sabía que para quedarse en el meollo de la investigación tenía que aceptar esas condiciones.

Sentado en una butaca del salón, Jean observaba a Nadia muy atento. Solo la había visto en la foto de clase que se había difundido masivamente en las últimas cuarenta y ocho horas. Su sonrisa y su aspecto travieso habían conmovido a toda Francia. Hoy, la niña que Jean tenía enfrente parecía otra. Con la mirada hosca y los labios apretados, Nadia parecía haber envejecido varios años. Su rostro aún tenía la morfología del de una niña de once años, pero algo había cambiado. Los ojos. Jean trataba de captar lo que expresaban ahora. Pena o dureza. No habría podido decirlo. Lo que sí que sabía, en cambio, era que los dos últimos días habían borrado esa traza inefable de despreocupación propia de los niños.

Jean escuchaba atentamente las preguntas de la psicopediatra. Hubiese preferido concentrase en las respuestas de Nadia, pero la niña seguía obstinadamente callada. A la madre, que se había sentado algo retirada, le costaba contener las lágrimas y Jean comprendía ese desamparo suyo. Podía incluso sentirlo.

Tras una hora de monólogo, la doctora Florent les propuso a todos hacer una pausa. A Jean lo dejó impresionado la paciencia de la psicopediatra. Aunque esta se pasó toda la sesión hablándole a la niña con voz suave, él intuyó que necesitaba descansar un rato antes de seguir adelante. El mutismo de Nadia habría desarmado a más de uno, y sin embargo la doctora Florent no parecía alterada. Debe de ser algo habitual, pensó Jean, dividido entre la confianza y la frustración por no obtener las respuestas que esperaba.

¿Sería un truco de la doctora o una mera coincidencia? El caso es que, en cuanto los adultos hicieron ademán de salir de la habitación, la voz de Nadia se dejó oír por primera vez.

–Usted es amigo del señor Lessage, ¿verdad?

Jean se dio la vuelta y se quedó mirando a la niña sin poder contestar. La elocución fría, casi clínica, de Nadia lo había dejado paralizado. Ahora que ella estaba dispuesta a hablar, él temía instintivamente lo que pudiera decir.

–¿Es amigo suyo sí o no?

Esta vez el tono era impaciente.

–En cierto modo –respondió Jean, incómodo.

–Tengo un recado para él.

–¿Un recado? ¿De parte de quién?

–Dígale tan solo que Solène lo perdona.

4

«Dígale tan solo que Solène lo perdona.»

Una frase. Una frasecita de nada había bastado para desencadenar el tsunami que en ese instante le caía encima a Victor Lessage. Él, que estaba deseando a toda costa que le prestaran atención a su caso, lo acababa de conseguir.

Fabregas cambió el motivo de la detención. Ahora a Victor lo interrogarían en calidad de principal sospechoso del asesinato de Solène y del secuestro de su hermano, Raphaël. Una vez más.

Treinta años antes, los gendarmes, obviamente, habían mostrado interés por su caso. Le estuvieron haciendo preguntas durante días enteros, rayando en el acoso. Las estadísticas demostraban que los allegados más cercanos suelen estar implicados y Victor era el culpable ideal, a falta de otro mejor. Sin embargo, tenía una coartada. Estaba atendiendo un puesto en la fiesta del ajo, junto a su mujer, el día en que sus hijos desaparecieron. Pero solo Luce Lessage pudo confirmar que su marido no se había movido de allí en toda la tarde. Se preguntó a otros testigos. Todos coincidían en decir que Victor estaba presente aquel día. Pero de ahí a decir que no se había movido…

Jean Wimez, que fue quien se encargó de interrogarlo por aquel entonces, acabó soltándolo por falta de pruebas. Fue al aparecer el cuerpo de Solène cuando se convenció de que era inocente. Victor Lessage se derrumbó en sus brazos y nadie habría podido suponer que aquella desolación fuera fingida.

Desde hacía dos horas, sin embargo, Jean no sabía qué pensar.

¿Era posible que el hombre al que conocía desde hacía tantos años tuviera algún tipo de responsabilidad en ese caso? ¿Había tenido la mínima implicación en el secuestro de sus hijos, por no hablar del asesinato de su hija? Jean no podía creerlo. Se negaba. Entonces ¿por qué se sentía tan enfadado?

Fabregas lo había autorizado a ver el interrogatorio desde detrás del falso espejo. Otro favor, Jean era muy consciente de ello; lo que no quitaba que estuviese convencido de que su sitio estaba al otro lado del cristal. La desaparición de los mellizos era su caso. Era el único en el edificio que conocía todos los entresijos. Y, sobre todo, era el único que tenía alguna posibilidad de lograr que Victor hablase.

Por supuesto, la doctora Florent intentó matizar las declaraciones de Nadia. Expuso varias sugerencias que, sin cuestionar lo que había contado la niña, podían aportar una explicación.

En primer lugar, el secuestrador quizá la había obligado a transmitir el recado so pena de represalias. A Jean le costaba creerlo. Nadia se había dirigido a él sin que le temblara la voz. Sus ojos no revelaban miedo alguno. Una amenaza, fuera cual fuese, seguramente la habría conmocionado; pero el caso era que Nadia estaba impertérrita.

La otra teoría que había apuntado la psicopediatra era la autosugestión. El trauma del secuestro podía haberle repercutido en el psiquismo.

«A Nadia le interesaba mucho Solène desde hacía varias semanas —explicó la doctora—. Al encontrarse aislada y asustada, puede que buscara refugio en una amiga imaginaria.»

Jean Wimez era un cartesiano y todo lo que se saliese del ámbito de la lógica se le escapaba; por eso, ni siquiera había intentado llevarle la contraria. Le resultaba difícil aceptar que una niña que había muerto hacía treinta años tuviera que darle un recado a su padre, y esa explicación tenía el mérito de racionalizar la situación.

Por su parte, parecía que a Victor los acontecimientos lo habían superado. Como era de esperar, al principio le costó creérselo. Luego, cuando entendió que los gendarmes volvían a sospechar que había secuestrado a sus propios hijos, la incomprensión dejó paso a la ira. Por último, contra todo pronóstico, apareció el llanto. Sin avisar. Victor ni siquiera trató de ocultar las lágrimas o enjugárselas. Se quedó mirando un punto lejano y desde entonces permanecía ensimismado en sus pensamientos.

Fabregas lo atosigaba a preguntas pero no servía de nada. Victor ya no reaccionaba. Tenía la mente en otra parte. Jean, observándolo a través del cristal, se sentía a disgusto. El hombre que estaba sentado en esa habitación no era un mero sospechoso. Lo consideraba un compañero de infortunio. Victor y él se habían respaldado todos esos años. Cuando uno de ellos estaba a punto de flaquear, el otro daba con las palabras que sabían reconfortarlo y motivarlo. Pero las que había pronunciado Nadia habían cambiado la situación. Jean ya no sabía lo que debía sentir por Victor.

El exgendarme aprovechó una pausa para dirigirse a Fabregas.

—Déjame hablar con él, Julien.

Los dos hombres mantenían una relación de amistad y hacía tiempo que prescindían de los rangos.

—No puedo, Jean, lo sabes de sobra.

—¡Y tú estás viendo de sobra que no vas a sacarle nada!

—Puede, pero no quiero que se me escape entre los dedos por un defecto de forma.

—No te estoy pidiendo quedarme a solas con él. Solo quiero estar contigo cuando vuelvas para interrogarlo.

—Pero quieres hablar con él.

—Delante de ti. De verdad que no sé qué pega le ves. Has recurrido a un experto en el caso de los mellizos. ¿Quién te lo va a echar en cara?

Fabregas se lo pensó unos instantes mientras removía el café. El capitán sabía por experiencia que no lograría que Victor se derrumbara y sería una estupidez no aceptar la ayuda de su antiguo jefe.

—Vale —soltó al cabo—, pero que conste, Jean: te estoy haciendo un favor a ti, no a él. Y si noto que pretendes influir en sus respuestas para sacarlo del apuro, me planto y te vas a casa. Definitivamente. ¿Estamos?

—Te doy mi palabra.

Victor tardó unos segundos en percatarse de la presencia de Jean en la sala de interrogatorios. Con los ojos aún húmedos, enderezó la espalda y empezó a bombardearle con preguntas, como si se le acabase el tiempo.

—Dime qué te dijo exactamente, Jeannot. ¿Parecía enfadada? ¿Triste? ¿Solène le dijo algo más? ¿Si sufrió, por ejemplo?

Jean alzó las manos para apaciguarlo, pero Victor seguía implorando respuestas. El exgendarme acabó interrumpiéndolo:

—Eso es todo lo que me dijo, Victor. Ya te imaginarás que intenté ir más allá.

—¡Pero no tiene ningún sentido! —gimió Victor.

—Eso es lo que tú dices.

—¿A qué te refieres?

—Explícame por qué Nadia sintió la necesidad de hablar conmigo. ¿Por qué soy el único a quien se dirigió?

—¿Cómo quieres que lo sepa?

Pero en realidad Jean solo tenía una pregunta que estaba deseando hacer.

—Victor, ¿qué le hiciste a Solène para que tuviera que perdonarte?

Victor miró entonces a su amigo directamente a los ojos antes de derrumbarse.

—No es lo que te piensas, Jean. Te lo juro.

5

Las últimas palabras de Victor fueron como un jarro de agua fría. Fabregas se disponía a proseguir él el interrogatorio, pero Jean se le adelantó. Para sorpresa de todos, el exgendarme se abalanzó sobre Victor. Lo cogió por el cuello de la camisa y lo zarandeó con todas sus fuerzas.

—¿Qué le hiciste, pedazo de cabrón?

Victor no intentó liberarse de las manos de su amigo. Visto desde fuera, daba incluso la sensación de que estaba esperando a que le pegase y sin duda lo habría hecho si Fabregas no hubiese intervenido.

Jean accedió finalmente a sentarse. Le costaba recobrar la calma. Con las mandíbulas y los puños apretados, fulminaba a Lessage con la mirada mientras esperaba a que diera una explicación.

Al otro lado de la mesa, Victor había perdido la compostura. Sus ojos atisbaban por toda la habitación en busca de algún apoyo, aun siendo consciente de que solo una intervención divina podría ayudarlo.

El capitán Fabregas aprovechó aquella tregua para proseguir el interrogatorio.

—Haga el favor de responder a la pregunta, señor Lessage. ¿Qué le hizo a su hija?

Con voz temblorosa, Victor solo pudo repetir lo que ya había dicho.

—No es lo que usted se piensa. Se lo juro.

—No nos pensamos nada —contestó Fabregas con voz firme, pero carente de agresividad—. Limítese a decirnos lo que pasó.

Victor apoyó los codos en la mesa y se agarró la cabeza con ambas manos. Fabregas veía cómo se arrancaba el pelo, literalmente. Cuando Lessage alzó el rostro, tenía los ojos llenos de lágrimas.

—Fue una semana antes de que a mis niños…

Ni siquiera pudo terminar la frase por culpa de los sollozos que le sacudían el cuerpo. Bebió un trago de agua, se aclaró la garganta y continuó el relato:

—Luce me pidió que esa noche me ocupara de los niños. Tenía previsto volver a casa después de cenar por un tema del club de lectura o algo así, no le hice mucho caso. Recuerdo que pensé que me vendría bien pasar una velada solo con ellos, llevábamos tiempo sin hacerlo.

Victor se embaló.

Contó cómo los niños se habían burlado de él mientras comían. La pasta, que claramente se le había pasado, estaba amazacotada, y de tanto golpear el fondo del bote de kétchup, se le había vaciado la mitad en la fuente. Después de cenar echaron una partida a las siete familias. Como de costumbre, los mellizos hicieron trampa. Raphaël ayudó a su hermana pasándole cartas por debajo de la mesa y Victor hizo como que no se enteraba. Fue luego cuando las cosas empezaron a torcerse. Los niños quisieron bañarse juntos, como todas las noches, pero Victor quería aprovechar que esa noche estaba de responsable para instaurar una nueva norma. Ya era hora de que usaran el cuarto de baño por separado. Los mellizos se pasaron protestando media hora larga y al final cedieron a regañadientes. Cuando Victor les dijo que se acostaran seguían enfurruñados.

—Yo solo quería darles un beso antes de dormir. Para que no se fueran a la cama enfadados, ¿entienden? Habíamos pasado una velada agradable y no quería que quedase ahí la cosa.

—¿Y? —lo acució Jean, intuyendo que la respuesta que esperaban estaba a punto de llegar.

—Hubo un tremendo malentendido —susurró Victor—. Solo un tremendo malentendido.

—¡Explícate!

—Los mellizos dormían en literas. La de arriba era la de Raphaël. Me subí primero a la escalerilla para darle un beso a mi hijo. Me dio la espalda, así que no insistí. Luego bajé para darle un beso a Solène, pero hizo otro tanto. Créanme que a esos dos no les hacía falta estar juntos para ponerse de acuerdo. El caso es que perdí el equilibrio. Intenté recuperarlo como pude, pero le apoyé la mano en el pecho justo cuando se estaba volviendo de espaldas. Y entonces, tienes que creerme, Jean, no sé lo que pasó. Solène se puso a gritar y a pegarme.

—¿Y usted le devolvió los golpes? —intervino Fabregas.

—¡No, claro que no, qué se ha creído! —se defendió Victor—. Nunca habría pegado a mi niña. Pero ella se puso a insultarme, a decirme cosas horribles, como si yo lo hubiese hecho a posta, que había intentado tocarle los pechos.

—¿Y fue así? —preguntó Fabregas, impasible.

—¡Está usted loco! ¿Por quién me ha tomado? ¡Tenía once años! Once años, ¿se entera? ¡Si ni siquiera tenía pechos, mi pobrecita Solène!

—Entonces ¿por qué creyó aquello?

—¿Y yo qué sé? ¡Llevo treinta años preguntándomelo! Su hermano empezó a defenderla. Saltó de la cama y se puso a darme puñetazos.

—¿Y usted se los devolvió?

—No —contestó Victor bajando la voz—, no del todo.

—¿Cómo que «no del todo»?

—Lo empujé. Puede que con demasiada fuerza. Se cayó y se echó a llorar. Solène empezó a chillarme y yo salí del cuarto. Y nada más.

—¿Nada más? —insistió Fabregas.

—Le digo que nada más. Al día siguiente, los niños hicieron como si nada. Ni siquiera se lo contaron a su madre y yo, como un imbécil, tampoco lo hice. Tendría que haberme disculpado o al menos intentado hablar con ellos, pero no hice nada. Pensé que el asunto se olvidaría con el tiempo. ¿Cómo iba yo a saber que a la semana siguiente ya no estarían?

Fabregas y Wimez se quedaron mirando a Victor, escépticos, y salieron de la habitación sin decir palabra. Al llegar al despacho del capitán, Jean se dejó caer en una silla. Parecía exhausto.

—¿Tú te crees la historia esa?

—Tú lo conoces mejor que yo —contestó Fabregas en tono neutro—. Ahora solo tenemos su versión y nadie puede llevarle la contraria.

—Ese es precisamente el problema.

Fabregas se sentó a su vez y esperó unos segundos antes de añadir:

—Jean —preguntó a todas luces incómodo—, en su momento, ¿barajaste la posibilidad de que se hubieran escapado?

—¡Por supuesto! —se defendió Jean—. Pero ¿sabes de muchos niños de once años que desaparezcan del mapa sin dejar rastro? Y luego, cuando apareció el cuerpo de Solène, acabamos de convencernos de que nos enfrentábamos a otra cosa.

—Comprendo. Tenía que preguntártelo.

—Yo, lo que me pregunto, es cómo Nadia supo que Victor tenía remordimientos por algo.

—Tienes razón. O esa niña tiene un sexto sentido fuera de lo normal, o la persona que la secuestró sabe más que nosotros sobre este caso. Ya sea una cosa u otra, creo que ya es hora de que la traigamos aquí. A saber si no tiene algún otro recado que darle a tu amigo.

6

La madre de Nadia se mostró reticente ante la idea de llevar a su hija a la gendarmería. Veinticuatro horas después de haber vuelto a casa, la niña apenas se había reubicado. Nadia seguía negándose a contar lo que le había pasado durante los dos días de ausencia, pero había manifestado que quería volver al colegio lo antes posible para la última semana de clase. La doctora Florent opinaba que era buena señal. Y como un cambio de hábitos no iba a animarla a hablar, la psiquiatra solicitó que el interrogatorio de Nadia tuviese lugar a la hora de comer en una de las aulas de La Ròca.

No eran exactamente las condiciones que se esperaba el capitán Fabregas, pero Nadia era la víctima del caso y hubiese sido inapropiado forzarla. A cambio, solicitó que Jean pudiese estar presente en la conversación. Nadia se había dirigido a él en su primer encuentro y quizá hiciese otro tanto esta vez.

La maestra de Nadia, la señorita Gauthier, los recibió sin poder disimular los nervios. Era la primera vez que entraban gendarmes en su aula. Fabregas, que ya había interrogado a la docente cuando desapareció Nadia, aprovechó la ocasión para hacerle algunas preguntas.

—¿Estaba usted al tanto del trabajo escolar de Nadia? Me refiero al tema que había elegido.

—¿Se refiere a la presentación sobre la familia Lessage? Sí, sí que estaba al tanto.

—¿Fue usted quien le sugirió ese tema?

La maestra se ruborizó mientras bajaba los ojos. En otras circunstancias, a Julien Fabregas le habría parecido algo encantador. La joven, sin ser lo que se dice guapa, tenía unos rasgos delicados. El cutis diáfano, poco habitual entre las mujeres de la región, no le restaba ni un ápice de encanto sino todo lo contrario.

—Sugerírselo no —contestó la señorita Gauthier—, pero le dije que era un tema muy interesante y hacía bien al querer hablar de él.

—Pero ¿no sabe quién la puso sobre esa pista?

—No, lo siento. Si hubiese podido imaginarme ni por un segundo que iba a ser tan peligroso…

—No tiene nada de lo que arrepentirse —la interrumpió Fabregas—. ¡Puede estar tranquila!

La señorita Gauthier sonrió tímidamente y aceptó las palabras reconfortantes del capitán antes de esfumarse del aula.

Nadia esperaba muy formalita su turno. Estaba sentada entre su madre y la doctora Florent. Fabregas se acomodó enfrente de ellas, dejando a Jean un poco apartado. Con un ademán, la psicopediatra le indicó al capitán que deseaba tomar la palabra.

—Ha de saber que le he explicado a Nadia que no tiene obligación alguna de contestar a sus preguntas si la hacen sentirse a disgusto por algún motivo. Desde luego, lo que les pasó a los hijos del señor Lessage es terrible, pero le recuerdo que en este caso Nadia es ante todo una víctima y debe dirigirse a ella como tal.

—Desde luego, doctora. No tenía intención de inculparla de asesinato o de secuestro —añadió Fabregas, lamentándolo de inmediato.

La psiquiatra lo fulminó con la mirada e, instintivamente, le puso la mano en el hombro a Nadia. Fabregas estaba acostumbrado a que los padres protegiesen con uñas y dientes a sus hijos en situaciones como esa, pero comprendió en el acto que con quien tendría que vérselas era con la doctora Florent. Observó a su interlocutora con mayor atención. Tenía cuarenta y pocos y un rostro seco y anguloso. Los labios eran tan finos que el carmín apenas esbozaba una línea tajante. Los ojos eran lo único que daba ganas de conocerla mejor. Tan negros y profundos que a Fabregas no le cabía duda de que debían de haber hechizado a más de uno. De momento, la forma en que lo miraba la doctora le resultaba más bien irritante. Sin embargo, puso buena cara para dirigirse a Nadia.

—Tu madre me ha dicho que eres tú la que ha querido volver al cole. Me alegro de saber que estás mejor.

Nadia hizo una mueca que debía de ser el esbozo de una sonrisa, pero no dijo ni una palabra. Fabregas continuó como si nada.

—Tenía mucho empeño en contarte que le hemos dado tu recado al papá de Solène. De hecho, te está muy agradecido. Se alegró de saber que ya no le guarda rencor.

Era una maniobra arriesgada. Julien Fabregas sabía que tenía que ganarse su confianza para obtener más información. Pero hasta el momento, Nadia se había mostrado más bien reticente ante cualquier tipo de autoridad. Así pues, el capitán había decidido atacar por otro frente.

—¡Pues me alegro! —respondió la niña fríamente, dando la impresión de que pensaba todo lo contrario.

Fabregas prosiguió en el mismo tono, aunque se daba cuenta de lo complicado que iba a ser romper la pared de hielo que la niña había interpuesto entre ambos.

—¿Solène te dijo alguna otra cosa, Nadia? ¿Te contó algo sobre su hermano?

—No. No hablamos de Raphaël.

Seguía con el mismo tono cortante que retumbaba en el aula.

—Entonces ¿de qué hablasteis? ¿Qué tal si nos lo cuentas?

—No. Le prometí no decir nada.

Al capitán se le estaba acabando la paciencia. Esa conversación no tenía ningún sentido. Solène llevaba muerta y enterrada desde hacía casi treinta años y ahí estaba él implorándole información a una niña de once años que había intimado con una amiga imaginaria. Le daba la sensación de estar perdiendo el tiempo. Y aun así, tenía la corazonada de que debía seguir adelante.

—Lo entiendo, Nadia, y no te estoy pidiendo que traiciones a tu amiga, pero piensa en su papá. Lo conoces. Sabes lo desgraciado que es por no saber nada. ¿Solène te explicó, al menos, lo que le había pasado?

—No exactamente —respondió Nadia con menos aplomo.

—¿No exactamente? —repitió Fabregas, exasperado.

—Solo me dijo que no debíamos olvidarla. Y que si llegaba a pasar alguna otra cosa, no debíamos preocuparnos. Que esta vez todo iba a ir bien.

Al gendarme no le gustó lo que acababa de oír. Sin acabar de entender la frase, sabía que era precursora de malas noticias. De hecho, antes de que le diera tiempo a profundizar, sus temores se confirmaron.

Con la cabeza gacha y agarrándose las manos, la señorita Gauthier había aparecido en el umbral. Fabregas comprendió en el acto que había surgido un problema. Se le acercó con paso rápido y la animó a hablar.

—Puede que no sea nada —empezó a decir la maestra en voz baja—, pero una de mis alumnas no se ha presentado en el comedor. He llamado a sus padres para comprobar si había vuelto a comer a casa. Y no lo ha hecho. Mis compañeros y yo la hemos buscado por todas partes. Zélie no aparece por ningún sitio y nadie la ha visto salir del centro.

7

El principal cometido de Fabregas consistía en evitar que se propagara la información. No quería que cundiese el pánico en La Ròca. Los alumnos estaban aún en el comedor y el capitán les pidió a los profesores que reanudaran las clases de después de comer.

La madre de Zélie llegó a los diez minutos de haber recibido la llamada del colegio y su marido estaba al caer. Fabregas ya sabía lo que le esperaba. Después de llorar y no entender sus explicaciones, se enfadarían con él. Los padres insistirían en que se emitiera una alerta por secuestro, lo que obviamente no venía al caso.

Aún era demasiado pronto para decir que a la niña la habían secuestrado y que su vida corría peligro. Por si fuera poco, por ahora los gendarmes no tenían ninguna información útil que comunicar. Ese dispositivo que llevaba funcionando desde hacía doce años no se podía activar si no se daban determinadas condiciones. Fabregas lo sabía, pero siempre le costaba justificarlo. ¿Cómo explicar a unos padres atormentados que había casi cincuenta mil niños inscritos en el registro de personas desaparecidas y aun así la alerta se activaba una media de dos veces al año? Lo primero que había que hacer era asegurarse de que Zélie no se había ausentado solo por unas horas o de que, sencillamente, no se había escapado. Aunque esta última hipótesis solía parecerles absurda a los padres, no era una posibilidad que se pudiera descartar por las buenas. A continuación, para que el plan resultase eficaz, había que estar en situación de informar sobre indicios concretos. Un dato que permitiese localizar a la víctima o al sospechoso. El vehículo en el que podría haberse subido el menor o una descripción del secuestrador. A todo lo cual se sumaba que Nadia había regresado espontáneamente. Eso no iba a facilitar las cosas. El fiscal seguramente querría que se comprobase por duplicado cada uno de esos datos. Era él y solo él quien tenía autoridad para activar la alerta y no se había tomado demasiado bien lo sucedido en las últimas veinticuatro horas. El hecho de que Nadia regresara sana y salva era, obviamente, una buena noticia, pero la credibilidad del Ministerio de Justicia había quedado en entredicho. Por todos esos motivos, Fabregas iba a tener que prescindir de la ayuda de los medios de comunicación.

Por lo pronto, la mejor pista con la que contaban los gendarmes era Nadia. Aunque a lo mejor contaba con todas las claves del caso, seguía sin querer hablar. Decir que la situación resultaba frustrante era quedarse corto. Fabregas hacía acopio de todas sus fuerzas para recordar que a quien tenía delante era a una niña de once años que acababa de pasar a su vez por una vivencia traumática. Si Nadia hubiese sido una persona adulta, de buena gana la habría esposado por obstrucción a la justicia.

La psicopediatra, consciente de que ahora estaba en juego la suerte que podía correr otra niña, se comprometió a hacer cuanto estuviera en su mano, aun a costa de presionar un poco a Nadia. El capitán mandó que las acompañaran de vuelta a casa, pues prefería evitar una confrontación directa con los padres de Zélie.

Al director del colegio le costó asimilar la noticia. Fabregas, sentado frente a él, tenía delante a un hombre abrumado. Dos secuestros en menos de una semana era un récord del que nadie querría vanagloriarse. Como ya estaba al tanto del procedimiento, el director se había anticipado a lo que le iban a pedir y había reunido todos los datos que tenía a su alcance: el expediente de Zélie, un plano con los accesos al colegio y una lista del personal y de todos los agentes externos que podían haber estado en el edificio a la hora de comer.

La Ròca no contaba con cámaras de vigilancia. Se habló de instalarlas después de que desapareciera Nadia, pero la niña había vuelto antes de que al consejo de administración le diera tiempo a zanjar el tema. El director se prometió a sí mismo que, al margen de la resolución del caso o de lo que decidiesen las autoridades, mandaría instalar aquellas cámaras a toda costa, aunque tuviera que pagarlas de su bolsillo.

Fabregas miró por encima el expediente de la niña. La señorita Gauthier, su maestra, la describía como una alumna muy prometedora que no aprovechaba su potencial. Al capitán le vino a la memoria aquel dichoso «puede esforzarse más» que lo había acompañado toda su escolaridad y que él mismo se seguía echando en cara cuando una investigación no avanzaba tan deprisa como le habría gustado. Zélie Mourier tenía el pelo castaño y unos muy bonitos ojos azules. La foto sujeta a la primera página mostraba a una niña sonriente de mirada pícara. Fabregas no pudo evitar que se le encogiera el corazón.

Observando más detenidamente su trayectoria escolar, el gendarme se fijó en que la nota media de Zélie había bajado mucho desde el segundo trimestre. Le preguntó al director sobre el particular.

—En efecto, la señorita Gauthier destacó ese punto durante las evaluaciones de final de curso que celebramos la semana pasada. Dicho lo cual, dio el visto bueno a que pasara a primero de secundaria. Zélie es una jovencita con mucha vitalidad con la que todos estamos muy encariñados. Ahora bien, lo que no puedo decir es que sea nuestra alumna más disciplinada.

El director dijo esto con una sonrisa imperceptible teñida de nostalgia. Como el recuerdo feliz de algo que no volvería a repetirse.

—Pero ¿cómo explica esa caída en picado de sus notas? —insistió Fabregas.

—No sabría decirle. Seguramente la señorita Gauthier pueda contestarle a eso. Pasa mucho tiempo con sus alumnos y está muy pendiente de su vida en general.

El capitán estudió luego el horario del personal. Puso especial atención en el personal externo, ya que a esa hora todos los docentes aún estaban en el centro. La Ròca tenía contratada a una empresa de catering para servir la comida. Los transportistas accedían a la cocina por una entrada que se encontraba en la parte trasera del edificio y el director precisó que nadie los veía nunca entrar ni salir.

—Es como nuestra trastienda —se justificó—, y la empresa Élite, con la que llevamos años trabajando, nunca nos ha dado ningún problema. Conocemos a la mayoría de sus empleados y dejamos que se organicen ellos.

—¿A la mayoría? —destacó Fabregas.

—De vez en cuando cubren sustituciones con trabajadores temporales, como todo el mundo.

—¿Figuran en su lista?

—¡No, claro que no! Ni siquiera sé si lo han hecho hoy. Tendría que consultarlo.

—Hágame el favor. Y ya que estamos, pregunte cómo se llaman los empleados que trabajaron el día que desapareció Nadia.

—¡Pero si Nadia ya no estaba en el centro cuando sucedió! —objetó el director.

Fabregas le lanzó una mirada torva que cortó de raíz cualquier discusión.

8

Julien Fabregas se había aislado en la sala de profesores. Durante la hora posterior a la desaparición de Zélie, el capitán había tomado las medidas necesarias. Todos sus hombres estaban sobre el terreno buscando el mínimo indicio, la doctora Florent estaba intentando sacarle información a Nadia y había controles por toda la región. Pero Fabregas no estaba satisfecho. Llevaba una semana con la desagradable sensación de no ser más que un mero espectador. Antes incluso de que sus equipos descubrieran el menor indicio para encontrar a Nadia, la niña ya estaba de vuelta en casa de sus padres por sus propios medios. Sin ayuda de nadie y sin intención de contarle absolutamente a nadie lo que le había pasado. Estaba dispuesto a reabrir un caso antiguo para entender el motivo de ese secuestro y hete aquí que otra niña desaparece casi delante de sus narices. O bien el secuestrador se estaba burlando abiertamente de su incompetencia, o bien ignoraba que precisamente ese día habría un gendarme en La Ròca. Era una pregunta a la que debía responder si aspiraba a trazar el perfil del raptor.

Y luego estaba el problema con Victor Lessage, que tenía que solucionar lo antes posible. Si lo dejaba detenido más tiempo, se arriesgaba a que los periodistas lo interpretasen como una mala señal y les faltara tiempo para pergeñar todo tipo de teorías, lo cual podría tener consecuencias desastrosas. De todos modos, Fabregas no contaba con ningún elemento nuevo para el caso de los mellizos y, obviamente, no se podía importunar a su padre por el secuestro de Zélie Mourier. Así pues, dio orden de que lo soltaran y volvió a centrarse en los datos que obraban en su poder.

Cuando se produjo el primer secuestro, la unidad de gestión de crisis elaboró, claro está, el perfil del raptor, pero resultó ser más que impreciso. Las estadísticas tendían a demostrar que estaban buscando a un hombre residente en la zona, de raza blanca y con edad comprendida entre los veinticinco y los cincuenta años. El hombre seguramente tenía familia y trabajo estable. Fabregas sintió escalofríos. Si esos datos eran correctos, la descripción correspondía a más del veinte por ciento de la población del departamento de Vaucluse, es decir, unas cien mil personas. De modo que sabía que esa información no le bastaba para progresar.

Los últimos acontecimientos, en cambio, habían suscitado puntos a todas luces más interesantes. ¿Por qué iba a querer un hombre secuestrar a una niña de once años para soltarla al cabo de dos días y secuestrar a otra? ¿Cabía la posibilidad de que se hubiese equivocado de víctima? Parecía poco probable. ¿Y qué era lo que le había dicho a Nadia para que la niña guardase silencio de aquel modo? ¿La había amenazado? Nadia no parecía traumatizada ni, mucho menos, asustada. Antes bien, daba la impresión de estar desafiando a las autoridades. Fabregas releyó las notas que había tomado y repitió en voz alta la confidencia que le había hecho poco antes: «Si llegaba a pasar alguna otra cosa, no debíamos preocuparnos… Esta vez todo iba a ir bien».

Esa frase era para Fabregas la prueba de que habían errado el rumbo desde el principio. Nadia no se había inventado una amiga imaginaria por un motivo tan sencillo como que una ilusión no puede predecir el futuro. La pega era que Solène no podía existir. Solène había muerto treinta años atrás y eso era un hecho irrefutable. Entonces ¿quién había hablado con Nadia? El capitán se percató de que ni siquiera había intentado profundizar en esa pista. Entre las consignas de la psicopediatra y que el asunto había dejado de ser tan urgente por el hecho de haber vuelto a casa, Fabregas le había ahorrado a Nadia un interrogatorio más a fondo. Ahora se le agolpaban las preguntas en la cabeza. ¿Qué aspecto tenía la Solène aquella? ¿Era una niña de su edad o, por el contrario, una adulta? ¿La había visto o solo la había oído? Fabregas estaba agobiado. Necesitaba respuestas, y deprisa, si quería tener alguna posibilidad de recuperar el control del caso. Saber que «esta vez todo iba a ir bien» le sonaba a una bomba de relojería. Como si lo que cupiese esperar fuese lo contrario.

Dejó a dos gendarmes montando guardia en La Ròca y fue a casa de los padres de Nadia. Al llegar con la sirena encendida esperaba dar a entender cuál era su estado de ánimo. Se trataba de una emergencia y la compasión no tenía cabida. Si Nadia estaba en poder de información que podía orientar las investigaciones y, en consecuencia, salvar a Zélie, Fabregas estaba más que decidido a obtenerla.

La madre de Nadia lo recibió con los ojos enrojecidos. Lo acompañó hasta el salón sin decir palabra, con los hombros encorvados, como si careciese de energía. Fabregas pensó que estaba acusando la desaparición y la inmediata reaparición de su hija, pero enseguida comprendió, por lo que explicó la doctora Florent, que la situación había evolucionado de forma preocupante.

Tal y como prometió, la psiquiatra había presionado un poco a Nadia y le había explicado lo que estaba pasando y el poder con el que contaba ella. Pero la niña se había bloqueado al instante y ya llevaba media hora encerrada en su cuarto rechazando cualquier contacto.

—Le ahorro los insultos que nos ha soltado a su madre y a mí detrás de la puerta. Dicen que los niños son cada vez más precoces y, por si aún me quedaba alguna duda, ya la he disipado, me lo ha demostrado con creces.

La doctora Florent hablaba sin amargura, esbozando una sonrisa. Pero el capitán ya no sentía ninguna compasión por Nadia. Aunque le habría dado vergüenza admitirlo, empezaba a considerar a esa niña de once años culpable en parte del secuestro de Zélie. Al guardar silencio, la había condenado.

—¿Hay alguna forma de abrir esa puerta? —le preguntó, muy seco, a la madre.

—Es la primera vez que se encierra —sollozó esta sin responder a la pregunta—. Ya no reconozco a mi hija, capitán.

En otras circunstancias, Fabregas seguramente habría sabido dar con las palabras para reconfortar a la mujer. En cambio, se oyó a sí mismo recalcar:

—Señora Venois, echaré la puerta abajo si hace falta. Así que se lo preguntaré por última vez: ¿hay alguna forma de abrirla?

Fabregas creyó que la madre se iba a venir abajo, pero se ausentó unos segundos para regresar con un destornillador de cabeza plana en la mano.

—El otro día el pestillo del cuarto de baño se atascó —empezó a justificarse con voz trémula—. Mi marido consiguió desbloquearlo con esto. Igual también puede usted.

Daba pena verla, tan frágil y asustada. El capitán le dirigió una fugaz sonrisa de agradecimiento al coger el destornillador, pero sabía que el mal ya estaba hecho y que era demasiado tarde para pedir disculpas.

Igual que era demasiado tarde para entrar en el cuarto de Nadia.

9

—Todo apunta a un suicidio —explicó Jean.

—Pero ¿estáis todos mal de la olla o qué? ¿Desde cuándo se suicidan los niños de once años, me lo puedes decir?

Victor estaba fuera de sí. Acababa de llegar a casa cuando Jean le comunicó la terrible noticia. Nadia había muerto. Fabregas se la había encontrado inerte en su cuarto. Aunque no le notó el pulso, no pudo evitar hacerle un masaje cardíaco con las energías que da la desesperación mientras llegaba la asistencia médica. Pero era demasiado tarde. La niña se había ido.

—A veces pasa, Victor. Es triste decirlo, pero así es. El año pasado, en Francia se suicidaron cuarenta niños. El más pequeño tenía cinco años.

—Pero ¿en qué mundo vivimos, Jean?

—En un mundo que intenta que crezcan demasiado deprisa.

Fabregas había encontrado a Nadia tumbada en la cama. Primero creyó que se había quedado dormida, pero algo en la postura lo puso alerta. Con las manos colocadas sobre el corazón y las piernas muy estiradas, muy pegadas la una a la otra, Nadia parecía una estatua yacente. Junto a ella, el capitán encontró varias cajas de somníferos. Entre náuseas, su madre admitió que eran suyos y que los guardaba en el botiquín del cuarto de baño, al alcance de todos.

Nadia también había dejado una carta, bien a la vista encima del escritorio de colegial. Con redondilla aplicada, la niña se disculpaba con sus padres y les explicaba que no había tenido elección. Que era mejor así.

Victor escuchaba a su amigo con lágrimas en los ojos. Volvía a ver a la niña sentada en su sofá, en el mismo sitio que ahora ocupaba Jean, tomando apuntes para su trabajo. Quién le iba a decir que aquella criatura, sonriente y llena de vida apenas una semana antes, iba a poner fin a sus días.

—¿Y estáis seguros de que nadie ha podido obligarla a escribir la carta esa?

—De momento, los gendarmes no están seguros de nada —lo refrenó Jean—. Los equipos de la policía científica han peinado su cuarto y van a mirar su ordenador con lupa. La madre nos ha dicho que tenía una cuenta de Facebook. Puede que se desahogara con alguien. Solo hay que desbloquear la contraseña.

—¡Esa contraseña la sé yo!

Jean miró a Victor atónito.

—¿Cómo es posible que la sepas tú si ni siquiera sus padres tienen ni idea?

—¡Deja de pensar mal por todo, Jeannot! La sé porque me la dijo ella, ni más ni menos. Es Solène y Raphaël, todo junto y sin acentos. Creo que quería demostrarme lo mucho que le interesaba esa historia. Me la dijo la primera vez que vino aquí para preguntarme cosas.

Jean estaba en una situación incómoda. Aquel era un dato crucial y no le quedaba más remedio que comunicárselo a Fabregas, pero tenía miedo de cómo iba a reaccionar. Del mismo modo que le había pasado a él, al capitán aquella revelación podía resultarle perturbadora. Aunque acabasen de soltarlo, Victor seguía estando en el punto de mira. Aún era sospechoso de la desaparición de sus mellizos. Lograr que Fabregas creyese que Nadia había revelado espontáneamente su contraseña no iba a resultar nada fácil.

—¿Y la pseudopediatra esa de la que me has hablado no vio nada? ¿Su trabajo no es evitar este tipo de cosas?

—La psicopediatra —rectificó Jean con delicadeza— está precisamente ahora con Fabregas. Intentando explicar el acto de Nadia.

—¡Pues lo siento, pero cuando la necesitábamos era antes! Tendría que haber visto que a la niña le pasaba algo. Nadie se suicida porque sí, en un arrebato.

—Sabes tan bien como yo que Nadia se negaba a contarle nada a nadie desde que regresó. No se puede obligar a hablar a alguien que no quiere hacerlo.

—No me vas a quitar de la cabeza que podríamos haberla salvado.

Jean comprendió lo mucho que le estaba costando a Victor asimilar la noticia. Claro que todo el mundo se queda desarmado ante la muerte de un niño y mucho más si se trata de un suicidio, pero para Victor aquel hecho tenía otras consecuencias. Al margen de que Nadia era la única a quien le importaba su historia y que habían acabado por crear lazos, quizá tuviese información relevante sobre sus propios hijos. Y lo que el exgendarme estaba a punto de decirle no mejoraría la situación.

Jean había estado hablando con Fabregas largo y tendido antes de decidir si había que hacer partícipe a Victor o no. Ahora mismo tenía dudas. Victor era un hombre con determinación, por no decir tozudo. Cuando se dio cuenta de que la investigación de los mellizos empezaba a decaer, tomó el relevo. Investigó por su cuenta, llegando incluso a los límites de la legalidad. Elaboró un expediente más grueso que el de la policía, recabando el testimonio de todos los que habían acudido, aunque solo hubiese sido una hora, a la famosa fiesta del ajo del 26 de agosto de 1989. Cuando se desprecintó el cementerio donde habían encontrado a Solène, removió la tierra buscando el mínimo indicio. El capellán se lo consintió sin decirle nada.

Ahora, Jean intuía que su amigo estaba listo para reanudar la búsqueda y ya no podía protegerlo como había estado haciendo los últimos treinta años. Aunque Fabregas confiara en el instinto de su antiguo superior, el capitán de la gendarmería nunca permitiría que Victor interfiriera en su investigación y parecía inevitable un enfrentamiento.

Así pues, el sentido común le decía a Jean que se callase, pero el sentido común era una voz a la que había ido arrinconando con los años. De un modo u otro, Victor acabaría enterándose y, ya puestos, Jean prefería contárselo él. Con el corazón encogido, se lanzó.

—Hay otra cosa que deberías saber, Victor.

Victor comprendió de inmediato que lo que estaba a punto de oír lo iba a afectar. Pero calló y esperó lo que seguía, como un condenado a muerte.

—En la carta, Nadia también se dirigía a ti.

Incapaz de pronunciar las palabras que tenía delante de los ojos, y aún menos de sostenerle la mirada a su amigo, Jean prefirió alargarle sus notas.

Victor se puso las gafas antes de coger la libreta. Las manos le temblaban tanto como la voz cuando leyó en voz alta:

—«No dejéis de decirle al señor Lessage que ahora todo irá bien. Solène y Raphaël por fin podrán vivir en paz».

10

La contraseña de Nadia era, en efecto, «soleneyraphael», y esta información les sirvió a los investigadores para comprender, o cuando menos explicarse, el comportamiento de la niña desde que regresara, así como la decisión de acabar con su vida.

Desde hacía varias semanas, Nadia se relacionaba con una tal Solène Lessage. El usurpador, hombre o mujer, había cerrado la cuenta, pero los gendarmes pudieron remontarse a través de las conversaciones hasta el primer día en que establecieron contacto. Aunque al principio desconfiaba, Nadia se había dejado convencer poco a poco. Hay que decir que la dichosa «Solène» había sabido mostrarse muy persuasiva. Le había proporcionado a Nadia datos sobre el caso de los mellizos que solo los iniciados podían saber. Pero lo que ignoraba la niña era que desde hacía treinta años el número de esos iniciados se había multiplicado. Entre los investigadores, los periodistas, los detectives privados o los meros curiosos, el expediente de los mellizos ya no guardaba muchos secretos. Aquel caso había levantado pasiones en toda Francia. Todo el mundo aportaba su teoría y siempre había algún editorialista dispuesto a volver a poner en primer plano aquella historia una vez al año, como una serpiente de verano.

Le pidieron a la psicopediatra que leyese aquellas conversaciones. Fue tajante: el impostor era un adulto que dominaba perfectamente el arte de la manipulación. Ni una sola falta de sintaxis ni de ortografía, pero el vocabulario estaba elegido para que una niña de once años tuviese la sensación de estar tratando con alguien de su edad. El tono era cómplice y, a la vez, inductor. Solène, por ahora no podían darle otro nombre, le había ido infectando el cerebro a Nadia paulatinamente.

Lo primero que hizo fue pedirle ayuda para que se hiciera justicia. Para que castigaran al responsable de que la raptaran a ella y a su hermano. Luego le propuso quedar. Ahí fue cuando las dos montaron el plan de un secuestro falso. Más concretamente, Nadia creía haber colaborado en la organización, aunque al leer los mensajes saltaba a la vista que la idea había partido únicamente del impostor. El primer dato destacado que revelaron las conversaciones fue que Nadia nunca llegó a encontrarse con nadie. Las publicaciones, que deberían haberse interrumpido durante los dos días de pseudosecuestro, continuaron. Solène explicó que al final no iba a poder ir al lugar acordado, pero que era imprescindible que Nadia esperase cuarenta y ocho horas antes de reaparecer, porque si no todo lo que habían planeado no serviría para nada. El impostor lo tenía todo previsto. Le había dejado cosas de comer, además del vestido blanco y la corona de flores que Nadia llevaba puestos cuando regresó. Así pues, la niña nunca se encontró con su interlocutor. Solo había estado escondida.

Aunque Fabregas era consciente de la capacidad de sugestión que un adulto podía llegar a ejercer sobre un niño, había una pregunta que lo mortificaba. Solène le había explicado a Nadia que el cuerpo que habían encontrado en el cementerio no era el suyo, sino el de otra niña. Que los gendarmes se habían equivocado. Esta era, a todas luces, una teoría muy traída por los pelos, pero que se podía aceptar. En cambio, aun suponiendo que Solène pudiera seguir viva, en la actualidad debería de tener unos cuarenta años y por tanto era imposible que fuera la niña por la que se hacía pasar.

—Todo el mundo nos ha descrito a Nadia como una cría inteligente —le comentó Fabregas a la psicopediatra—, ¿cómo es posible que se dejara embaucar de esa manera?

—Nadia era inteligente, estoy con usted, pero la podía la necesidad de que la valorasen. Al pensar que podía socorrer a una niña de su edad, Nadia encontró una meta en la vida. Aunque la lógica debía de estarle diciendo a voces lo contrario, la cegaba la misión que se había impuesto. Eso me llamó mucho la atención cuando hablé con ella. Esa necesidad irrefrenable de ser útil, incluso indispensable para alguien. Nadia sentía que sus padres no la querían. Y después de conversar un poco con su madre, creo haber entendido de dónde le venía ese desasosiego. Antes de que naciera Nadia, los Vernois tuvieron otro hijo. Un niño. Por desgracia, murió de meningitis cuando tenía dos años. La madre estaba convencida de que otro hijo podría consolarlos de esa pena y volvió a quedarse embarazada pocos meses después, aun sabiendo de sobra que su marido no estaba de acuerdo. Aquel embarazo abrió un abismo en la pareja que ni siquiera el nacimiento de Nadia pudo colmar. La niña pasó entonces a encarnar la causa de todos sus sufrimientos.

—De ahí a creerse semejante incoherencia… —insistió Fabregas, que seguía teniendo sus dudas.

—Frente a la lógica, la necesidad de que lo quieran a uno es seguramente el factor de aniquilación más poderoso, capitán. Y precisamente ese es el punto flaco del que se aprovechó nuestro impostor. Supo detectarlo, y a partir de ahí podía hacer lo que quisiera con Nadia. De hecho, así fue como pudo convencerla de que su suicidio resultaría útil. Que no sería en vano sino que, por el contrario, permitiría vengar a Solène y a Raphaël.

Fabregas no estaba seguro de suscribir del todo esa teoría, ni siquiera de estar preparado para oírla. Saber que a una criatura de once años le bastaba con cruzar unas palabras con un desconocido para cometer lo impensable era superior a sus fuerzas.

—Ahora —prosiguió la doctora Florent—, discúlpeme la brusquedad, pero lo hecho, hecho está. Si yo fuera usted, ese no es el punto en el que me centraría.

—Soy todo oídos.

—En sus mensajes, Solène habla mucho de Raphaël.

—¿Y qué? Supongo que sería para resultar más creíble.

—Siento decir que no estoy tan segura como usted.

—¿Y eso por qué?

—El impostor describe a Raphaël como un niño. Como si también él se hubiese quedado congelado en la edad que tenía cuando lo secuestraron. Pero lo que cuenta es coherente. No sé cómo explicárselo… Digamos que suena real. Demasiado real.

—No la sigo.

—Todo apunta a que la dichosa «Solène» también mantiene una estrecha relación con un niño. Un niño al que ha tomado por Raphaël.

—¿Me está diciendo que puede haber otro niño implicado?

—En efecto, es muy probable.

—¿Y piensa que está en peligro?

La doctora Florent asintió con la cabeza. A Fabregas le hubiese gustado refutar esa posibilidad sin más, pero algo se lo impedía. Una leve comezón en la base del cuello, una vocecita susurrándole al oído que la pesadilla no se había acabado ni de lejos. Que, en realidad, no había hecho más que empezar.

11

Fabregas no pudo dormir en toda la noche. Por la mañana muy temprano, fue a su cuartel general conduciendo muy por encima del límite de velocidad con la esperanza de disipar la culpabilidad que lo traía a maltraer desde que había encontrado el cuerpo de Nadia. Debería haber tenido más tacto, prestado más atención. Debería haberse acordado de que se trataba de una niña.

Lo que le había comunicado la psicopediatra el día anterior solo acentuaba ese desasosiego. Podía haber otro niño en peligro. Un chico esta vez, que encarnaba a Raphaël. A Fabregas le hervía la sangre. Se sentía impotente, incapaz de controlar la situación. Iban a surgir otros dramas, lo sabía, lo sentía en los huesos, y aun así seguía sin un atisbo de pista. ¿Cómo dar con ese niño antes de que le pasara algo? Sin entrar en detalles, los «genios» de la informática que trabajaban para él habían sido tajantes: no podían hacer nada. Se habían esforzado en encontrar algún rastro de aquel niño en la cuenta de Nadia, pero la niña tenía más de ciento cincuenta amigos, la mitad de ellos de sexo masculino, y no les había alarmado ninguna conversación en concreto.

Fabregas ni siquiera sabía por dónde empezar las investigaciones. No había nada que indicase que ese niño viviese en

Piolenc, ni siquiera en la zona. A pesar de todo, tenía que intentarlo, y La Ròca era su mejor baza. No solo porque uno de cada dos niños de Piolenc estaba escolarizado allí, sino porque hasta ahora aquel colegio con nombre occitano era el único vínculo comprobado entre todos los secuestros. Tanto los mellizos, hacía treinta años, como Nadia y Zélie acudían al centro cuando desaparecieron.

Fabregas se plantó en La Ròca junto con cuatro subordinados. Había avisado al director con el tiempo justo para que les facilitara la tarea. El plan era sencillo. Interrogar a todos los chicos de entre diez y once años sobre si estaban en relación con una tal Solène o si tenían en su cuenta de Facebook algún contacto nuevo a quien no hubiesen visto nunca en el mundo real.

El director del centro, que cada vez llevaba peor la situación, se anticipó lo mejor que pudo a las necesidades de los gendarmes. Había reservado varias aulas vacías, avisado a la mayoría de los padres de los niños afectados y pedido a los profesores que adaptasen lo que tenían previsto hacer esa mañana.

Por su parte, el capitán había aleccionado a sus hombres: no debían interrogar a ningún niño sin la presencia de uno de sus padres o de un representante de Asuntos Sanitarios y Sociales, y bajo ningún concepto debían rebasar los límites de una mera conversación. Habría un maestro presente en todas las entrevistas para asegurarse de que se cumplía esta regla. Al principio algunos padres de alumnos se mostraron reticentes ante la posibilidad de que su progenie se viera cara a cara con un agente uniformado, pero el director supo hacer gala de diplomacia y les recordó que aquella operación tenía una única finalidad: evitar que se produjera otra tragedia.

Fabregas se quedó espantado por el número de respuestas positivas. Prácticamente todos los niños a los que interrogó confesaron que hablaban con regularidad en las redes sociales con personas a las que no conocían de nada. Lo justificaban con argumentos a veces desconcertantes: «Lo que cuelga en su muro es total», o «Tiene más de mil amigos y su propio canal de YouTube». El único punto significativo que los gendarmes habían podido establecer era que entre sus relaciones no había ninguna Solène. Hecho que no le permitía a Fabregas afirmar que el secuestrador solo usara ese seudónimo. Quizá lo fuese cambiando en función de cada víctima. Del mismo modo, cabía la posibilidad de que Facebook no fuese su único territorio de caza. Muchos niños habían insistido en que Facebook era una red para viejos. Que solo la usaban los pringados del colegio.

Al cabo de dos horas, Fabregas salió del aula más hecho polvo de lo que había entrado. En su fuero interno sabía que esas conversaciones no habían aportado nada. En ningún momento había notado esa comezón en la base del cuello que hoy le resultaba tan familiar y en la que había aprendido a confiar. Si uno de esos niños era la siguiente víctima, los elementos tan endebles que habían recabado los gendarmes no servirían para evitarlo.

Fabregas estaba a punto de marcharse cuando el director lo interceptó. Había recibido los nombres del personal externo que había trabajado la víspera en el comedor.

—En efecto, ayer había un sustituto —añadió el director con una pizca de emoción en la voz—. La empresa Élite me va a enviar su ficha.

Esta información no solo no satisfizo a Fabregas, sino que fue la gota que colmó el vaso. ¿Cómo iba a hacer frente a tantas indagaciones simultáneas? El tiempo jugaba en su contra. Había que encontrar a Zélie sana y salva, sin olvidar el hecho de que quizá había otro niño en peligro. Fabregas se aferró a ese «quizá» para centrar los esfuerzos en las certidumbres. Alguien había secuestrado a una niña y su prioridad era devolvérsela a sus padres antes de que fuera demasiado tarde.

—¡Quiero esa ficha ahora mismo! —dijo entonces con autoridad, como para confirmar su resolución.

—Debe de haber llegado ya —contestó el director—. Si quiere, voy a comprobarlo.

—Lo acompaño —contestó Fabregas pisándole los talones.

Cuando llegaron a la puerta del despacho del director, este se paró en seco y dudó unos segundos antes de hablar:

—Hay otra cosa que debe saber, capitán.

—Soy todo oídos.

—Es sobre el sustituto ese.

—¿Sí?

—He hecho las comprobaciones que me pidió. Trabajó también el día en que desapareció Nadia.

Fabregas se puso tenso. Por fin tenían algo, lo sabía.

Los pocos segundos que tardó el director en abrir la cerradura de la puerta y encender el ordenador se le hicieron eternos. El capitán ya solo tenía una cosa en mente: ponerle nombre y cara al que desde ahora consideraba el principal sospechoso.

El mensaje de correo electrónico había llegado. El director lo envió a imprimir, pero Fabregas no podía esperar. Giró la pantalla y empezó a leer la ficha en diagonal. Contenía los datos habituales, nombre, señas y número de la seguridad social, con los que se podía empezar a investigar. Cuando volvió a leer más atentamente cada dato, se le encogió el estómago.

El sentido común le decía a voces que lo que estaba leyendo tenía que ser una coincidencia.

Pero la sangre le latía en las sientes a más no poder.

El sustituto se llamaba Raphaël Dupin y, según su número de la seguridad social, había nacido en 1978.

El mismo año que Raphaël Lessage.

12

Fabregas solo se llevó a dos hombres para personarse en la dirección que figuraba en la ficha de Raphaël Dupin. Oficialmente iban allí para hacerle unas preguntas en el marco de una investigación en curso: ¿había notado algo raro el día que desapareció Zélie? ¿Había visto a Nadia a la salida de La Ròca la semana anterior? Ningún juez de instrucción le habría firmado una orden de detención solo porque el nombre y la edad de un sustituto que trabajaba con regularidad en un centro escolar coincidieran con los de una víctima que había desaparecido treinta años atrás. Para un magistrado, aquellos elementos no constituían más que una serie de presunciones.

Sin embargo, lo que no era más que una corazonada no tardó en convertirse en una duda razonable.

Al llegar a la avenida de Provence, número 1879, los gendarmes tuvieron que rendirse a la evidencia: Raphaël Dupin se la había jugado. Sus señas los habían llevado de cabeza a una tienda de prensa, y la única vivienda que había encima del local pertenecía al mismo dueño. Este confesó enseguida que había accedido a recibir la correspondencia de Dupin, pago mediante, pero que el tipo rara vez acudía en persona a recogerlo.

—A veces es una mujer —explicó—, y otras un hombre. A él he debido de verlo tres o cuatro veces en seis meses, no más.

—¿Y podría describírnoslo?

—Supongo que podría hacerlo —contestó a regañadientes, comprendiendo que por haber querido ganarse unos euros extra ahora estaba a punto de perder un tiempo valiosísimo.

Fabregas ya le había solicitado a la empresa Élite que elaborara un retrato-robot de Raphaël Dupin. Si ambas descripciones coincidían, podría justificar fácilmente la vigilancia de la papelería y tendría argumentos para establecer un plan de intervención inmediata. Mientras no contara con elementos visuales que permitiesen reconocer al sospechoso, no le serviría de nada poner controles en todo el departamento de Vaucluse. Por mucho que le costara, a Fabregas no le quedaba más remedio que esperar.

De vuelta al cuartel general, se dio de narices con Jean Wimez. A su antiguo superior ya le había llegado la noticia y venía directamente a la fuente para obtener más información.

—Te respeto mucho, Jean, pero no tengo por qué comunicarte los avances de la investigación.

—¡Oye, para el carro! Sé que tienes un sospechoso y que ese hombre podría ser el hijo de Victor. Te recuerdo que me pasé casi toda mi carrera buscando a ese niño y que si alguien se merece estar en el ajo, ¡creo que ese soy yo!

A Fabregas le hervía la sangre. Esa información no debería haberse filtrado. Iba a tener que blindarse para que no hubiera más patinazos. Piolenc era un pueblo de cinco mil habitantes y no hacía falta mucho para que un rumor se extendiese. Lo último que quería era ver cómo los vecinos se lanzaban a una improvisada caza al hombre.

—Déjame cumplir con mi trabajo —replicó con calma, pese a todo—. De momento, solo tengo conjeturas y bastante endebles, créeme. Lo único que puedo decirte es que el hombre que buscamos se llama, en efecto, Raphaël, y que su edad podría coincidir con la del hijo de Lessage. Estarás conmigo en que no es gran cosa. Y, por si fuera poco, no tenemos ninguna prueba de que esté implicado en el secuestro de las niñas. Lo único que pretendo es interrogarlo.

—¡A otro perro con ese hueso! No te olvides de que yo te formé, Julien. Si andas tras él, es porque algo te ha puesto la mosca detrás de la oreja, ¿me equivoco?

Fabregas soltó aire lentamente al comprender que el exgendarme no iba a darse por vencido tan fácilmente. No podía reprochárselo. En su lugar, con toda certeza habría actuado igual.

—Que quede claro —dijo para abreviar la conversación—, no quiero que metas a Victor Lessage en todo esto.

—¡Pero si se trata de su hijo!

—¡Eso no lo sabes, Jean, ni yo tampoco! Si Victor es amigo tuyo, me parece que lo mínimo que puedes hacer por él es evitar que se haga ilusiones con un reencuentro antes de que hayamos podido comprobar la información.

Jean Wimez no podía ponerle pegas a eso, sobre todo cuando incluso a él le costaba creer en la reaparición del hijo de Victor. Hacía ya muchos años que el exgendarme se había forjado la certeza de que Raphaël estaba muerto. Era la única forma que había encontrado para recobrar un simulacro de vida. El caso de los mellizos había sido para él un abismo. Le había costado su matrimonio, la relación con su hijo y a punto estuvo de perder también la cordura. Si ahora seguía peleando era sobre todo por Victor. Ese hombre se merecía saber la verdad.

—¿Qué plan de acción tienes? —preguntó, dando a entender de paso que aceptaba las condiciones que le imponía Fabregas.

—En cuanto tenga su descripción, pongo a todas mis unidades a buscarlo. Y si con eso no basta, reparto el retrato por todo el pueblo. Hasta ahora, en realidad, nuestro hombre no se ha andado escondiendo. Así que no hay ninguna razón para que no sepamos algo de él antes de la noche.

Como para confirmar lo que estaba diciendo, un teniente joven que asistía a Fabregas apareció tras la puerta acristalada con una hoja de papel en la mano. El capitán le indicó por señas que entrara.

—¿Es el retrato robot? —preguntó con impaciencia.

—Sí, mi capitán. Acabamos de recibirlo ahora mismo.

—De acuerdo, ya conoce el procedimiento. Transmítaselo a todas las unidades móviles y a las sedes del departamento.

El teniente, que solía ejecutar las órdenes sin hacerse de rogar, sin embargo en esta ocasión se quedó parado.

—¿A qué espera, Vicart? ¿A que se lo dibuje?

El teniente oscilaba de un pie a otro, buscando el tono apropiado para responder a su superior.

—No creo que merezca la pena, capitán —dijo al fin con la cabeza gacha.

—¿En serio? ¿Y me puede explicar por qué?

—Ahora mismo es todo una locura —balbució el teniente—, y no conseguimos tramitar todas las denuncias. Desde que los vecinos se enteraron de que Zélie había desaparecido, nos tienen desbordados los testimonios espontáneos.

—¡Vicart, tiene diez segundos para explicarse! —se impacientó Fabregas.

—Raphaël Dupin…

—¿Qué pasa con Raphaël Dupin?

—Que está en recepción, capitán, y quiere hablar con usted.

13

Fabregas hubiese apreciado aquel gesto espontáneo de Raphaël Dupin de no haber sido porque reforzaba esa desagradable sensación que le embargaba desde que se inició la investigación. Una vez más, no era él quien controlaba el desarrollo de los acontecimientos sino quien lo padecía.

Decidió hacer esperar a Dupin en la sala de interrogatorios para darse tiempo de tomar algo de perspectiva y abordar mejor el encuentro. Fabregas quería hacerse una idea de cómo era su adversario porque, aunque el sustituto había acudido *motu proprio*, por ahora seguía siendo el sospechoso número uno.

Lo observó a través del falso espejo. El hombre, arrellanado cómodamente en la silla con las piernas cruzadas, no mostraba señal alguna de estar nervioso. A lo sumo, de vez en cuando se mordía una uña, como lo habría hecho cualquiera por puro aburrimiento o para mostrar aplomo. Fabregas esbozó una sonrisa de medio lado. Los culpables siempre tenían tendencia a creerse más listos que nadie y a pensar que sabían controlar sus emociones como jugadores de póquer curtidos. De hecho, no tenían por qué estar equivocados. Pero no entendían que precisamente lo que los delataba era esa impasibilidad. Si hubieran observado tan solo una vez el comportamiento de los testigos a los que metían en esa sala, habrían visto que el inocente siempre se echa a temblar ante la justicia.

Fabregas arrancó el interrogatorio en tono de conversación. Raphaël Dupin había ido a verlo voluntariamente, y si el capitán quería obtener respuestas no le convenía ponérselo en contra.

—¿Sabe usted que le ha ahorrado un montón de gastos a la gendarmería, señor Dupin?

—¿En serio?

—¡Ya lo creo! Estábamos a punto de emitir una orden de búsqueda contra usted.

—¡Qué cosas! —dijo encogiéndose de hombros—. En Élite me dijeron que necesitaba usted hablar conmigo.

—¡Y entonces usted decide venir hasta aquí! —concluyó Fabregas con una pizca de ironía.

—Hombre, era lo más sencillo, ¿no?

—Podría haber llamado.

—No tengo teléfono.

Raphaël Dupin seguía tan tranquilo como antes, casi apático, y Fabregas no detectaba altanería alguna en su forma de hablar. Era como si el interrogatorio no fuera con él, como si el cuerpo hubiese accedido a personarse allí pero la mente tuviese otras cosas mejores que hacer.

—No tiene teléfono —repitió el gendarme— y, según parece, tampoco tiene buzón.

—¡Sí, claro que tengo!

—Fuimos a la dirección que dio usted en Élite.

El sospechoso frunció el entrecejo. A todas luces le costaba un verdadero esfuerzo entender adónde quería ir a parar su interlocutor. Al cabo de unos segundos, se le iluminó la mirada.

—La primera vez que trabajé para ellos estaba en plena mudanza. Como aún no tenía la dirección nueva, me pareció que lo más sencillo era darles esa. Se me debió de olvidar cambiarla.

—¡Va a ser eso! Y supongo que se le ha olvidado unas cuantas veces más, no solo con Élite, porque el propietario de la tienda de prensa nos indicó que seguía yendo allí a recoger el correo.

—Es posible. Es que a mí el papeleo…

—Por supuesto —concedió Fabregas viendo que aquella pista no iba a desembocar en nada y que era mejor cambiar de tema—. He visto que nació usted en 1978, ¿es correcto?

—Sí.

—¿Puedo preguntarle dónde?

—En Carsan. Es una aldeúcha al otro lado del Ródano. ¿Por qué, acaso importa?

Fabregas notó que, por primera vez, Raphaël Dupin reaccionaba con una pregunta. Aquel hombre había dicho claramente al principio de la conversación que no sabía por qué lo estaban buscando los gendarmes y sin embargo no había pedido explicaciones en ningún momento.

—Es pura curiosidad —lo esquivó el capitán—. Pero me imagino que tendrá usted prisa, así que voy a ir al grano. Como ya sabe, han desaparecido dos niñas escolarizadas en La Ròca con pocos días de diferencia y todavía seguimos sin saber nada de una de ellas.

Fabregas se había limitado a enunciar lo que se había publicado en la prensa. Solo quienes estaban metidos en la investigación sabían que Nadia había desaparecido por propia voluntad y, sobre todo, que se había suicidado.

—Estoy al tanto. Es terrible.

Era un tono carente de empatía, pero eso no se podía considerar delito.

—Sabemos que trabajó usted en el comedor escolar los días de los secuestros.

—¿Ah, sí? Si usted lo dice…

Fabregas empezaba a impacientarse. Se preguntaba si el hombre que tenía delante era de mente lenta o, por el contrario, se trataba de un actor de primera.

—¡Pues sí que lo digo! —respondió, más seco—. Por eso nos gustaría que nos lo contara.

—¿Que les cuente qué? Lo siento, pero no entiendo.

—¿Notó algo extraño o simplemente inusual alrededor del centro esos días?

—¡Pero cómo quiere que me acuerde! Para empezar, ¿de qué días estamos hablando?

El mismo tono apagado. Al capitán le parecía estar hablando con un adolescente recién levantado.

—¡De ayer, señor Dupin, estamos hablando de ayer! Al menos en lo que se refiere a Zélie. Ya tendremos tiempo de hablar luego del secuestro de Nadia.

—Nadia es la que ha vuelto, ¿verdad?

—¡Exacto! Cosa que no ha pasado con Zélie y por eso necesitamos su ayuda.

—¿Qué quiere que le diga? Llegué sobre las diez de la mañana y no salí de la cocina hasta las dos y media de la tarde. Luego volví a cargar las cosas en el camión y me fui a casa.

—¿Directamente?

—No, claro que no. Primero pasé por Élite para dejar el camión y recoger mi coche.

—¿Y durante las cuatro horas que pasó en el colegio no notó nada raro?

—No, estaba ocupado con la comida. Puede que mi compañero viera algo. Sale bastantes veces al comedor durante el servicio. ¿Se lo han preguntado?

—Todavía no, pero pronto lo haremos.

Cuanto más se prolongaba el interrogatorio, más cuenta se

daba Fabregas de que carecía de elementos para retener a su interlocutor. Aparte del hecho de que ese hombre estaba trabajando en La Ròca cuando se produjeron las desapariciones (una de las cuales fue voluntaria), el capitán no tenía ningún indicio inculpatorio. Por los mismos motivos, podría haberla tomado con el director o con los profesores. No, si tenía a Raphaël Dupin sentado ahí delante en ese momento era solo por dos razones: su nombre y su fecha de nacimiento. A cualquier abogado le habría entrado la risa. Pero ya que el hombre aún no había solicitado asistencia jurídica, Fabregas se lo jugó todo a una carta:

—Señor Dupin, ¿accedería a que le tomásemos una muestra de ADN?

14

Jean esperó a que Fabregas entrase en la sala de interrogatorios para situarse detrás del falso espejo. El capitán no puso objeción alguna; su antiguo superior había sabido ser convincente. Jean Wimez conocía a Solène y a Raphaël Lessage casi tan bien como su padre. Se había pasado parte de su vida con el retrato de los mellizos ante los ojos, y al correr los años había ido asimilando cada rasgo de carácter, cada signo distintivo que los niños habían dejado entrever a lo largo de sus once primeros años de existencia.

Sin embargo, el hombre al que observaba ahora tenía cuarenta años y el exgendarme comprendía lo insuficiente que resultaba todo cuanto sabía. Sí, puede que Raphaël Dupin se pareciese algo al mellizo desaparecido, pero Jean no habría podido afirmarlo de forma categórica en ningún caso. En sus recuerdos, el Raphaël al que había buscado sin tregua tenía los rasgos más delicados y una expresión más soñadora, aunque ¿acaso no son así todos los niños? El hombre que estaba sentado en la sala de interrogatorios tenía los mismos ojos castaños, pero la nariz más ancha y la piel del rostro ligeramente flácida. ¿Cómo saber si esas variaciones no se debían solo al azote del tiempo? Jean se acordaba perfectamente de cómo se había metamorfoseado su propio hijo. En menos de dos años, su niñito de pelo sedoso se había transformado en un larguirucho poco agraciado. Incluso la voz había padecido los estragos de la adolescencia.

A Jean no le quedaba más remedio que reconocerlo: al fin y a la postre, la experiencia no le servía de nada. Raphaël Dupin podía ser Raphaël Lessage tanto como cualquier otro niño nacido en 1978. Aunque ese nombre fuera menos habitual a la sazón, distaba mucho de ser el único. Victor Lessage seguramente habría sido el más idóneo para zanjar la cuestión, pero Fabregas había sido tajante: bajo ningún concepto podía tener al padre de los mellizos informado sobre los progresos de la investigación y mucho menos de la presencia de aquel hombre en las dependencias de la gendarmería. Al capitán le daba miedo la reacción de Victor y quería evitar cualquier paso en falso.

Raphaël Dupin se había negado a que le tomaran la muestra de ADN. No lo hizo de forma agresiva, pero tampoco se lo pensó. Tras sonreírle al capitán Fabregas, el sospechoso se limitó a decir: «No». Parecía conocer sus derechos y saber que el gendarme no podía obligarlo a menos que existieran evidencias graves o concordantes. Claro está, Fabregas le señaló que aquella negativa se podía interpretar como un indicio de culpabilidad, pero Dupin no se dejó impresionar.

A Fabregas no le quedó más remedio que dejarlo marchar. No podían imputarle ningún cargo, y el hecho de que se hubiese presentado voluntariamente ante las fuerzas del orden habría bastado para sembrar la duda en la mente de cualquier juez de instrucción. Si Dupin era el hombre al que estaban buscando, la jugada le había salido redonda.

Un agente de guardia lo acompañó hasta la salida, dejando al capitán muy frustrado.

Fabregas se quedó en la sala de interrogatorios hasta que pudo recobrar la calma. A continuación, solicitó la presencia de Vicart para darle nuevas instrucciones. Ahora que los gendarmes sabían cuál era la dirección exacta de Dupin y su lugar de nacimiento, el capitán quería saberlo todo.

—¡Y cuando digo «todo», teniente, no es una forma de hablar! Quiero saber en qué centro cursó sus estudios, en qué trabajaban sus padres, el estado de sus cuentas bancarias… Resumiendo, quiero que no deje piedra sin remover, ¿me he expresado con claridad?

—¿Sin una orden?

Fabregas matizó sus instrucciones.

—¡Usted vaya recabando lo que pueda! Use el argumento de que hay niños en peligro, si hace falta. ¡Yo me encargo de la orden!

—¡Muy bien, capitán!

En cuanto Vicart se marchó, Fabregas le hizo una seña con la mano a Jean, que esperaba pacientemente para entrar. El capitán no necesitaba preguntarle si había reconocido a Raphaël Lessage. Habían acordado que, si Jean tenía la certeza, interrumpiría el interrogatorio con cualquier pretexto. Como se había quedado detrás del cristal, el mensaje estaba claro.

—Era demasiado bonito para ser verdad —resopló Fabregas con expresión alicaída.

—No digo que no fuera él, Julien. Solo digo que no puedo afirmarlo.

—Y yo no puedo obligarlo a que nos dé su ADN.

—Ya lo sé.

La investigación seguía en punto muerto mientras había una niña desaparecida desde hacía veinticuatro horas. Quizá su vida corriese peligro, los dos hombres lo sabían, y aun así no tenían ni una mala pista que seguir.

Jean, que adivinaba lo que Fabregas estaba pensando, intentó tranquilizarlo.

—Nada nos dice que Zélie no haya seguido el ejemplo de Nadia. Puede que se haya escondido por voluntad propia.

—Puede —contestó el capitán muy poco convencido.

Jean se sentía igual de escéptico; pero la perspectiva de descubrir el cuerpo de otra criatura le resultaba insoportable. En realidad, nunca había superado del todo la muerte de Solène. Pasados treinta años, seguía viendo a la niña con su vestido blanco y la corona de flores en el pelo. Cerraba los ojos y se le aparecía. A veces sonriente, pero casi siempre implorante. Era algo que no le deseaba a nadie, y mucho menos al hombre que tenía enfrente. Fabregas tendría que seguir viviendo con el suicidio de Nadia y aquel era ya un fardo excesivamente pesado.

En la habitación reinaba un silencio cargado. Fabregas apretaba las mandíbulas compulsivamente mientras Jean se miraba las manos en busca de inspiración. El exgendarme estaba sentado en el mismo sitio que había ocupado minutos antes Raphaël Dupin, y de pronto se fijó en una brizna que había en la silla, justo entre sus piernas. Iba a barrerla con el revés de la mano, pero se contuvo de inmediato. En su lugar, se sacó un pañuelo del bolsillo y recogió el fragmento con precaución para acercárselo a los ojos. Lo que por un instante le había parecido ser una miga no era tal, y Jean sonrió por primera vez desde hacía mucho tiempo.

—Por algo dicen que morderse las uñas es una mala costumbre…

Fabregas tardó unos segundos en entenderlo. Se le iluminaron los ojos y, acto seguido, se le volvieron a ensombrecer.

—Sabes de sobra que no puedo hacer nada con eso. Si solicito un análisis de ADN, no podremos presentar nada que se base en él.

—Tú quizá no, pero te recuerdo que yo soy un jubilado que mata el tiempo como puede. Todo el mundo sabe que sigo intentando resolver al caso de los mellizos y que de vez en cuando recurro a mis antiguos contactos para que me echen una mano. Lo único que tengo que hacer es solicitar ese análisis a título particular y entregarte los resultados. En tu calidad de responsable de la investigación, no te quedará más remedio que estudiar esa pista.

Fabregas sabía a ciencia cierta que era un método cuestionable. Si alguien se enteraba de que él estaba al corriente, la prueba no solo quedaría invalidada, sino que a él lo retirarían de la investigación definitivamente. Estaba a punto de rechazarlo cuando Vicart irrumpió sin previo aviso.

—Lo siento, capitán —dijo sin resuello—, pero acaban de llamar de La Ròca.

15

De camino a La Ròca con Jean, Fabregas no dijo esta boca es mía. La pesadilla continuaba y ninguna palabra habría podido apaciguar la situación.

El director del centro los había avisado a ellos antes incluso que a los padres. Había desaparecido otro alumno de quinto de primaria. El vigilante del patio recordaba haberlo visto jugando con sus compañeros en el recreo pero, cuando volvieron a clase, Gabriel Pénicaud no contestó al pasar lista.

—¡La doctora Florent lo había visto venir! —soltó al fin el capitán—. ¡Me puso sobre aviso y yo he sido tan gilipollas como para no impedirlo!

—¡No vayas por ahí, Julien! La culpabilidad no es una buena aliada, créeme. Si la dejas acomodarse, acabará paralizándote.

Jean conocía esa sensación de impotencia, del mismo modo que conocía la ira que dominaba en ese momento a su antiguo teniente. Por eso había insistido en acompañarlo. La investigación que tantos años le había llevado a Jean había acabado por aislarlo. Sus propios tenientes, sin llegar a abandonarlo, se habían quedado mirando cómo se enfangaba en aquella búsqueda. «El capitán tiene una fijación con eso», les explicaban a los novatos recién llegados. Jean era consciente de ello, sabía que sus hombres lo miraban con lástima en cuanto se daba media vuelta, pero no se lo tenía en cuenta. Llevaban razón. El caso de los mellizos se había convertido en su compañero, de día y de noche, y Jean no quería que Fabregas siguiera su ejemplo. No en eso, al menos.

Gabriel Pénicaud era uno de los niños a los que habían interrogado el día anterior. Fabregas consultó las notas que había tomado el teniente que habló con él, pero ninguna de las respuestas del niño dejaba presagiar ese giro de los acontecimientos. Gabriel era un niño como tantos otros, al que le encantaba jugar con videojuegos y al fútbol, y al que le gustaba entrar en Facebook porque «mola y con los vídeos te partes de risa», según le dijo al gendarme.

El director de La Ròca se había anticipado a la llegada de los gendarmes convocando en su despacho a la señorita Gauthier, la maestra de Gabriel, y también al vigilante, que era el último que había visto al niño dentro del colegio.

Cuando estuvieron todos sentados en torno a la mesa de reuniones, Fabregas inició la conversación con tono tajante:

—Señorita Gauthier, ¿por qué no me sorprende verla en esta mesa? ¿Es consciente de que su clase guarda un parecido tremendo con el triángulo de las Bermudas?

La maestra bajó los ojos con la frente ruborizada. Era un ataque injusto, Fabregas lo sabía, pero se esperaba algún tipo de reacción.

—No lo entiendo —farfulló ella—. Llevo ocho años trabajando en La Ròca y nunca...

—¡No se justifique! —la atajó el director—. Capitán, su observación me parece totalmente fuera de lugar. Tanto los profesores como yo estamos aquí para ayudarlo, ¡no para aguantar sus sarcasmos!

Fabregas iba a replicar en el mismo tono cuando su mirada se cruzó con la de Jean. Captó el mensaje que este le transmitía sin que tuviese siquiera que expresarlo. No era el momento de ajustar cuentas.

—No me he quedado con su nombre —se escabulló, dirigiéndose ahora al vigilante.

—Bruno. Bruno Giando.

—Señor Giando, ¿notó algo inusual en el patio de recreo? ¿Alguien que no debería haber estado allí, por ejemplo?

—Ya me lo ha preguntado el director.

—¡Y ahora se lo pregunto yo, señor Giando!

—No, no he visto nada.

—¿Está seguro?

—Mire, tengo que vigilar a cerca de cien niños. No puedo estar en todo. Recuerdo haber visto a Gabriel jugando al fútbol con sus amigos, pero no me quedé mirándolo solo a él.

El hombre se mostraba agresivo pero, al fin y al cabo, pensó Fabregas, para él también se trataba de defender su puesto delante del director.

—¿Y usted, señorita Gauthier, notó algo? ¿Algún cambio en el comportamiento de Gabriel, por mínimo que fuera?

La joven retorcía un pañuelo desechable entre los dedos y sorbía de tanto en tanto. Alzó los ojos húmedos y negó brevemente con la cabeza.

—Hábleme de ese niño —insistió Fabregas, más calmado—. ¿Qué me puede contar de él?

La señorita Gauthier respiró hondo antes de hablar:

—¿Qué quiere que le diga? Gabriel es un ángel. Siempre está sonriendo, siempre está pendiente de los demás. Es buen alumno, aplicado, aunque le gusta hacer el payaso de vez en cuando. Es cierto que estaba más distraído las últimas semanas, pero les pasa a muchos alumnos a estas alturas del curso. El programa es muy largo para lo peques que son, y a menos de una semana para las vacaciones de verano, resulta difícil hacerse con ellos.

Al darse cuenta de que quizá Gabriel no disfrutaría de los dos meses de vacaciones, la maestra calló, con un nudo en la garganta por culpa de los sollozos que trataba de contener en vano.

Jean, que hasta aquel momento no había dicho nada, frunció las cejas. Algo de lo que había dicho la joven le había llamado la atención, pero no conseguía saber qué era. Intentaba repasar mentalmente la frase, pero no lograba concentrarse mientras los demás seguían hablando. Le hizo una seña a Fabregas para indicarle que necesitaba salir del despacho.

Cuando estuvo fuera, se puso a andar por el pasillo arriba y abajo recordando cada intervención. Jean tenía la esperanza de que, repasando la conversación hacia atrás, aflorara la frase o la palabra que lo había alertado. La maestra se había referido a que el rendimiento de Gabriel había bajado. Recordaba que había pasado lo mismo con Zélie, pero la señorita Gauthier había dado una explicación de lo más verosímil. A final de curso, los niños se desconcentran, él también lo había observado en su hijo. No, no era eso. Era una palabra concreta la que había hecho que le saltasen las alarmas y tardó más de cinco minutos en dar con ella. «Un ángel.» La maestra había comparado a Gabriel con un ángel. Como sucedía tan a menudo con Solène y Raphaël. Con Solène, sobre todo después de que la encontraran vestida de blanco y con flores en el pelo; con su hermano, porque tenía los rasgos tan delicados como ella y la mirada igual de dulce, pero también porque Raphaël era el nombre de un arcángel.

Como Gabriel.

Jean Wimez había aprendido a desconfiar de las coincidencias. En su fuero interno, una vocecita lo exhortaba a tirar de ese hilo. Cogió entonces el smartphone y buscó en Google. El resultado le confirmó sus dudas y le corrió por la espalda un sudor frío que le empapó la camisa.

Zélie también tenía algo en común con los mellizos de Piolenc. Su santo se celebraba el 17 de octubre, igual que el de Solène.

16

–¡No lo entiendes, Julien! Esto confirma que se trata del mismo caso. ¡El que secuestró a los mellizos en 1989 ha vuelto a las andadas!

Mientras conducía, Fabregas observaba a Jean con el rabillo del ojo. Resultaba evidente lo agitado que estaba. El exgendarme había esperado a que terminara la entrevista en La Ròca para comunicarle lo que había descubierto. Ahora que estaban solos, Jean no podía dejar de hablar. Lo hacía atropelladamente, sin apenas pararse a respirar.

–¡Tenemos que volver a empezar desde cero! –prosiguió.

Fabregas sabía que lo que estaba a punto de decir podía herir a su antiguo jefe, de modo que intentó suavizarlo.

–¡Jean, que no se te olvide que estás jubilado y que no hay un «tenemos» que valga! Bastante me arriesgo ya llevándote conmigo de acá para allá.

–¡Venga ya, no me vengas con esas! ¡Está claro que nos enfrentamos al mismo hombre, y sabes de sobra que te voy a hacer falta!

–¡El que dice que es el mismo hombre eres tú, Jean! Lo siento, pero, aparte de que los nombres coinciden, no tenemos nada a lo que agarrarnos.

—Te doy la razón en que es poca cosa, ¡pero estoy convencido de que tenemos algo! Y además, sin ánimo de ofender, no me parece que tengas otras muchas pistas aprovechables.

Fabregas no podía discutirle nada. Desde el principio tenía la sensación de estar siguiendo el rastro equivocado o, como mínimo, de ir siempre un paso por detrás. Cuando Nadia volvió a casa, estaba convencido de que conseguiría que hablase. Y el resultado fue que la niña se suicidó antes siquiera de que tuviera tiempo de intentarlo. Raphaël Dupin, cuya presencia en La Ròca lo convertía en el sospechoso perfecto, seguramente estaba aún en las dependencias de la policía cuando desapareció Gabriel. Para rematar, Fabregas estaba empeñado en excluir de la investigación al único hombre que dominaba a la perfección el expediente de los mellizos, y ni siquiera sabía por qué. ¿Tenía miedo de que le retirasen el caso por un defecto de forma? ¿O lo asustaba que Jean pudiese restarle autoridad ante sus hombres? Fuera cual fuese el motivo, el capitán sabía que no valía nada comparado con lo que se estaban jugando. La vida de dos niños era más importante que su carrera o su ego.

—¿Quiénes fueron tus sospechosos por aquel entonces? —preguntó al cabo, aceptando tácitamente la colaboración de su antiguo jefe.

—Es una lista muy larga.

—Pues entonces espero que no tengas planes para esta noche.

Al llegar a la gendarmería, a través de una puerta entornada los dos hombres vieron las piernas cruzadas de una mujer; Fabregas estaba convencido de que no pertenecía al cuerpo de gendarmes. La doctora Florent se había acomodado en un despachito que Vicart había puesto a su disposición. A efectos de la investigación, había acudido a dar su testimonio sobre el suicidio de Nadia y estaba leyendo detenidamente dicha declaración. Fabregas, que no había hablado con la psicopediatra desde la tragedia, aprovechó la ocasión para agradecerle su trabajo.

—¡Supongo que está de broma! —respondió ella con un tono seco y amargo—. De haber actuado como es debido, a estas horas Nadia no estaría muerta.

Al capitán le hubiese gustado encontrar las palabras adecuadas para consolarla, pero comprendió que desde ese momento los unía un sentimiento común, la culpabilidad, que no se podía atenuar con unos cuantos tópicos.

—¿Se vuelve esta noche a Aviñón? —le preguntó para cambiar de tema.

—¿Por qué? ¿Pensaba invitarme a cenar?

Aunque había notado el sarcasmo en la entonación de la doctora, Fabregas decidió pasarlo por alto.

—¡Pues claro! Una pizza en nuestras dependencias. No puede negarse a un planazo así.

Desconcertada, la psicopediatra se lo quedó mirando unos segundos antes de replicar.

—¿No le han dicho nunca que tiene una forma de tratar con las mujeres… cómo decirlo… bastante sorprendente?

Al darse cuenta de que estaban al borde del malentendido, y como no quería incomodar a su interlocutora, Fabregas le dedicó una sonrisa que esperaba que resultase lisonjera, antes de aclarar el asunto.

—Hubiese preferido con diferencia invitarla a un buen restaurante —dijo a su pesar—, pero Jean y yo tenemos que trabajar toda la velada y estaba pensando que nos vendría muy bien su ayuda.

—¿Mi ayuda? ¿Quiere que hable con algún otro niño?

—No, qué va. Me gustaría que nos diese su opinión sobre el perfil del secuestrador.

Esta vez la doctora Florent sí que se quedó atónita.

—Me dedico a la psiquiatría infantil, capitán, no a elaborar perfiles criminales.

—Ya lo sé. Y aun así, usted fue la única que intuyó que iban a secuestrar a otro niño.

—¿Y lo han hecho? —preguntó ella casi sin resuello.

Fabregas se dio cuenta de que había quemado varias etapas. Por ahora, solo unos pocos iniciados sabían que Gabriel había desaparecido. Aparte de sus padres, a los que estaba atendiendo en ese momento una unidad psicológica, la consigna establecida era no difundir la información. Los vecinos de Piolenc ya estaban viviendo una situación bastante tensa, y Fabregas debía evitar a toda costa que cundiera el pánico si aspiraba a mantenerla bajo control.

Así pues, le relató a la doctora los últimos acontecimientos rogándole discreción. A la psicopediatra le costó un rato encajar el golpe antes de aceptar la propuesta del capitán.

—¿Por dónde empezamos?

—Jean va a elaborar la lista de los sospechosos a los que interrogó en 1989.

—¿De verdad cree que se trata de la misma persona?

—Tal y como están las cosas, no descarto ninguna posibilidad.

La doctora Florent asintió levemente con la cabeza mientras cogía la carpeta que le alargaba Fabregas. Hasta ese momento, solo había tenido acceso a la información relacionada directamente con Nadia. Ya era hora de que conociese el resto del expediente. De que aprendiese a conocer a Zélie y a Gabriel a través de las descripciones que habían recabado. De que se familiarizase con el centenar de testimonios que habían recogido en la última semana. Fabregas también quería que ella le explicase las consecuencias que había podido acarrear la discusión entre Victor Lessage y sus hijos. Por último, le entregó el acta del interrogatorio de Raphaël Dupin. Aunque no pudieran acusarlo de haber secuestrado a Gabriel, había algo en ese hombre que seguía intranquilizando a Fabregas, y contaba con la doctora para averiguar qué era.

—Está depositando demasiadas esperanzas en mí, capitán. Ya se lo he dicho, no soy criminóloga. Lo mío es acompañar a los niños que sufren. No perseguir a los que les hacen sufrir.

—No le estoy pidiendo que los persiga, doctora. De eso me encargo yo. Pero si consigue al menos explicarme qué se le pudo pasar a Nadia por la cabeza para fugarse antes de suicidarse, y si puede decirme cómo es posible que dos niños desaparezcan del colegio sin que nadie los vea ni los oiga, quizá me aclare un poco las cosas.

—Lo haré lo mejor que pueda, capitán. Es lo único que puedo prometerle.

17

Siete nombres. En veinte años de investigación oficial y diez de investigación oficiosa, Jean Wimez había sospechado en total de siete hombres de ser responsables del secuestro de los mellizos y el asesinato de Solène.

En su momento llevó los interrogatorios todo lo lejos que le permitía la ley. A falta de pruebas o de indicios tangibles, acabó rindiéndose y se convenció de que el verdadero culpable debía de ser un turista que aquel famoso 26 de agosto de 1989 estaba de paso en Piolenc. La fiesta del ajo, bajo el nombre algo grandilocuente de «festival cultural y folclórico del ajo», celebraba aquel año su décimo aniversario y las numerosas actividades que se habían organizado para la ocasión atrajeron a más curiosos que las ediciones anteriores.

La desaparición de Zélie y Gabriel lo volvía a poner todo en entredicho. Jean estaba convencido de que la coincidencia de los nombres no era tal, y que demostraba que el secuestrador había elaborado un plan minucioso. No podía tratarse de alguien que estaba de paso. Seguramente había esperado a que los dos niños alcanzaran la misma edad que tenían Solène y Raphaël para hacerlos desaparecer a su vez. Quedaba por saber cómo y, sobre todo, por qué. ¿Estaba tratando de reproducir un patrón?

—Es muy posible —contestó la doctora Florent—. Aunque no sean mellizos, Zélie y Gabriel tienen la misma edad y están en la misma clase. Por mucho que la maestra nos haya dicho que no tenían mucha relación entre sí, puede que el secuestrador haya concebido una historia diferente.

—¿Significa eso que tenemos que prepararnos para encontrar el cuerpo de Zélie de aquí a unos meses? —preguntó entonces Fabregas, muy tenso.

—No podemos descartarlo.

El capitán se quedó mirando el calendario que colgaba de la pared, al tomar conciencia, de pronto, de que se había iniciado la cuenta atrás. Y que solo podía acabar de la peor manera.

—Disculpen, pero tengo una duda —intervino Jean—. No me creí nunca que la muerte de Solène estuviera planeada, y sigo sin creérmelo.

—¿Por qué dices eso?

—Nunca conseguí explicármela del todo. Puede que fuese por cómo estaba colocado el cuerpo o por la ropa que llevaba puesta, pero la primera impresión que tuve en el cementerio fue que alguien la quería mucho, incluso después de muerta. Sigo pensando que se asfixió de forma accidental.

—Es posible —repuso la psiquiatra con tacto—, pero hay algo en esa teoría que no me acaba de encajar.

—¿El qué?

—Supongamos que nuestro hombre… mejor dicho, ya que no descarto que haya participado una mujer… supongamos que esa persona sintiese la necesidad de secuestrar a una pareja de niños para satisfacer un impulso, que de momento se nos escapa. Ahora supongamos que la muerte de Solène fue accidental, como sugiere usted. Por lógica, el secuestrador debería haber hecho lo que fuera para reemplazar a esa niña.

Habría sentido la necesidad de volver a equilibrar la balanza, si me permite la expresión.

—Entiendo —contestó Fabregas prosiguiendo por su cuenta el razonamiento—. Según usted, si la muerte de Solène no fue premeditada, habrían secuestrado a otra niña inmediatamente después, ¿es eso?

—¡Eso es! En fin, es solo una opinión, pero si esa persona obedecía a un impulso al apoderarse de Solène y de Raphaël, entonces habría sentido una frustración tremenda y no le habría quedado otra que repetir la jugada.

Jean tuvo que admitir que aquel enfoque se sostenía. Servía para ver con perspectiva sus propias convicciones, pero era consciente de que no estaban basadas únicamente en el instinto. Una mera sensación que nunca lo había abandonado. Sin embargo, no pudo resistirse a hacer de abogado del diablo.

—Después de que se encontrara el cuerpo, todo el mundo estaba a la que salta, y no solo en la gendarmería. Hasta los periodistas habían convertido aquella historia en su caballo de batalla y los habitantes del pueblo investigaban por su cuenta. Los vecinos se vigilaban mutuamente. Todos aportaban su granito de delación. En todos los cruces de carretera, cuando no había un control policial, puede estar segura de que había un civil ojo avizor. Habría hecho falta una inventiva fuera de lo común para secuestrar a otro niño en la región.

—Lo más probable es que tenga usted razón —admitió la doctora Florent en tono de disculpa.

No llevaba ni una hora estudiando el expediente y ya había desbaratado toda una vida de certezas sin pararse a pensar siquiera en qué consecuencias podía tener para el hombre que tenía enfrente. La psiquiatra estaba consternada, pero Fabregas siguió insistiendo.

—Cuando te refieres a la región, Jean, ¿hasta dónde se extendían las redes de investigación?

—¡Por todo Vaucluse! —respondió a la defensiva—. Ciento cincuenta localidades, más de tres mil quinientos metros cuadrados y quinientos mil habitantes a los que vigilar. Puedo decirte que eso supone un buen puñado de hombres. Y de mujeres, si es que también quieres ir por ahí. En aquella época no las dejamos al margen, créeme. ¡Pasamos a todo el mundo por la criba!

—Te creo, Jean —lo apaciguó el capitán, consciente de que necesitaría tener más mano izquierda si aspiraba a que su antiguo jefe lo ayudase—. Solo estoy intentando situarme en contexto. También sé que entonces no disponíais de los mismos medios que ahora y que ampliar una búsqueda a los departamentos aledaños implicaba más efectivos, seguramente más de los que podías permitirte, ¿me equivoco?

—No. Estábamos desbordados claramente, ¡pero no veo qué diferencia hay!

—¡La diferencia es que mañana por la mañana voy a poner a dos hombres a revisar las denuncias por desaparición de ese año, pero esta vez a nivel nacional! —concluyó Fabregas, muy resuelto—. Doctora Florent, ¿podemos centrar la búsqueda en las niñas de entre diez y once años?

—Si fuera usted, la ampliaría un poco. Si mi teoría es correcta, y una vez más, llegados a este punto, nada indica que lo sea, nuestro secuestrador habría actuado deprisa y corriendo. Puesto que Solène ya no estaba, la ilusión podía funcionar con una niña de entre nueve y doce años. En cambio, orientaría las pesquisas en la apariencia general de esa niña, el color del pelo o la estatura. Por lo menos, debería parecerse en algo.

—¡De acuerdo, así se hará! Jean, tú y yo nos vamos a repartir la lista. Citaré a tus siete sospechosos mañana a primera hora.

Puede que esta vez tengamos más suerte. Si se trata del mismo hombre, no olvidemos que será treinta años más viejo y que quizá se le dé peor cubrir su rastro.

—Si le parece bien, capitán, me gustaría tener una conversación con la señorita Gauthier.

—¿La maestra? A mí me parece que nos ha dicho todo lo que sabía.

—Yo no estoy tan segura como usted —contestó la psiquiatra sin más explicaciones.

18

De los siete sospechosos que incluía la lista de Jean Wimez, solo pudieron citar a tres. El paso del tiempo había tenido sus consecuencias, estrechando así el cerco; cosa que no disgustó al capitán. Había empezado una carrera contrarreloj y cuanto antes eliminara las pistas estériles, antes avanzaría en la dirección correcta. Dos de los siete individuos a los que su antiguo jefe tenía en el punto de mira habían muerto ese mismo año. Uno en un accidente de tráfico en Nochevieja, con tres gramos de alcohol en sangre, y el otro de un ataque cardíaco en abril, dos meses antes. Este último era el profesor de los mellizos en el momento de los hechos. Jean admitía que figuraba en esa lista únicamente porque le había desagradado su comportamiento. Opinaba que el antiguo profesor se tomaba demasiadas confianzas con sus alumnos, pero ningún miembro del personal de La Ròca había confirmado esa sensación. Al tercero lo descartaron porque llevaba cinco años disfrutando de su jubilación en Marruecos y desde entonces no había vuelto a poner los pies en Francia. Y al último, por la sencilla razón de que padecía alzhéimer y vivía en una institución especializada desde hacía casi dos años.

Entre los tres nombres restantes se encontraba, claro está, el de Victor Lessage. Aunque cuando desapareció Zélie el padre de los mellizos estaba bajo custodia por el secuestro de Nadia, salió antes de que Gabriel desapareciera del mapa. Sabiendo que Nadia se había volatilizado por voluntad propia, no era descabellado imaginar que Zélie había hecho otro tanto, y esa mera hipótesis volvía a poner en entredicho necesariamente la inocencia de Victor.

Las otras dos personas citadas eran vecinos de Piolenc. Fabregas, oriundo de Orange, no las conocía, pero Jean se las describió escuetamente antes de que llegaran.

El primero se llamaba Olivier Vasse. En 1989 tenía veinte años y trabajaba en las viñas por cuenta de su padre. Jean lo había catalogado como «una buena pieza». Había dejado de estudiar a los dieciséis años y ya tenía antecedentes antes de cumplir la mayoría de edad. Nada grave, una serie de hurtos que los distintos jueces habían tratado con indulgencia; lo cual no impedía que el joven, que debería haber estado ayudando a su padre durante la fiesta del ajo, se había ausentado del puesto durante dos horas y no había podido proporcionar una coartada. Aseguraba que fue a dar una vuelta en moto para despejarse, pero nadie pudo corroborarlo. Aparte de esa laguna en el horario, Jean no pudo incluir nada más en el expediente salvo que Olivier Vasse conocía a los mellizos porque había cuidado de ellos varias veces en el domicilio de los Lessage. Muy poca cosa para que un juez de instrucción le diera curso. En la actualidad, Olivier Vasse estaba desempleado y era asiduo del bar de apuestas hípicas de Piolenc. Vivía de ir vendiendo las viñas de sus padres, ya fallecidos.

El segundo sospechoso era un hombre al que los lugareños llamaban «el forastero». Un inglés que se había establecido en Piolenc a principios de la década de 1980 pero cuyo acento, que aún persistía, le había valido aquel mote que seguramente conservaría de por vida. Alan Wells tenía ahora ochenta años y Jean dudaba de que aún fuera capaz de secuestrar a dos niños, pero su nombre había aparecido reiteradamente en la investigación de los mellizos. Siempre a raíz de alguna delación.

—¿Qué clase de delaciones? —quiso ahondar Fabregas.

—Bueno, parecía más que nada una xenofobia muy rudimentaria, envidia pura y dura. Wells le compró a un vecino de toda la vida una finca de tres mil hectáreas por una miseria. Dijo que quería producir en el viñedo un caldo excepcional, aunque sabía de vinos tanto como yo de *pudding*.

—Y aun así, está en tu lista.

—Recibí más de cien quejas sobre aquel tipo y mi abuela solía decir: «Cuando el río suena, agua lleva». En mi opinión, no era más que un aventurero, pero resulta que no tenía ninguna coartada para ese día. Aseguraba que se lo había pasado pintando y que había quemado el lienzo esa misma noche. El señor no estaba satisfecho con el resultado.

—¿Eso es todo?

—No. Le pregunté a un viejo conocido de Scotland Yard si sabían algo de él. Nuestro hombre, hijo de una familia importante de Londres, trabajaba de profesor en un centro de secundaria antes de liar el petate. Se habían presentado varias quejas contra él por acoso a menores, pero todas se saldaron con un acuerdo amistoso. A la policía no le quedó otra que dejarlo estar.

—Ya veo —contestó Fabregas, escéptico—, pero estarás conmigo en que entre acoso y asesinato hay un abismo.

—Ya lo sé, por eso no fui más allá. Te lo he puesto en la lista porque se me vino su nombre a la cabeza y porque puede que a ti te cause una impresión distinta a la mía.

Fabregas sabía en el fondo que era una pérdida de tiempo, pero, a falta de pistas más sólidas, estaba decidido a citarlo con los otros dos.

Victor Lessage acababa de llegar a la gendarmería. Su rostro expresaba resignación en lugar del hastío que cabría esperar. En setenta y dos horas era la segunda vez que se hallaba entre esas paredes y cualquier otra persona se habría impacientado; pero saltaba a la vista que Victor ya tenía costumbre.

Jean recibió a su compañero de fatigas y lo acomodó en la sala de interrogatorios a la espera de que Fabregas se reuniera con ellos. Los dos hombres se miraron desafiantes, conscientes de que tan solo estaban reviviendo una escena por la que ya habían pasado cientos de veces.

Por su parte, Fabregas estaba leyendo a toda velocidad la declaración del padre de los mellizos. Quería saberse su expediente al dedillo antes de hacerle preguntas, pero Vicart interrumpió la lectura.

—¿Qué pasa, teniente?

—Es sobre Raphaël Dupin, capitán.

—¡Soy todo oídos!

—Creo que tenemos un problema.

—¡A riesgo de repetirme, soy todo oídos, teniente!

—Nos dijo que había nacido en Carsan, pero he llamado al Ayuntamiento. No hay registrada ninguna partida de nacimiento con ese nombre.

—¿Es posible que se les haya traspapelado?

—No según el encargado con el que he hablado por teléfono, capitán.

—Muy bien. Tráigame a Dupin. Si nos ha mentido sobre dónde ha nacido, seguramente nos estará ocultando más cosas.

—¡Ese es el problema! He intentado localizarlo en el teléfono fijo que nos dio, pero la línea no existe. Mucho me temo que nos la ha jugado a base de bien, capitán.

Fabregas se quedó mirando la lista de tres sospechosos que había hecho Jean. Agarró la hoja y la arrugó antes de lanzarla rabiosamente contra la puerta de su despacho.

19

Aunque la busca y captura de Raphaël Dupin ya estaba en marcha, a Fabregas le hervía la sangre. Lo había tenido sentado ahí enfrente veinticuatro horas antes y lo había dejado escapar. Tendría que haberse fiado de su instinto, buscar cualquier pretexto para retenerlo, o al menos comprobar que los datos que le había dado eran exactos, pero ¡qué va! Lo dejó marcharse sin más. La desaparición de Gabriel mientras Dupin aún estaba en la gendarmería había terminado de convencer al capitán de que no seguía el rumbo correcto y que todo aquello del nombre y la fecha de nacimiento al final no era más que una coincidencia. Ahora todo era distinto. Burlar a las autoridades como lo había hecho convertía de nuevo a Raphaël Dupin en el sospechoso número uno.

Y si Dupin era el hombre a quien buscaban, significaba que también había conseguido corromper la mente del niño. A Fabregas le hubiese costado creerlo solo una semana antes, pero la fuga de Nadia, la carta y, por último, el suicidio le habían demostrado lo fácil que podía ser.

La otra posibilidad era que Dupin actuase con ayuda de un cómplice. Esta era la hipótesis que más temía Fabregas. De ser así, todas las coartadas que pudieran recabar sus investigadores solo tendrían un valor relativo desde el momento en que los secuestradores eran intercambiables. Le asustaba solo pensarlo. Fabregas tenía muy presente que su antiguo jefe había dedicado treinta años de su vida a investigar ese caso, sin obtener resultado alguno, y se negaba a correr la misma suerte. No quería descubrir el cuerpo de la pobrecita Zélie al cabo de unas semanas, del mismo modo que no quería comunicarles a los padres de Gabriel que no volverían a ver a su hijo nunca más.

Se difundió el retrato de Raphaël Dupin por todas las unidades, se establecieron controles policiales, y los hombres de Fabregas estaban en ese mismo instante en los locales de la empresa Élite para interrogar a los empleados en pos de la mínima información. Los hábitos del sospechoso, a qué lugares solía ir, si había mencionado a alguna novia… En el primer informe, no obstante, el teniente Vicart no reflejaba mucho optimismo. Tal y como cabía esperar, Dupin no era de los que hacen confidencias y procuraba pasar inadvertido. Los pocos empleados que habían coincidido con el eventual admitían que no sabían nada sobre él.

Fabregas estaba bloqueado. Mientras no le echase el guante a Dupin, tendría que conformarse con los tres sospechosos de la lista de Jean, aunque dudaba que fueran culpables. Victor Lessage estaba sentado en un despacho sin asignar, mientras Olivier Vasse esperaba en una sala de interrogatorios. A Alan Wells, por deferencia a sus ochenta años, el capitán lo había acomodado en su despacho, que era el único donde había un asiento algo más confortable.

Aunque Wells se conservaba muy bien, resultaba obvio que no podía secuestrar a dos niños recurriendo a la fuerza. Estaba claro que Zélie y Gabriel podrían haber sentido ternura por aquel anciano y haberse ido con él dócilmente, pero, en ese caso, es probable que a algún profesor le hubiera llamado la atención la presencia de aquel abuelo con un aspecto tan inusual. Alan Wells, que andaba apoyado en un bastón, lucía un atuendo poco acorde con la estación del año. Con las botas de montar y el gorro tipo pescador de tweed aquel *gentleman farmer* parecía salido directamente de un anuncio para promocionar la belleza otoñal de la campiña escocesa.

A pesar de todo, y para no dejar ningún cabo suelto, el capitán interrogó a Wells acerca de sus horarios. Al igual que había hecho treinta años antes, el hombre aseguró que se había quedado en casa toda la semana, sin que nadie pudiese corroborarlo.

—¿No tiene ningún tipo de ayuda a domicilio? —se sorprendió Fabregas.

—Puede que sea viejo —contestó el anciano con su marcado acento—, pero no estoy impedido. Se dice así, ¿verdad?

—No estaba hablando de su capacidad —lo esquivó Fabregas—. Podría tener usted una asistenta, por ejemplo.

—Confieso que valoro mucho mi soledad, capitán, y las poquísimas veces que he tratado con las asistentas no me han resultado del todo satisfactorias. Me parece que las mujeres de su país se pasan un poco de... parlanchinas.

Fabregas no pudo contener una sonrisa antes de proseguir con más seriedad.

—Hábleme de las quejas que presentaron contra usted cuando vivía en Londres.

—Ah, eso es historia, capitán. Diría incluso que historia antigua.

—Aun así, me interesa.

Entonces el anciano frunció los labios, cosa que a Fabregas no le pasó inadvertida. Puede que fuese historia antigua, pero aún perseguía a su interlocutor.

—Ya lo habrá leído en mi expediente —probó Wells por si colaba—, así que ya sabrá que a esas quejas les dieron carpetazo.

—Porque usted indemnizó a las víctimas —replicó secamente Fabregas.

—No se entera de nada, capitán. Sepa que en Inglaterra la reputación importa más que la verdad. Suena triste, pero es lo que hay. Las víctimas, como usted las llama, eran en realidad unas jovencitas muy inteligentes que conocían de sobra este principio. Una mentirijilla a cambio de un buen pellizco; yo, en su lugar, habría hecho lo mismo.

—¿En serio? En el expediente pone que cinco adolescentes se quejaron de su comportamiento. Dos llegaron incluso a mencionar tocamientos. ¿Me está usted diciendo que fue víctima de una conspiración?

Esta vez el anciano sonrió mientras meneaba la cabeza.

—¿Ha oído hablar alguna vez del informe Wolfenden, capitán? ¡No, claro que no! No es inglés y algo me dice que es un tema que no lo atañe. Gracias al informe Wolfenden, la homosexualidad empezó a despenalizarse paulatinamente en el Reino Unido a finales de los años sesenta. Eran otros tiempos, dirá usted, salvo que por entonces los británicos en general no compartían para nada esa idea. De hecho, los años ochenta fueron especialmente duros para la gente como yo y tuve que esperar a cumplir los setenta y un años para oír a David Cameron disculparse en nombre de los conservadores. Supongo que ahora ya se lo puedo confesar sin rubor. Jamás me habría fijado en esas jovencitas.

Fabregas ya había oído bastante y casi lamentaba haber perdido el tiempo. Iba a soltar al anciano, pero este quiso añadir algo antes:

—Claro que usted podría objetar que mi condición me ha privado de descendencia, y que eso podría justificar que secuestrara a dos niños. Pero insisto en que valoro mucho mi soledad y nunca me ha atraído la perspectiva de tener una familia a mi cargo.

Fabregas sintió una comezón en la base del cuello. Alan Wells quizá había dado de lleno en un tema que lo tenía obsesionado desde que empezó la investigación: el móvil.

20

Si el móvil era recrear una familia con todos sus miembros, y el instinto le estaba diciendo a voces a Fabregas que así era, entonces la teoría de la doctora Florent se confirmaba y por fuerza habrían sustituido a Solène por otra niña. Al centrarse en Raphaël Dupin, Fabregas había dejado en espera esa pista y ahora lo lamentaba amargamente. Asignó esa tarea a dos hombres para recuperar el tiempo perdido. Había que comprobar a toda costa si habían secuestrado a una niña a finales del año 1989 y, si así era, en qué zona.

Victor Lessage y Olivier Vasse seguían esperando a que los interrogaran, pero Fabregas ahora buscaba a un hombre o quizá una pareja que ansiara tener hijos y ninguno de los dos hombres encajaba en ese perfil. Vasse porque tenía veinte años en el momento de los hechos y vivía como un adolescente a expensas de sus padres; y Victor Lessage por una razón tan obvia como que era el propio padre de los mellizos. Que permanecieran allí era una pérdida de tiempo.

Ahora solo había una pega, llamada Raphaël Dupin. Todo su comportamiento lo señalaba como sospechoso: la forma de presentarse *motu proprio* y, así, parar en seco las pesquisas que estaban haciendo sobre él, las afirmaciones falsas y la negativa a someterse a una prueba de ADN, por no hablar de que ahora no había forma de dar con él. Sin embargo, algo no encajaba. Aunque la fecha de nacimiento de Dupin no fuese la que había indicado, no podía andar muy lejos. El hombre apenas tenía cuarenta años, lo que significaba que debía de tener diez u once cuando desaparecieron los mellizos de Piolenc. La única explicación era que Raphaël Dupin fuese, en efecto, Raphaël Lessage, tal y como creyó en su momento, y que por algún motivo turbio Dupin-Lessage acabase de secuestrar a su vez a dos niños. Esta teoría se le antojaba tan improbable que sintió la necesidad de comentarla de inmediato con la doctora Florent. Sin duda era la única persona que podía ayudarle a aclararse las ideas.

Se acordó de que la psicopediatra tenía previsto acudir a La Ròca para hablar con la maestra, pero Fabregas opinaba que resultaría más útil tenerla cerca; así pues, ordenó a uno de sus hombres que la citase allí.

Jean no puso ninguna objeción cuando Julien le comunicó cómo pretendía orientar la investigación. También él había seguido esa pista varias veces, pero, a falta de resultados, acabó por dejar de lado el móvil para centrarse en lo esencial: encontrar a Raphaël mientras todavía pudiese estar vivo. Por ahora, lo que sentía era el alivio de poder acompañar a Victor a casa.

Antes de marcharse, se pasó por última vez por el despacho de Fabregas y tuvo buen cuidado de cerrar la puerta tras de sí.

—Mi oferta sigue en pie, Julien, aunque ganarás tiempo si sigues los cauces oficiales.

—¿De qué me estás hablando?

Jean sacó entonces el pañuelo que llevaba guardado como oro en paño en el bolsillo de la chaqueta.

—Del ADN de Dupin. Creo que ahora ningún juez de instrucción podría negarse a que realizases una búsqueda comparativa.

—Yo no estoy tan seguro. No tengo nada que lo vincule con los secuestros.

—Con el de Zélie y el de Gabriel quizá no, pero Raphaël Lessage sigue oficialmente desaparecido y es posible que dispongas de un medio para cerrar el caso. Desde luego, si yo estuviera en tu lugar, lo presentaría bajo ese ángulo.

Fabregas cogió el kleenex que protegía la uña para que no se contaminase y lo metió en un sobre de papel. Tanto si Raphaël Dupin era culpable como si no, sentía la necesidad vital de saber si ese hombre era el mellizo de Solène Lessage. Pero aun suponiendo que el juez le autorizase, tardaría varios días en recibir los resultados.

—¿Lessage sigue en las oficinas? —preguntó entonces.

—Sí, había pensado acompañarlo a casa personalmente.

—Creo que ha llegado la hora de que tu amigo se incorpore a la investigación.

Victor estaba rabioso. De todo lo que le habían explicado los dos hombres solo se había quedado con una cosa: su hijo podía haber estado en esas oficinas veinticuatro horas antes y a nadie le había parecido de utilidad que él estuviera allí.

—De usted podría esperármelo ¡pero no de ti, Jean! ¿Cómo has podido hacerme algo así? En treinta años he perdido la cuenta de todas las veces que me ha interrogado tu gente. Ni siquiera hoy nadie ha sido capaz de decirme por qué me han citado. Y ahora, de buenas a primeras, me cuentas que ayer no os pareció útil que yo estuviera presente. ¿Me tomas el pelo o qué?

—Jean no ha tenido nada que ver —intervino Fabregas para calmar a su interlocutor—. La decisión fue cosa mía.

—¡Entonces el imbécil de esta historia es usted!

En otras circunstancias, Fabregas le habría parado los pies sin miramientos. Pero comprendía la ira de ese padre y, sobre todo, pensaba que no le faltaba razón. Aun así, trató de recuperar el control de la situación.

—Me permito recordarle que en esta historia, como usted la llama, no está totalmente limpio, y por eso mismo no tengo por qué comunicarle ningún elemento de la investigación.

—¡Pero hombre!

—Es más, mi obligación es reiterarle que por ahora no tenemos ninguna certeza.

—¿Y de quién es la culpa? Si me hubiesen llamado, ahora no estaríamos en estas. ¿Se cree que necesito un análisis de ADN para reconocer a mi niño?

—Su niño, si es que es él, ahora es un hombre de cuarenta años. Así que yo, en su lugar, no estaría tan seguro.

—¡Pero resulta que no está usted en mi lugar, capitán!

Los dos hombres se miraron fijamente. Fabregas estaba en la obligación de mantener la cabeza fría para no perder prestigio y, por ende, la autoridad, pero todas las razones que la víspera le habían parecido justificadas, ahora le resultaban cuestionables. Victor Lessage tenía razón. Por no haber utilizado los medios que tenía a su alcance, el capitán había perdido un tiempo valiosísimo.

Fue como si Lessage le leyera la mente.

—¿A qué está esperando para enseñarme una foto suya? —dijo con un tono curiosamente despojado de saña.

La ira del padre había amainado y dado paso a la aprensión. Fabregas comprendió que su interlocutor estaba calibrando la gravedad de la situación. Entonces giró la pantalla de su ordenador, tras haber abierto el archivo de vídeo donde estaba grabada la conversación que había mantenido con Raphaël Dupin.

Con el dedo apoyado en la barra espaciadora del teclado, Fabregas esperaba a que Lessage estuviera preparado para reproducir el vídeo.

Victor se acercó a la silla que Jean le acababa de ofrecer. Le temblaban las piernas y tuvo que sujetarse al respaldo para tomar asiento. El padre de los mellizos tardó una eternidad en ponerse las gafas, como si estuviese intentando demorar el momento de la verdad. Acercó el rostro a la pantalla y con un ademán de la cabeza indicó que ya estaba preparado.

Fabregas puso en marcha la grabación.

21

Señorita Gauthier:

Tiene que decirles que dejen de buscarnos.

Ahora que ya estamos reunidos, somos felices.

Tiene que decírselo antes de que ocurra otra desgracia.

Y dígale a nuestro padre que lo queremos y que lo sentimos mucho.

SOLÈNE Y RAPHAËL

La doctora Florent volvió a leer por quinta vez la misiva
que le había entregado la maestra. Al llegar a La Ròca, la
psicopediatra se encontró a la señorita Gauthier sentada en
una esquina de la sala de profesores, con los ojos llenos de
lágrimas y las manos temblorosas. Le explicó que se había
encontrado la carta al llegar, en la taquilla. Como estaba de
guardia, el vigilante había accedido a sustituirla y desde entonces la maestra estaba haciendo acopio de fuerzas para
reponerse.

—¡Hay que entregar este papel a la gendarmería a toda costa! —zanjó la psiquiatra con autoridad.

—Ya lo sé. Es lo que pensaba hacer, pero todo este asunto
me viene tan grande que siento como si estuviera viviendo

una pesadilla. Si el capitán Fabregas ya sospechaba algo de mí, ¿qué va a pensar ahora? Esta carta va dirigida a mí y ni siquiera sé por qué.

—No creo que sospeche de usted para nada.

—Usted no estuvo aquí ayer. Le aseguro que tenía una forma de mirarme que lo decía todo.

—Todos los gendarmes están a la que salta y no hay que dejarse impresionar. Lo más urgente es encontrar a esos niños y esta carta quizá los ayude.

—Pero ya la ha leído usted. ¡Lo que pone no tiene ni pies ni cabeza!

—¡Eso es cosa mía! —afirmó la psiquiatra—. Al fin y al cabo, mi trabajo consiste en comprender lo que no se dice. Pero la forma es harina de otro costal. Seguramente los gendarmes podrán sacar un montón de información. La caligrafía, las huellas digitales, la marca del papel y qué sé yo cuántas cosas más. Aparte de usted y yo, ¿la ha tocado alguien?

—Nadie —contestó la maestra, sorbiendo.

—¡Perfecto! Creo que estaría bien que me acompañase usted a la gendarmería.

A todas luces, la sugerencia de la psiquiatra puso a la maestra en un aprieto. Primero alegó que tenía que volver a clase, pretexto que la doctora Florent descartó de un manotazo. Solo quedaban tres días para las vacaciones y no creía que por ausentarse un par de horas fuera a perjudicar la educación de sus alumnos. Entonces la señorita Gauthier argumentó que los gendarmes iban a perder el tiempo con ella, puesto que no sabía por qué le habían dirigido esa carta, pero una vez más la psiquiatra lo refutó arguyendo que eso no le correspondía decidirlo a ella.

—¡No la entiendo! —acabó impacientándose la doctora—. ¿Es que no quiere que encontremos a los niños?

—¡Claro que sí!

—Entonces ¿por qué actúa como si no fuese así? Si se comporta igual delante de Fabregas, ¡no me extraña que sea hostil con usted!

—No es eso… —susurró la maestra sin terminar la frase.

En su fuero interno, la psicopediatra sentía todo lo contrario. Saltaba a la vista que esa mujer tenía algo que ocultar; de hecho, eso fue lo que la impulsó a querer hablar con ella.

Su móvil empezó a vibrar y reconoció el número de la centralita de la gendarmería. La doctora Florent notaba que aquella era su oportunidad y que le resultaría más fácil lograr que la maestra hablase en aquella habitación, a solas con ella en un entorno conocido, que en una sala de interrogatorios delante de varios agentes uniformados. Si contestaba la llamada, tendría la obligación de informar a los gendarmes de la existencia de la carta. Así que, para ganar un poco de tiempo, la desvío directamente al buzón de voz.

—Parece que esta historia la afecta mucho —empezó a decir la doctora con toda la delicadeza que pudo.

—¡Pues claro que me afecta! ¿Qué se pensaba? ¡Veo a esos niños todos los días y soy responsable de ellos! ¿Cómo se sentiría usted en mi lugar?

Por primera vez, la señorita Gauthier no se mostraba abatida sino furiosa, y la doctora Florent se congratuló.

—Es responsable de su educación, señorita Gauthier, no de su seguridad.

—¡Dígaselo a los padres! Todas las mañanas veo cómo los besan, cómo les suben el cuello para que no cojan frío y luego me dan todo tipo de indicaciones. Que esté pendiente de una pupa, que no me olvide de la alergia… Todos los días me encomiendan su bien más preciado y ponen mucho empeño en recordármelo.

—Puede ser —concedió la psiquiatra—, pero nadie puede echarle en cara lo sucedido. Podría haber pasado perfectamente en cualquier otro colegio o incluso en cualquier otra clase. Usted no es guardaespaldas, y mucho menos policía.

—Lo cual no quita para que Zélie y Gabriel estuvieran bajo mi responsabilidad, y nada de lo que pueda decirme va a cambiar eso.

—En tal caso, ¿por qué no hace algo para ayudar a las fuerzas del orden?

La psicopediatra había alzado la voz adrede, con la esperanza de provocar una reacción, pero la maestra, que debería haberse defendido o, cuando menos, sentirse ofendida, agachó los hombros y se refugió en ese mutismo que empezaba a ser una característica suya.

—Yo no soy policía —prosiguió la psiquiatra en tono más suave—, y me consta que está usted sufriendo. Déjeme ayudarla.

La señorita Gauthier desmenuzaba un kleenex, con la mirada perdida en un rincón de la sala. La doctora Florent intuía que estaba pensándose muy en serio su propuesta, lo cual ya era un avance. Iba a sincerarse, lo presentía. Era cuestión de tiempo. Solo tenía que encontrar la llave, la palabra que la hiciera reaccionar. Sin embargo, tenía dudas sobre si debía seguir en el mismo tono. No sería honrado por su parte jugar a las confidencias. Gauthier no era paciente suya y, por eso mismo, tendría que contarles a los gendarmes todo cuanto dijera. Pero al final, en vista de la situación, dejó a un lado el sentimiento de culpa.

—No puedo obligarla a confiar en mí, pero no olvide que está en juego la vida de dos niños. Si sabe usted algo, es el momento de decirlo.

La maestra miró entonces a la psiquiatra con labios temblorosos, y estaba abriendo la boca para hablar cuando el director de La Ròca irrumpió en la sala de profesores.

—Señorita Gauthier, acaban de decirme que no se encontraba usted bien. ¿Qué sucede?

—Nada, señor director —contestó ella con nerviosismo—. He sufrido un mareo pero ahora ya estoy bien. Le ruego me disculpe. Precisamente iba a volver a clase ahora mismo.

—¡Estupendo! ¡Bastantes problemas tenemos ya! La acompaño.

Antes de ponerse de pie, la maestra se inclinó para tirar el pañuelo. Aprovechó ese instante para susurrarle unas palabras a la psiquiatra.

Cuando se quedó a solas, la doctora Florent recogió la carta para llevársela al capitán Fabregas. Aún no sabía si le contaría que la maestra acababa de quedar con ella, esa misma noche, en su piso.

22

−¡Debería haberme avisado en el acto!

Fabregas llevaba por lo menos cinco minutos fustigando a la psicopediatra. Consideraba que había abusado de su confianza y quería dejarle muy claro que el responsable de la investigación era él y que ella solo estaba allí para aportar un análisis de la situación.

−¡Soy yo quien decide a quién se interroga y cuándo! Lo único que ha conseguido es hacerme perder el tiempo. Ahora voy a tener que mandar otra vez a uno de mis hombres a La Ròca para que me traiga a esa maestra.

−Se lo pido una vez más, capitán, fíese de mí. Si la trae aquí ahora, no le sacará nada.

A la doctora Florent no parecía impresionarla aquella demostración de autoridad. Había hablado con calma desde el principio de la conversación, prolongando incluso algunos silencios cuando Fabregas la provocaba.

−Si el director del colegio no nos hubiera interrumpido, estoy convencida de que habría acabado desahogándose. Esa mujer tiene algo que contarnos, en ese punto estoy de acuerdo con usted, pero no conseguirá nada presionándola. Lo único que le pido es que me dé veinticuatro horas más.

—No se habrá creído que voy a dejarla ir sola a su casa esta noche, ¿no?

—No se lo tome a mal, capitán, pero dudo mucho que diga nada si está usted delante.

—Y yo lo que creo es que no acaba usted de entender la situación. La señorita Gauthier es ahora nuestra única pista.

Victor Lessage había visto la grabación de Raphaël Dupin. Wimez y Fabregas se cuidaron muy mucho de decir una sola palabra por miedo a sugestionarlo, pero el padre de los mellizos fue tajante: aquel hombre no era su hijo. Bien era cierto que algunos detalles lo habían desconcertado y, por ende, demorado su veredicto, como la forma de darse toquecitos con el índice en el surco de encima de los labios o de levantar una sola ceja cuando una pregunta lo sorprendía. Eran tics que también tenía su hijo, pero ahí terminaba el parecido. Jean insistió en el hecho de que habían pasado treinta años desde que el niño desapareció y Victor acabó estallando. Estaba firmemente convencido, y era a él a quien más le dolía tal afirmación.

La otra mala noticia era que los padres de Zélie y los de Gabriel se habían reunido y habían decidido hacer las cosas a su manera. El fiscal no hacía más que aplazar el comunicado de prensa para que no cundiera el pánico, pero las familias no eran de la misma opinión. Dos horas antes, habían lanzado una alerta en las redes sociales y los retratos de los niños ya se habían compartido miles de veces. Antes de que acabara el día, toda Francia habría convertido el caso en algo personal, a consecuencia de lo cual llegaría una avalancha de testimonios equivocados, de médiums y ocultistas de todo pelaje, espíritus codiciosos que prometían información trascendental, intercambio pecuniario mediante… Los investigadores tendrían que trabajar el doble porque habría que seleccionar e investigar todas las pistas, por muy descabelladas que fuesen. Fabregas ya había solicitado refuerzos, pero tenía miedo de que la fiscalía le retirase el caso. Los principales medios de comunicación soltarían a sus propios sabuesos y en breve situarían cámaras por todo el pueblo. La presión no tardaría en hacerse notar y el capitán no apostaba mucho por su pellejo.

Por todos esos motivos, era prioritario interrogar a la maestra. Aunque había escuchado lo que se esforzaba en explicarle la doctora, no era un buen momento para aplicar la psicología. Si aquella mujer estaba callándose información, no tenía inconveniente alguno en ponerla bajo custodia.

—¿Como sospechosa? —se sorprendió la psiquiatra.

—¡Por entorpecer la investigación!

A pesar de todo, la doctora Florent siguió en sus trece. Como estaba convencida de que sería un error, siguió negociando una prórroga de veinticuatro horas. Al final, Fabregas tiró por la calle de en medio: acudiría con ella a la cita.

—Seré de lo más discreto —añadió con una media sonrisa.

—Habrá que verlo, pero tampoco tengo alternativa.

—¡Usted lo ha dicho!

Las dos horas siguientes las dedicaron a analizar el mensaje dirigido a la maestra. Fabregas hizo una copia antes de enviar el original al laboratorio con carácter urgente. El capitán se congratulaba por haber solicitado la colaboración de la psicopediatra. Había leído varias veces aquellas pocas líneas escritas a mano, pero le seguían resultando abstrusas.

La doctora Florent volvió a escribir cada palabra en una pizarra blanca, respetando incluso la puntuación y los cambios de línea, mientras explicaba que una caligrafía tan aplicada y la ausencia de errores lingüísticos daba a entender que habían madurado mucho la carta antes de redactarla y que por eso había que tener en cuenta todos los detalles.

Fabregas observó por enésima vez el mensaje con la esperanza de que leyéndolo así, a dos metros de distancia, le entrase por los ojos algún indicio.

> Señorita Gauthier:
> Tiene que decirles que dejen de buscarnos.
> Ahora que ya estamos reunidos, somos felices.
> Tiene que decírselo antes de que ocurra otra desgracia.
> Y dígale a nuestro padre que lo queremos y que lo sentimos mucho.
>
> SOLÈNE Y RAPHAËL

—Doctora, dígame que entiende usted algo.

—¡Antes de entender, hay que saber escuchar, capitán! Y la persona que ha redactado este texto tiene muchas cosas que decirnos.

Aquella respuesta sibilina no hizo más que irritar un poco más a Fabregas. El capitán tenía la sensación de ir a la zaga. De que se le estaba pasando algún indicio que todo el mundo había visto menos él. Estaba perdiendo la paciencia y no podía dejar de mirar el reloj de pared, a ver si así su interlocutora se daba por enterada de que el tiempo corría en su contra. Pero la psiquiatra había cogido un papel y un bolígrafo del escritorio y estaba garabateando un montón de reflexiones sin ni siquiera alzar la vista.

—Al hablar de «la persona» —dijo para captar su atención—, supongo que se refiere usted a Raphaël.

—Raphaël o Solène. Todavía no lo sabemos.

—¡Estoy dispuesto a esforzarme, doctora, pero tengo que decirle que hay algo en lo que nunca he creído ni nunca creeré!

—¿En qué, capitán?

—En los fantasmas.

Entonces la doctora Florent soltó el bolígrafo y le sonrió por primera vez para contestarle:

—Todos conocemos algún fantasma, capitán. Es más, estoy convencida de que trata usted con más fantasmas que yo. La cuestión está en saber bajo qué forma se dirigen a nosotros.

23

Una de las teorías que apuntaba la doctora Florent se basaba en el poder de sugestión. En su opinión, esa carta la podían haber escrito perfectamente Zélie o Gabriel con la convicción de estar encarnando a uno de los mellizos.

—Tiene que entender que la educación que recibe un niño a lo largo de los siete primeros años le va a dejar huella hasta en la vida adulta.

Fabregas creyó entonces oportuno recordarle que ya habían rebasado ese límite. Ambos niños tenían once años y le parecía surrealista que un adulto pudiera manipularlos tan fácilmente.

—¡Nada indica que esa persona no empezara esa labor de zapa hace años! —objetó la psiquiatra.

Y tenía razón. No se había activado ninguna investigación sobre el pasado de los niños. Desde que Nadia desapareció, los acontecimientos se habían ido encadenando y los gendarmes solo habían podido atender a lo más urgente. No les pareció que remontarse en la corta vida de Zélie o de Gabriel fuese una prioridad: al fin y al cabo, cuando se escudriñaban los antecedentes de una víctima, solía ser para hallar un móvil. Un cónyuge violento, un divorcio que se había torcido o incluso una herencia codiciada. ¿Qué podían haber hecho dos niños para que alguien decidiera secuestrarlos, aparte de tener la desgracia de toparse con una mente perturbada?

«Ahora que ya estamos reunidos, somos felices.» Esa era la frase que había orientado la reflexión de la doctora.

—Hágale creer a un niño que otra vida se ha encarnado en él, pero, sobre todo, que se puede reparar una injusticia gracias a él, y tendrá una posibilidad de que haga todo lo que usted le pida. Los niños, por naturaleza, siempre intentarán ayudar a un adulto que sufre. Se han hecho experimentos con niños muy pequeños: un hombre finge no poder apilar unos libros y expresa tristeza. Nueve de cada diez niños, que apenas saben andar, acuden a consolarlo y ayudarlo en su tarea. Imagínese que le dicen que es usted el único que puede cambiar algo que ya está hecho. Que, gracias a usted, una niña que encontró la muerte hace treinta años puede disfrutar otra vez de su hermano mellizo. ¡No se piense que el síndrome del salvador o del caballero andante es solo cosa de hombres con un ego desproporcionado! En cuanto a la promesa de amor eterno «ahora que ya están reunidos», qué voy a decirle, sino que es el motor de la humanidad antes de que el sufrimiento y la desilusión conviertan al hombre en el cínico que sabemos que es. Ese cambio suele producirse después de la adolescencia, cuando el adulto en ciernes comprende que Romeo y Julieta tenían que morir si querían seguir amándose por siempre jamás.

Fabregas entendía los argumentos que apuntaba la psiquiatra, aunque la posibilidad de que alguien pudiera manipular de ese modo a unos niños le producía rechazo.

—Según usted —intervino, nervioso—, ¿debemos considerar que la continuación del mensaje es una amenaza?

—¿Lo de que sucederá otra desgracia si no dejamos de buscarlos? Me gustaría saber la respuesta, capitán, pero admito que no tengo ni idea. De todas formas, tampoco tenemos alternativa, ¿me equivoco?

Una vez más, la doctora Florent había dado en el clavo. Aunque el o los secuestradores amenazasen con lo peor, no se contemplaba detener las pesquisas, sino todo lo contrario. Estaba en juego la vida de los niños y tenían que ir a por todas si no querían que aquella sentencia terminase convirtiéndose en una profecía.

La doctora Florent titubeó unos segundos antes de formular una pregunta que, intuía, podía ser delicada:

—¿Tiene intención de darle a conocer esta carta al señor Lessage? Me refiero, sobre todo, a la última frase.

—¡Eso no es urgente, no por ahora! —fue la respuesta expeditiva de Fabregas.

La psiquiatra acababa de tocar un tema que el capitán había estado evitando deliberadamente hasta entonces.

No lograba decidirse. Informar al padre de los mellizos de que sus hijos, o, más exactamente, su reencarnación, deseaban decirle que lo querían y que lo sentían mucho, ¿no resultaba algo sádico? Aunque el capitán no compartiese los sentimientos que vinculaban a su antiguo jefe con aquel hombre, no por ello se creía con derecho a infligirle algo así. Y de todas formas, ¿de qué serviría? Así pues, había decidido esperar a que Jean volviese para preguntarle qué opinaba.

—¿Cuál de los dos cree usted que actúa como portavoz de los mellizos? —preguntó para cambiar de tema.

—¿Quiere decir que quién escribió la carta, Zélie o Gabriel?

—Eso es.

—No lo sé. Puede que la escribieran juntos o puede que el autor no sea ninguno de los dos.

—¡No la sigo! —se impacientó Fabregas.

—No podemos descartar que esta carta la haya escrito el secuestrador.

—¡Perdone que la contradiga, pero me cuesta creer que un adulto haya podido imitar así de bien la letra de un niño! Los resultados del análisis grafológico no llegarán hasta dentro de unas horas, pero apuesto a que los técnicos me darán la razón.

—Capitán, el poder de sugestión no solo funciona con los niños. Un adulto puede convencerse totalmente de que es otra persona.

—¡Alto ahí, doctora! Lleva un buen rato explicándome que Zélie y Gabriel se creen que son la encarnación de Solène y Raphaël, ¿y ahora me sale con que en realidad nos enfrentamos a un secuestrador esquizofrénico? ¡Decídase, caramba!

—El análisis del comportamiento no es una ciencia exacta —respondió la psiquiatra con calma—. Es más, me está pidiendo una opinión basada únicamente en una carta. Por lo general, mi trabajo consiste en tener largas conversaciones con niños para desentrañar qué los hace sufrir, no en leer los posos del café. Lo único que estoy haciendo es exponerle las distintas opciones que se nos plantean. La muerte de Solène afectó muchísimo a nuestro secuestrador, ya sea hombre o mujer. Ese drama debió de condicionarle la vida y ahora desea reparar lo que considera una injusticia. Tanto si adoctrinó a unos niños para que sustituyan a los mellizos como si ha fantaseado con una nueva familia reteniendo a Zélie y a Gabriel contra su voluntad, la pregunta sigue siendo la misma: ¿quién quería tanto a Solène como para que su muerte lo siga trastornando al cabo de treinta años?

Fabregas, que estaba empezando a perder el hilo, contestó instintivamente:

—Victor Lessage, por supuesto, y supongo que el secuestrador de los mellizos. Si Solène murió de forma accidental, como piensa Jean, entonces el o la que la secuestró debió de lamentarlo muchísimo.

—Muy cierto —dijo la doctora como para felicitarlo—. Sin embargo, yo tenía en mente a una persona muy concreta.

Fabregas, cansado de aquella gimnasia intelectual, la miró con dureza.

—¡Si se le ha ocurrido un nombre, doctora, no se corte! No estamos para jugar a las adivinanzas.

—Lo ha sugerido usted hace un momento, capitán: ¡Raphaël Lessage! Dígame qué hermano no se quedaría traumatizado si se muriese su hermana melliza.

24

Señalar a Raphaël Lessage como el presunto raptor de los niños planteaba nuevos problemas. Desde hacía veintinueve años, ninguna pista había permitido localizar el rastro del mellizo desaparecido. Jean Wimez se había pasado gran parte de su vida buscando el mínimo indicio para, al final, acabar aceptando que no lo encontrarían nunca. La simple idea de que pudiera seguir vivo era casi una fantasmagoría, sobre todo para una mente cartesiana como la de Fabregas. No obstante, tenía que admitir que ese nombre se le venía a la cabeza cada vez que se planteaba una pregunta: ¿por qué alguien intentaba desesperadamente dar voz a Solène a través de otros niños? Tanto Nadia como Zélie o Gabriel, todos ellos habían tenido algún recado que transmitir de su parte. Por no hablar de las consideraciones dirigidas directamente a su padre. ¿A quién sino a Raphaël podía importarle tanto que Victor Lessage supiera que estaba perdonado? Es más, ese mismo perdón implicaba muchas cosas. Si el padre de los mellizos había contado toda la verdad sobre lo sucedido unos días antes de que secuestraran a sus hijos, ¿quién más podía estar al tanto? Victor había especificado que ni siquiera su mujer llegó a saberlo, entonces ¿cómo iba a adivinar un desconocido que había algo que perdonar?

Por desgracia, aunque Fabregas estuviera dispuesto a admitir que Raphaël Lessage era culpable de esos secuestros, eso no suponía ningún avance. La prioridad absoluta era encontrar a los niños y, sin pistas adicionales, él y sus hombres estaban bloqueados.

De vuelta en la gendarmería, y tras haberse enterado de los últimos acontecimientos, a Jean no le quedó más remedio que mostrarse de acuerdo con él. Al leer la carta que había recibido la señorita Gauthier, de entrada le dio un vahído. Cosa que preocupó a Fabregas, pues por primera vez fue consciente de que quizá su antiguo jefe no se encontraba en condiciones de seguir con la investigación, pero Jean le paró los pies. Con cariño, como si fuera su padre.

—Mira, chico, si te crees que por tener sesenta y cinco años ya estás acabado, entonces deberías empezar a preocuparte, ¡porque la cosa llega mucho más rápido de lo que te imaginas! De buenas a primeras, pasas de estar en la plenitud de la vida a tener arteriosclerosis. Lo cual no significa que estés chocheando.

Fabregas se disculpó y los dos volvieron a centrarse rápidamente en lo que les importaba.

—¡Si Raphaël está de vuelta —empezó Jean—, tienes que emitir una orden de busca!

—Ya tenemos a un técnico modificando su retrato con un programa de envejecimiento.

—¡Habrá que difundirlo por toda la región! No ha podido venirse a vivir a Piolenc. Su padre habría dado con él tarde o temprano.

—Ya lo hemos previsto —contestó Fabregas sin abundar en que sabía cómo hacer su trabajo—. Los departamentos de Drôme, Var y Gard ya están sobre aviso. Están esperando a que les demos luz verde.

—¡Perfecto!

Sin embargo, le notaba a su antiguo jefe cierta insatisfacción que no lograba disimular a pesar de haberle dado el visto bueno; le preguntó qué le pasaba.

—Ya sé que lo que urge es encontrar a los niños —explicó el exgendarme—, pero aun admitiendo que Raphaël sea responsable de su desaparición, no por ello deja de ser, también él, la víctima de un secuestro. Parece que se te ha olvidado esa parte de la historia.

—No se me olvida nada, Jean, pero como has dicho hace un momento, nuestra prioridad no es encontrar al secuestrador de los mellizos. ¡En cambio, sí deberíamos preguntarnos qué ha podido pasársele por la cabeza a Raphaël para convertirse de víctima en verdugo! Eso quizá nos serviría para entender lo que pueda ocurrir los próximos días. ¿Raphaël es ahora tan peligroso como para hacerles daño a los niños? Esas son las preguntas cuyas respuestas me gustaría saber. ¡Y piensa que si damos con él, tú también podrás responder a las tuyas!

—Hay otra cosa que me chirría. Cualquiera que te oiga pensaría que ni siquiera te planteas que Raphaël no sea culpable. No te pega nada perseguir una sola presa.

—¿Te crees que no me doy cuenta? —dijo Fabregas irritado—. Estoy intentando convencerme de que es la pista más sólida que podemos seguir porque, hasta ahora, las demás no nos han llevado a ningún sitio y tenemos el tiempo en contra. Esta mañana estaba dispuesto a empecinarme con un hombre que tenía la mala suerte de llamarse como nuestro Raphaël y haber nacido el mismo año. Si tu amiguito no lo hubiese descartado, ahora mismo tendría a todos mis hombres buscándolo.

—Que Raphaël Dupin no sea el hijo de Victor no significa que sea trigo limpio —contestó Jean, más sereno—. Uno no les da datos falsos a las autoridades si no tiene nada que ocultar.

—Ya lo sé —admitió el capitán a regañadientes—. No tengo intención de descartar esa pista, pero debo priorizar las órdenes. No puedo dispersar a mis hombres en todas las direcciones. Ya sabes cómo va esto. Ayer puse a dos exclusivamente a buscar a otra niña desaparecida, y al final todo ha quedado en agua de borrajas. A finales de 1989 no secuestraron a ninguna otra niña en la región. Lo único que he conseguido es perder el tiempo.

—Sí, señor, sé cómo va esto —se permitió decir el exgendarme—, y tú sabes tan bien como yo que el trabajo de un investigador consiste en comprobar cada punto, aunque solo sea una corazonada. Tu deber era realizar esa búsqueda, aunque solo fuera para descartar esa pista.

—Puede que sí, pero mientras tanto Zélie y Gabriel siguen por ahí y la única pista a la que me puedo agarrar es a la de un fantasma.

Frustrado por haber tenido que admitir su impotencia, Fabregas miró el reloj para serenarse. Las seis de la tarde. La maestra habría terminado ya su jornada laboral. Como los resultados de los análisis que estaba esperando seguían sin llegar, el capitán estaba atascado. Decidió, pues, que era hora de acudir a la cita que la señorita Gauthier le había dado a la doctora Florent. Fue a buscar a la psicopediatra al despacho que le habían asignado sin dejar de apretar las mandíbulas en todo el trayecto. Su antiguo jefe lo había puesto entre la espada y la pared, pero no podía negar que tenía razón. Apostarlo todo a Raphaël Lessage era una insensatez y Fabregas no estaba nada satisfecho consigo mismo. Así pues, con la ratificación de la psicopediatra, había decidido apostar de pleno por esa vía a falta de otra mejor.

Al llegar delante del bloque de tres pisos donde vivía la maestra, se puso mucho más furioso, pese a los esfuerzos por controlarse. La doctora Florent le había pedido que esperase hasta última hora de la tarde para ir a interrogar a la señorita Gauthier. Incluso había logrado convencerlo de que sería la única forma de que hablara. Y ahora, mientras contemplaba las llamas que arrasaban el edificio, Fabregas supo que había cometido un error irreparable al confiar en el criterio de la doctora.

25

Una veintena de curiosos, hipnotizados por las llamas, se habían agrupado en la acera de enfrente mientras los bomberos se afanaban de aquí para allá. Fabregas se presentó inmediatamente al responsable. Procurando no entorpecer el trabajo de aquellos combatientes del fuego por los que sentía una admiración ilimitada, el capitán trató de que lo pusieran al tanto de la situación. Un cabo le contestó de forma concisa mientras les daba órdenes a sus hombres por el walkie-talkie. No se contaba ninguna víctima de momento, pero aún no habían logrado acceder al último piso, donde vivía la señorita Gauthier.

Era demasiado pronto para decir si el incendio había sido provocado. Por supuesto, se abriría una investigación, pero los expertos no actuarían hasta que las cenizas se hubieran enfriado del todo.

El capitán interrogó luego a los vecinos del edificio, apartados detrás del cordón de seguridad. Al pasar lista, solo respondieron tres. Los había alertado el sistema antiincendios al activarse, y antes de que las llamas invadiesen el hueco de la escalera ya estaban todos en la calle. No sabían si había más personas atrapadas en el edificio.

Dos de las tres personas sanas y salvas eran un matrimonio de jubilados que calculaban, o al menos albergaban esa esperanza, que los seis inquilinos que faltaban aún no hubieran vuelto del trabajo.

—Es verdad que la señorita Gauthier suele estar en casa a estas horas —dijo la mujer muy nerviosa—, pero no la he oído subir las escaleras.

—¿Siempre la oye llegar? —se apresuró a preguntar Fabregas.

—No, no siempre. ¡No se piense que tengo la oreja pegada a la puerta! Lo que pasa es que los tabiques de este bloque son muy finos y cuando estoy en la cocina, si alguien sube las escaleras, pues lo oigo. La señorita Gauthier es la única que lleva tacones, por eso la reconozco.

—Pero ¿está segura de no haberla oído hoy?

—¡Segurísima! Pero eso no significa que la pobre mujer no esté atrapada ahí arriba.

La anciana contestó sin dejar de mirar el edificio en llamas. Sujetaba el bolso contra el pecho mientras a su marido se le llenaban los ojos de lágrimas. Fabregas comprendió que aquellos jubilados observaban impotentes cómo se destruía su hogar y, con él, todos los recuerdos que albergaba.

El tercer vecino puesto a salvo era un adolescente que estaba esperando a que volvieran sus padres. Enfrascado en un videojuego, no había visto ni oído nada, ni siquiera cuando se activó la alarma. Si su perro no le hubiese agarrado de una pierna durante varios minutos, seguramente en ese mismo momento estaría desmayado por falta de oxígeno.

Fabregas había mandado a tres hombres que acudieran para proceder a los interrogatorios por el vecindario. Si el incendio era provocado, más valía recabar la información cuando los recuerdos aún estuviesen frescos.

Regresó al coche a esperar que el jefe de bomberos fuese a contarle las últimas novedades. La doctora Florent, que no se había movido de allí desde que llegaron, se parapetaba en el silencio. El capitán sabía que se sentía culpable por no haber sabido convencer a la maestra de que acudiera de inmediato a la gendarmería. No hizo nada para consolarla. De algún modo, también él estaba resentido con ella. Había seguido sus recomendaciones en detrimento de lo que le dictaba su intuición y ahora lo lamentaba amargamente. Lo único que les quedaba esperar a ambos era que la señorita Gauthier hubiese decidido dar un rodeo de camino a casa.

—Cuénteme otra vez lo último que le dijo —soltó Fabregas a bocajarro.

—Se lo repito, capitán, solo me pidió que me reuniera con ella en su casa al final de la jornada.

—¿Eso fue antes o después de que entrase el director de La Ròca?

—Después. Creo que si él no hubiese aparecido, ella se habría sincerado conmigo.

Fabregas se aferraba con nerviosismo al volante haciéndose preguntas. ¿A Gauthier la había asustado su superior o sencillamente quería hablar en privado? Ante la duda, decidió citar al director del centro a primera hora de la mañana siguiente.

Tres bomberos acababan de salir del edificio. Fabregas adivinó que el cabo les estaba dando nuevas órdenes a sus equipos, lo cual se confirmó cuando desplegaron la escalera del camión. Mientras dos hombres se preparaban para subir, estalló una ventana del tercer piso. El capitán sabía, porque se lo había preguntado a los jubilados, que era la casa de la maestra. La bombona de gas de la cocina debía de haber explotado, llevándoselo todo por delante. Si la mujer ya estaba en casa antes de que se iniciara el incendio, Fabregas no estaba seguro de desearle que siguiera con vida.

Los bomberos tardaron casi tres horas en controlar el incendio. Fabregas aprovechó para llevar a la psicopediatra a su hotel antes de ir a ayudar a los hombres que tenía recabando información en el vecindario. Hasta ese momento, los únicos testimonios que les habían parecido de interés a los gendarmes eran los de un grupo de estudiantes que estaba pasando la tarde en la terraza de un café situado enfrente del edificio. No recordaban haber visto a la maestra, pero todos coincidían en un punto: poco antes de que empezara el incendio, un hombre había salido a toda prisa. Por desgracia, la descripción que podían hacer no resultaba muy útil. El desconocido era de raza blanca, estatura mediana y llevaba una gorra tan calada que no le habían podido ver los ojos y ni tan siquiera el color del pelo. El hombre había girado a la derecha en la primera bocacalle. Fabregas se figuraba que debía de ir hacia el coche que tenía aparcado más allá.

El capitán había empezado a dar las órdenes para la mañana siguiente cuando la calle, donde hasta ese momento reinaba un jaleo continuo, se quedó en silencio. Fabregas siguió las miradas de los curiosos absortos en el espectáculo y comprendió por qué se habían callado. Dos bomberos salían del edificio llevando, esta vez, una camilla. Los lugareños esperaban sin duda ver a un superviviente, a alguien conocido o un rostro familiar con el que se cruzaban todos los domingos en el mercado, pero el color de la bolsa mortuaria dio al traste con sus esperanzas.

26

–Nuestro hombre...

–¿Cómo dice?

–¡Relájese, capitán, que todavía no he dicho nada!

–Acaba de decir «nuestro hombre». ¿Seguro que están progresando?

–¿Le he dado razones para creer que gané el título en una tómbola?

El forense estaba mirando a Fabregas por encima de las gafas, sonriendo a medias. Los dos se conocían desde hacía más de quince años y se llevaban de maravilla; por eso al médico no le sentó mal la interrupción.

–Lo siento, doctor, pero es que creía que se trataba de una mujer.

–¡Ya me había dado cuenta, mire usted por dónde, pero a menos que esa mujer suya haya podido desarrollar una cresta occipital o reducir la escotadura ciática por sus propios medios, lo cual sería una proeza anatómica, permítame que siga basando el informe en un individuo de sexo masculino!

Fabregas sonrió a su vez. Al doctor Leroy le gustaba desconcertar a sus interlocutores con jerga médica en cuanto tenía ocasión, y el capitán se lo había puesto fácil.

Así pues, el cuerpo calcinado que estaba en la mesa de autopsias no era el de la señorita Gauthier. Aunque lo aliviaba saberlo, Fabregas se daba cuenta de que eso también aumentaba el misterio. El forense creía que podría extraer una muestra de ADN de los tejidos menos dañados y sacar una ficha dental completa. Habría que comprobar si existía alguna coincidencia en las bases de datos para tener una oportunidad de saber quién era el hombre que acababa de morir en el piso de la maestra.

Según el director de La Ròca, vivía sola y no se le conocía ningún novio. Claro está, cabía dentro de lo posible que la maestra se hubiese guardado esa información porque atañía a su vida privada, pero los vecinos aseguraron que nunca habían visto que subiera a su casa ningún hombre. Si la señorita Gauthier tenía una relación, había sabido llevarla discretamente.

—También puedo decirle que nuestro hombre estaba muerto antes de que se desencadenara el incendio —prosiguió el forense, sacando a Fabregas de su ensimismamiento.

—¿Y cuál cree que fue la causa de la muerte?

—Me inclinaría por un traumatismo craneal. ¿Ve esta fisura en forma de estrella?

Fabregas se acercó un poco más al cuerpo y observó la marca que el forense le señalaba con el dedo.

—¡Me imagino que ya tiene la respuesta, doctor, y que está disfrutando de este momento! ¿Cómo sabe que no se hizo eso al desmayarse precisamente por culpa del humo?

—Porque, en ese caso, tendría restos de monóxido de carbono en los pulmones, pero no es así. ¡Su hombre dejó de respirar mucho antes de que llegara usted!

—¿Me puede decir cuándo, exactamente?

—Todavía no. Para eso hay que esperar a los resultados del laboratorio. Como ya supondrá, ¡la temperatura del cuerpo no es un indicador muy fiable en estos casos!

Fabregas sospechaba que estaba bromeando pero, por si acaso, prefirió mantener el tono profesional.

—¿Qué más puede decirme en esta fase?

—No mucho más, me temo. Por desgracia, estoy al tanto de la investigación que tiene en curso, capitán, y por eso he accedido a ocuparme urgentemente de este desconocido suyo. Pero son más de las doce y, a estas horas, no le va a quedar más remedio que conformarse con el informe preliminar.

—Y se lo agradezco, doctor. Seguramente mandaré mañana a uno de mis tenientes para que asista al final de la autopsia.

—¡Mientras no sea Vicart!

Fabregas, que precisamente estaba pensando en él, le pidió al forense que se explicara.

—No se lo tome a mal, capitán, pero es que aunque el chico tiene muy buena voluntad, no puedo perderlo de vista. La última vez, si no le llego a alcanzar una batea a tiempo, me hubiese llenado el abdomen de un sujeto con sus propios fluidos precisamente cuando acababa de vaciarlo.

Fabregas, que podría haber prescindido perfectamente de esa imagen antes de volver a casa, más que sonreír, hizo una mueca. Tenía que admitir que Vicart no era su hombre de mayor aguante, pero esa sensibilidad tenía otras ventajas, y no estaba seguro de querer curtir a toda costa a ese lugareño. Al capitán lo preocupaba a veces su propio desapego. Se había ido endureciendo con los años, lo cual le había permitido ascender deprisa en el escalafón, pero sabía de manera fehaciente que se había dejado parte del alma por el camino y que nunca la recuperaría.

En el trayecto de vuelta, Fabregas intentó hacer un balance rápido. El resultado no era muy alentador. Raphaël Dupin podía ser sospechoso de algo pero no de ser el hijo de Lessage, que seguía en paradero desconocido. La maestra, que al parecer tenía información, ahora estaba desaparecida, mientras que en la mesa de autopsias había un hombre cuya identidad desconocía por completo. Otro hombre, al que habían visto salir corriendo del edificio de Gauthier, podía ser el responsable de los últimos acontecimientos, pero, sin una descripción más precisa, las posibilidades de dar con él eran casi nulas. Por último, la autopsia de Nadia, que él había ordenado a pesar de que los padres se oponían, había confirmado la tesis del suicidio. ¿Qué se le habría pasado por la cabeza a esa niña de once años para que prefiriese poner fin a su vida a tener que contar lo que le había sucedido?

La conclusión era amarga. Cada vez que pensaba que iba en la dirección correcta, aparecía un elemento nuevo que lo cuestionaba todo. Seguir la pista de Zélie y Gabriel equivalía a adentrarse en un laberinto, una maraña de posibilidades que desembocaban todas en vía muerta.

A Fabregas solo le quedaba confiar en secreto en ese factor mínimo del que hasta ahora había carecido pero que antes o después haría acto de presencia: la suerte. El trabajo de los investigadores, por muy riguroso que fuera, no siempre bastaba. A veces, el hado suministraba la clave que faltaba. Un testigo que aún no había declarado y que de repente cruzaba la puerta de una gendarmería. Una ficha de la base de datos que emergía al buscar unas huellas. En este caso, sabía que no podía esperar nada del piso de la señorita Gauthier, ya que el fuego lo había arrasado. En cambio, puede que el hombre que yacía en la mesa de autopsias desvelase algún secreto.

Mañana arrancaría la jornada interrogando al director de La Ròca. Pensándolo bien, ese hombre conocía a todos los protagonistas de aquella historia, excepto quizá a Raphaël Lessage, y Fabregas no tenía intención de cometer dos veces el mismo error. A pesar de los últimos acontecimientos, Fabregas no pensaba postergar la entrevista como había hecho con la señorita Gauthier.

27

Al director de La Ròca, con las piernas cruzadas y las manos en los bolsillos, no parecía impresionarlo mucho estar en una sala de interrogatorios enfrente del capitán de la gendarmería. Lo único que acaparaba su atención era el reloj de pared, para fastidio de Fabregas.

—¡No creo que un militar pueda echarme en cara que quiera ser puntual! —se defendió el director.

Hablaba con un tono forzado que pretendía ser cordial, pero el capitán recobró de inmediato las riendas de la conversación:

—Creo que no ha entendido bien por qué está usted aquí, señor Darras. ¡No le he citado para estar de cháchara y, en realidad, que llegue usted tarde a La Ròca es lo que menos me preocupa! ¿Le ha quedado claro?

Fabregas evitó deliberadamente decir «señor director». Sabía por experiencia que ese pequeño detalle podía tener un gran impacto en sus interlocutores, sobre todo en los hombres, que solían estar más apegados a su parcelita de poder, y la táctica surtió efecto. El director de La Ròca se enderezó, con la espalda muy tiesa, en la silla.

—Pensaba que querría que hablásemos de la señorita Gauthier —farfulló.

—¡De la señorita Gauthier, de Raphaël Dupin, de Nadia, de Zélie y de Gabriel! Y esos son solo los primeros nombres que me han venido a la cabeza. ¡Lo que significa que se va a quedar usted aquí todavía un buen rato!

Darras tragó saliva. Ya no le quedaba ni rastro de arrogancia. Atemorizado, el director escudriñaba la habitación con otros ojos y, en lugar de fijarse en el reloj, lo que se quedaba mirando ahora era la puerta de salida.

—Mire, capitán, ¡creo que esto es un malentendido! Ya le he contado todo lo que sabía y me parece que he hecho todo lo que estaba en mi mano para ayudarlo.

—Eso es lo que tengo intención de comprobar, señor Darras. Vamos a empezar por la señorita Gauthier.

—¿Sí?

—¿Cuánto hace que la conoce?

—Seis años. Ya ocupaba su plaza cuando empecé a dirigir el centro.

Otra vez esa necesidad de recordar que él es el jefe, pensó Fabregas, a quien no le caía nada bien el hombre que tenía sentado delante. Darras tenía algo que lo sacaba de quicio, aunque no sabía decir qué era exactamente. La suficiencia no era, el capitán ya había lidiado con gente así. Qué va, era más bien la indiferencia que mostraba hacia las víctimas. Una de sus alumnas se había suicidado y otros dos llevaban dos días sin ir a clase, y la situación no parecía inmutarlo lo más mínimo.

—¿Le gusta su trabajo? —preguntó entonces Fabregas sin transición.

—¿Acaso importa?

—Deje que sea yo quien decida si importa o no, ¿le parece?

—Como quiera. Tengo cuarenta años, capitán, y ninguna intención de ser director de escuela primaria en un pueblo de mala muerte toda la vida. ¡Tengo otras aspiraciones, mire usted por dónde! O sea que, respondiendo a su pregunta, me gusta mi trabajo, pero no creo que este sea el lugar que me corresponde.

—Y, según usted, ¿cuál sería?

—Estoy esperando que me trasladen a Aviñón, pero ya sabe lo que pasa…

—¡Pues no, ni lo sé ni me importa, la verdad!

Al capitán solo le había llamado la atención un dato, y no se refería a la carrera profesional de Darras.

—Dice que tiene cuarenta años. ¿Es de por aquí?

—Nací aquí, si es eso lo que me está preguntando. Después del bachillerato me marché para…

—¡Es decir, que cursó toda su etapa escolar en Piolenc! —lo interrumpió Fabregas sin miramientos.

—Solo la primaria.

—¿En La Ròca?

—Como la mayoría de los niños de por aquí, ¡pero no veo qué interés puede tener mi infancia!

Fabregas no era de la misma opinión. Lo que al principio solo había sido una corazonada se estaba convirtiendo poco a poco en certeza. Aunque la respuesta que estaba a punto de oír quizá no supusiera ningún cambio para el caso, sabía que esa era la dirección que tenía que seguir.

—¿Conocía usted a Raphaël Lessage, señor Darras?

La expresión del director de La Ròca cambió entonces radicalmente. Su rostro reflejaba una mezcla de desconcierto y aprensión. Todo su cuerpo estaba en alerta, como si las palabras que iba a pronunciar pudieran determinar su suerte de forma irreversible.

—¿Lo conocía, sí o no? —repitió Fabregas para presionarlo—. A mí me parece una pregunta muy sencilla.

—Sí —confesó Darras en un murmullo—. Estábamos en la misma clase. ¡Pero en serio, sigo sin ver qué tiene que ver esto con su investigación!

—Puede que nada. ¡Me pregunto cosas nada más! De todas las personas que han pasado por esta sala, usted es la primera que ha tenido relación con todas las víctimas. Nadia, Zélie, Gabriel, la señorita Gauthier y, ahora, Raphaël Lessage.

—¡Tenía once años cuando desapareció Raphaël! —estalló el director—. ¡No irá a echarme en cara lo que le pasó! ¡Ya que estamos, acúseme también de haber asesinado a su hermana!

—¿Quién está hablando de responsabilidad, señor Darras? ¡Me estoy preguntando cosas, ya se lo he dicho! Si a eso le sumamos el hecho de que conoce usted a Raphaël Dupin, al que ahora mismo están buscando mis hombres, ¡no me negará que esto ya es demasiada coincidencia!

—¿A quién?

El director de La Ròca parecía un boxeador sonado y acorralado en un rincón del ring ante los puños de su adversario.

—¡Raphaël Dupin! —repitió el capitán sin inmutarse—. El sustituto de la empresa Élite.

—¡Pero si no lo conozco!

—Usted nos guio hasta él, si no me equivoco.

—No, bueno, sí… Quiero decir, que lo único que hice fue pedirle a Élite una lista de empleados. ¡Y fue para ayudarles a ustedes! Nunca he coincidido con ese hombre en persona.

—¿Cómo está tan seguro?

—No le entiendo.

—La ficha que le envió Élite no incluía foto. Así que ¿cómo está usted tan seguro de que no conoce a ese hombre?

—Porque nunca voy a la cocina, ya se lo he dicho, así que no sé cómo iba a conocerlo.

—¿Me permite comprobarlo?

Fabregas se lo preguntó mientras le colocaba el retrato de Dupin debajo de las narices al director. Darras se puso tan pálido que el capitán creyó que le iba a dar un vahído.

28

—¡Señor Mourier, suelte la escopeta antes de que alguien salga herido!

Jean Wimez hablaba con voz firme y serena mientras el corazón se le salía del pecho. El padre de Zélie temblaba como una hoja mientras apuntaba a Victor Lessage, y Jean tenía miedo de que se le disparase el arma accidentalmente. En los últimos veinte minutos, la situación apenas había cambiado. Jacques Mourier amenazaba al padre de los mellizos con su escopeta de caza mientras el exgendarme contemplaba la escena impotente, haciendo las veces de negociador lo mejor que podía. El padre de Zélie había ido a ajustar cuentas, convencido de que Victor Lessage sabía más de lo que decía.

—¡Si los gendarmes lo han retenido tanto tiempo, por algo será! —gritó, desesperado—. ¡Dígame dónde está mi hijita!

Victor Lessage se había mantenido sorprendentemente tranquilo desde que el otro irrumpiera en el salón de su casa. Incluso tenía en la mirada cierta indulgencia hacía el hombre que lo estaba apuntando con un arma. Por haberlo vivido en sus propias carnes, sabía por lo que estaba pasando ese hombre y no intentaba protegerse.

—¡El señor Lessage no tiene nada que ver con el secuestro de su hija, señor Mourier, tiene que creerme!

Jean había repetido esa frase unas diez veces, pero el padre de Zélie no le hacía caso. Victor callaba, lo cual solo servía para acrecentar la tensión.

En varias ocasiones ya, Jacques Mourier había blandido el retrato de su hija con una mano, de modo que se quedaba sujetando la escopeta a pulso con un solo brazo, para mayor preocupación de Jean Wimez, que ya había presenciado cómo se producían accidentes por mucho menos. El desconsolado padre había acudido con una idea en la cabeza, obligar a Lessage a hablar, y ahora, ante esa roca silenciosa, le fallaban los ánimos.

—¡Mírela —gritaba con los ojos llenos de lágrimas—, mire a mi hijita! ¿Cómo ha podido tomarla con ella?

Jean echaba ojeadas por la ventana a intervalos regulares, esperando la inminente llegada de refuerzos. Había conseguido enviar un SMS a Fabregas sin que se notara. Era un mensaje escueto, pero el exgendarme sabía que lo tratarían con diligencia: «Casa de Lessage. Mourier. Amenaza. Arma de fuego». Ya entraría en detalles en mejor momento. Sin embargo, ya hacía un cuarto de hora que había enviado la petición de socorro y seguía sin oír ninguna sirena. ¿Lo habría recibido siquiera Fabregas? Como Jean no había guardado el número de los otros tenientes en el móvil, tampoco podía llamarlos. Marcó entonces con la mayor discreción posible el de la centralita de la gendarmería, que aún se sabía de memoria, y dejó sonar el móvil, sin llevárselo al oído. Tenía la esperanza de que la persona que descolgara estuviera lo bastante atenta como para escuchar la conversación de fondo y que comprendería la situación.

—¡Señor Mourier, cálmese! —volvió a decir, alzando un poco más la voz, para que pudieran oírlo al otro extremo de la línea—. ¡Se lo repito, Victor Lessage no es el responsable de la desaparición de Zélie, así que suelte la escopeta y vamos a sentarnos los tres! Estoy seguro de que el señor Lessage estará dispuesto a hablar con usted si deja de amenazarlo.

Jean albergaba la esperanza de que alguien estuviese recibiendo el mensaje, porque era consciente de que una sola chispa bastaría para empeorar la situación. Y se sintió aún más alarmado cuando Victor se aclaró la garganta para atraer la atención.

—Ya sé que es temprano, pero ¿no les apetece una copa de licor de mejorana?

Victor dejó sorprendido a los otros dos. No solo era lo primero que decía, sino que lo decía sin ansiedad. A Jean hasta le pareció que se estaba divirtiendo.

—¡Mi padre me contó una vez que este licor había erradicado el cólera! —prosiguió—. No estamos en esas, pero no creo que nos siente mal, ¿no?

Contra todo pronóstico, el padre de Zélie bajo la guardia. Ya fuera porque aquella situación tan absurda lo había hecho reaccionar o porque empezaba a acusar el cansancio, el caso es que el cañón de la escopeta apuntaba ahora a los pies de Lessage. Jean aprovechó la tregua para quitarle con delicadeza el arma de las manos a Mourier, mientras le ponía la mano en el hombro.

—Venga a sentarse —le dijo al oído—. Victor tiene razón. Una copita no nos vendrá mal.

Así fue como a las nueve y media de la mañana, Fabregas y su equipo se encontraron a tres hombres bastante achispados cómodamente sentados en el salón de Lessage.

Al principio, el capitán se enfadó bastante. Había tenido que abreviar la conversación con el director de La Ròca y, como no quería dejarlo suelto por ahí, le notificó que lo dejaba bajo custodia. Pero los indicios en su contra eran tan endebles que tenía que darse mucha prisa si no quería que un abogado lo obligara a soltarlo incluso antes de que estuviese de vuelta. Se calmó enseguida al encontrarse con el desamparo de aquellos dos padres de familia. Se llevó a Jean aparte para agradecerle cómo había manejado la situación.

Victor se negó a presentar una denuncia contra Mourier. Pero Fabregas no podía pasar por alto lo sucedido. Los protagonistas llegaron a un acuerdo. El capitán volvería a terminar el interrogatorio mientras los tres hombres se despejaban, y luego Jacques Mourier se personaría en la gendarmería para entregarse. Jean se ofreció como garante.

A situaciones excepcionales, procedimientos excepcionales, pensó Fabregas volviendo a meterse en el coche oficial.

Victor Lessage, que no soportaba que nadie le dijese lo que tenía que hacer, volvió a llenar las copas y reanudó la conversación donde la habían dejado como si tal cosa.

—Creo que tardé cuatro días en caer en la cuenta de lo que nos estaba pasando. Echaba de menos a los mellizos, claro está, pero pensaba que iban a volver. Que debían de haberse escapado pero que, sin dinero ni comida, no llegarían muy lejos y acabarían regresando. Me daba cuenta de que todo el mundo a mi alrededor estaba alteradísimo, pero yo no conseguía sentirme implicado. Luce se pasaba el día llorando y a mí lo único que se me ocurría decir era «Todo irá bien».

Jacques Mourier escuchaba a Victor y sacudía la cabeza como si aprobara todas sus palabras. Las lágrimas le surcaban las mejillas y no hacía nada por ocultarlas. Con cada trago de licor, la glotis le subía trabajosamente. Así y todo, el padre de Zélie parecía más sereno que cuando llegó.

—No conozco a Zélie —siguió diciendo Victor con una sonrisita—, ¡pero si tiene tu forma de ser, Jacquot, estoy seguro de que saldrá de esta!

—¡Dios te oiga, Victor, Dios te oiga! —contestó Mourier con la boca pastosa.

Jean observaba en silencio a aquellos dos padres afligidos. Ahora los unía un vínculo indisoluble, y hubiese preferido dejarlos solos a tener que entregar a uno de ellos en la gendarmería.

29

Aunque el director de La Ròca apenas llevaba tres horas retenido en la gendarmería, parecía que hubiese pasado la noche en el calabozo. Con la camisa arrugada y el pelo revuelto, Darras era una sombra de sí mismo y Fabregas no tenía intención de desaprovechar la ocasión, sobre todo con lo que le había fastidiado tener que ir y volver a casa de Lessage.

El director había reaccionado de inmediato al ver el retrato de Raphaël Dupin, pero sin explicar por qué. Cuando el capitán estaba a punto de ponerse más duro, Vicart lo interrumpió con la historia de la amenaza contra el padre de los mellizos. A Fabregas, que no le quedaba otra que acudir, apostó por una táctica que había demostrado ser muy efectiva: dejar al testigo macerándose en su jugo sin darle ninguna explicación. Al observar a Darras, el capitán concluyó que la maniobra había funcionado. A todas luces, el director estaba dispuesto a hablar y Fabregas solo tenía que pulsar la tecla adecuada.

Sin decir ni una palabra, volvió a ponerle debajo de las narices la foto de Dupin. Darras se removió en la silla. El brío del que hacía gala a las ocho de la mañana había desaparecido por completo. Ni siquiera esperó a que le hicieran la primera pregunta, al entender que la única alternativa para salir de allí era hablar.

—¡No sabía que ese hombre fuera el sustituto al que estaban buscando, tiene que creerme!

—Estoy dispuesto a ello, señor Darras. Limítese a contarme de qué lo conoce.

Darras parecía estar sopesando los pros y los contras, como si lo que estaba a punto de decir se le pudiera volver en contra. El hecho de que no solicitase que lo asistiera un abogado era un punto a su favor y animó a Fabregas a medir sus palabras:

—Señor Darras, está en juego la vida de dos niños y estoy convencido de que usted no quiere que ocurra otra desgracia. No pudimos salvar a Nadia, pero puede que no sea demasiado tarde para Zélie y Gabriel. ¡Si sabe algo sobre ese hombre, por poco que sea, tiene que contárnoslo!

El tono no era ni agresivo ni autoritario. Aunque Fabregas no se creyó ni por un segundo que fuera a tocarle la fibra sensible a ese hombre, estaba convencido de que el director no dejaría pasar la ocasión de quedar como un salvador.

—Señor Darras —insistió—, puede que tenga usted la clave de todo este asunto. Dígame quién es Raphaël Dupin.

—Ese hombre estuvo trabajando tres meses con nosotros. Venía una vez por semana para el mantenimiento del sistema informático. Hasta se encargó de montarnos la página web.

—¿Y aun así no le sonaba su nombre? —preguntó Fabregas, dubitativo.

—Porque ese no fue el nombre que nos dio. Me dijo que se llamaba Michel Dumas.

—¿Y no lo comprobó?

—¿Comprobar qué? —preguntó el director a la defensiva—. ¿Cómo iba a saber yo que no tenía los papeles en regla?

—¿No hace una investigación rutinaria antes de contratar a cualquiera?

—¡Una vez más, capitán, no estamos hablando de un profesor o de un vigilante! Venía a las oficinas cuatro veces al mes y no coincidía con los niños. No se me ocurrió ni por un segundo que ese hombre pudiera mentirnos sobre su identidad. ¡Y queda claro que no fui el único! La empresa Élite también se dejó engañar.

Achacar la responsabilidad a un tercero. Un sistema de defensa que Fabregas conocía demasiado bien y que no le sorprendía viniendo de ese hombre. El capitán intuía que el director no se lo había contado todo.

—Si lo he entendido bien, este señor había dejado de trabajar en La Ròca como Michel Dumas pero seguía haciendo sustituciones como Raphaël Dupin, ¿es así?

—Eso parece.

—¡Y sin embargo, usted nunca lo vio como sustituto de la empresa Élite, aunque allí nos dijeron que llevaba varios meses trabajando regularmente en su centro!

—¡Ya le he dicho cien veces que nunca voy a la cocina!

Darras, que poco a poco había recobrado la confianza al confesar, volvía a perder la paciencia. Ahora que ya habían sajado el absceso, se imaginaba que seguramente los gendarmes lo soltarían pronto. Pero su historia seguía sin satisfacer al capitán.

—¿Y por qué le rescindió el contrato?

—No creo que eso importe, la verdad.

¡Había puesto el dedo en la llaga! Fabregas sospechaba que si el retrato de Raphaël Dupin había alterado tanto al director no podía ser solo por haberlo contratado bajo otro nombre. Su comportamiento dejaba adivinar algo más hondo, más perturbador.

—¡Y yo creo que eso lo decido yo! —contestó entonces muy seco—. ¿Qué sucedió para que prescindiera de sus servicios?

—Ya no lo necesitábamos –intentó colar el director.

—¡Señor Darras, de una forma u otra voy a enterarme de lo que pasó! Así que usted verá si prefiere que me entere por usted o por otra persona. ¡Pero tenga en cuenta que, en función de lo que decida, cambiará, y mucho, la hora a la que salga de aquí!

Darras volvía a estar encogido en la silla. Ni siquiera se atrevía a mirar al capitán a los ojos. Habló al fin, con un hilo de voz tan tenue que Fabregas tuvo que pedirle que lo repitiera más alto.

—¡He dicho que es algo que atañe a mi vida privada! –repitió el director, casi gritando esta vez.

—Vamos a dejar las cosas claras –respondió Fabregas como un eco, con voz tranquila pero tajante–, su vida privada no me interesa lo más mínimo. Si considero que lo que está a punto de contarme no es pertinente para la investigación, lo dejaremos estar. ¡Pero como descubra que me ha estado ocultando algo que nos habría ayudado a avanzar, aunque fuera un solo paso, entonces seré el primero en darle el soplo a la redacción de *La Provence*! ¿Le ha quedado claro?

—¡Es un farol!

—¿Qué se apuesta?

Veinte segundos. Fue lo que tardó Darras en serenarse y empezar a hablar.

—Mantenía una relación con ese hombre. Solo duró dos meses. Creí que estábamos enamorados, hasta que comprendí que me estaba utilizando.

—¿Qué le pidió?

—Nada. Pero un día lo sorprendí en mi despacho copiando expedientes de mi ordenador en una memoria USB. Le había hecho una copia de mi tarjeta para que pudiera esperarme sin llamar la atención.

—Expedientes, dice. ¿Qué expedientes?

—Expedientes académicos. Ni siquiera me molesté en saber por qué, lo eché a la calle en el acto.

—¿Y no se lo contó a las autoridades? —se sorprendió Fabregas.

Darras se quedó mirando al suelo para que no se le notara el apuro.

—No me apetecía que se supiera, claro, y además le había prometido a Solène que no perjudicaría a su primo.

—¿A Solène? —repitió el capitán casi atragantándose.

—Sí, a Solène. La señorita Gauthier, si lo prefiere.

30

¿Cómo se le podía haber pasado ese dato? Fabregas repasó la película de las dos últimas semanas, las conversaciones, el trato que había tenido con los distintos protagonistas del caso; no recordaba haber oído en ningún momento el nombre de pila de la maestra. Por supuesto, en circunstancias normales no tenía por qué llamarle la atención un nombre, pero desde el principio aquella no había sido una investigación normal. En cada movimiento que hacía se le aparecían los mellizos de Piolenc y hacer caso omiso de semejante coincidencia habría sido una falta de profesionalidad.

Se le reveló otro aspecto que, en un contexto diferente, habría resultado anodino. El primo de Solène Gauthier eligió el seudónimo de Michel Dumas antes de cambiarlo por el de Raphaël Dupin.

Cuando su antiguo jefe mencionó la coincidencia que había entre el nombre de los mellizos y el de los dos niños recién desaparecidos, Fabregas había ahondado un poco más. Se leyó todo lo que se podía encontrar en internet sobre el significado exacto de esos nombres. Aunque no había sacado gran cosa de esa búsqueda, se había quedado con algo: al igual que Raphaël y Gabriel, Michel era el nombre de un arcángel, y era obvio que aquello no podía ser fortuito.

Fabregas debería haberse sentido muy satisfecho por haber caído en ese detalle; en una investigación, cualquier indicio nuevo siempre es bien recibido. Lo malo era que, en ese caso concreto, lo que hacía era ahondar el misterio. El capitán no paraba de recabar información a la que no conseguía dar sentido. Se impuso hacer una recapitulación de los hechos por escrito para ver si con cierta perspectiva afloraba algún patrón.

Solène y Raphaël Lessage desaparecieron en agosto de 1989.

Al cabo de tres meses, encontraron el cuerpo de Solène en un cementerio. Fabregas había vuelto a leer el informe de la autopsia. No cabía ni una sola duda sobre la identidad del cadáver. Definitivamente, se trataba de la hija de Victor Lessage.

Treinta años después, secuestran a otros dos niños o, cuando menos, se denuncia su desaparición. Zélie y Gabriel. La niña celebra su santo el mismo día que Solène, mientras que Gabriel es el nombre de un arcángel, lo mismo que Raphaël.

Fabregas apuntó a continuación las etapas clave de los dos primeros días.

Desde el principio de la investigación, había surgido un nombre reiteradamente: Raphaël Dupin. Al principio sospecharon que podía ser el mellizo desaparecido hasta que Victor Lessage descartó esa hipótesis categóricamente: ¡ese hombre no era su hijo!

¿Cabía la posibilidad de que estuviera mintiendo? Fabregas anotó esa reflexión al margen. Lo habían autorizado para analizar la uña de la sala de interrogatorios. Los resultados del ADN no llegarían antes de unos días, a menos que solicitara que se acelerase el proceso. Teniendo en cuenta los últimos indicios, Fabregas opinaba que estaba en situación de que dieran carácter de urgencia a su petición.

Después llegó aquella carta dirigida a la maestra, Solène Gauthier, que incitaba a detener la investigación. El capitán releyó lo que había anotado y tachó la palabra «incitación» para cambiarla por «amenaza», con un signo de interrogación. La misiva la firmaban Solène y Gabriel. ¿Cabía deducir que la habían escrito la propia Solène Gauthier y Raphaël Dupin? ¿O habían sido Zélie y Gabriel, convencidos de que encarnaban a los mellizos, tal como había sugerido la psicopediatra?

Por último, quedaba encajar las revelaciones del director de La Ròca. Lo habían soltado dos horas antes, después de haber contado todo lo que sabía. Fabregas vio alejarse a un hombre abatido, consciente de que su reputación quizá quedara empañada en ese pueblo de cinco mil habitantes, pero al capitán no lo preocupaba qué fuera a ser de él. Darras encontraría los recursos necesarios para recuperarse. El hecho de ser homosexual no sería un inconveniente en una población de mayor tamaño. El problema principal iba a ser explicarles a las autoridades académicas por qué no había dado parte de las acciones de Dumas. Abrirían una investigación para descubrir qué expedientes había copiado y para qué. Fabregas ya había puesto a un hombre manos a la obra.

Según Darras, Raphaël Dupin también decía llamarse Michel Dumas, otro nombre de arcángel, y aseguraba ser primo de Solène Gauthier. A pesar de eso, la maestra de Zélie y Gabriel, que había desaparecido a su vez y cuyo piso había quedado reducido a cenizas con un cadáver sin identificar en la cocina, nunca se lo mencionó a los investigadores. ¿Estaba al tanto siquiera de que los gendarmes lo andaban buscando? Al repasar la cronología de los acontecimientos, Fabregas no recordaba haberle enseñado su retrato a la joven. ¿Sería eso lo que quería contarle a la doctora Florent? Cuando la interrumpió el director de La Ròca, que era su jefe y el examante de su primo, quizá prefirió sincerarse en un sitio que no fuera el centro escolar.

Cuanto más larga era la lista de Fabregas, más preguntas se quedaban en el aire. Tenía la esperanza de encontrar un patrón en toda aquella historia y lo único que había conseguido era adentrarse un poco más en el laberinto.

Nombres idénticos, un sospechoso con varias identidades y una maestra en el meollo del caso. Eso era lo que, en definitiva, se desprendía de su análisis.

Fabregas comprendió que ahora solo le quedaba esperar. Esperar a que llegaran los resultados de todos los análisis en curso, esperar a que sus hombres dieran con Raphaël Dupin o que encontraran la pista de Solène Gauthier. En resumidas cuentas, esperar a que un nuevo indicio le permitiese desenredar aquel embrollo.

—¿Molesto, capitán?

La voz de la psicopediatra lo sobresaltó. La doctora Florent permanecía en la puerta del despacho sin atreverse a cruzarla. No habían vuelto a hablar desde la noche en que Fabregas lamentaba haber estado tan frío con ella. No podía considerar que esa mujer fuera responsable de los últimos acontecimientos. Ella se había equivocado al aplazar la conversación con Solène Gauthier fiándose de su instinto. Pero Fabregas también podría no haberla escuchado y haber citado a la maestra en la gendarmería. Nadie podía adivinar lo que iba a suceder.

—¡Pase, doctora! —dijo con una afabilidad exagerada—. Precisamente estaba pensando que podía usted serme útil.

Era una verdad a medias. Lo más probable era que Fabregas al final le hubiese pedido ayuda ahora que tenía todos los indicios encima de la mesa. La psiquiatra le aportaría otro enfoque y puede que le llamara la atención alguna obviedad.

El capitán no terminaba de creérselo, pero aun así la presencia de aquella mujer lo reconfortaba. Estaba saturado, lo sabía, y bajo ningún concepto podía sincerarse con sus hombres. Un capitán tenía la obligación de ser el líder de su equipo. Tenía que guardarse las dudas si no quería que la determinación de sus investigadores se tambalease.

—Soy toda oídos —dijo la psiquiatra sentándose frente a él.

31

Las cuarenta y ocho horas siguientes tuvieron para Fabregas el sabor amargo de un día interminable. Las horas fueron desgranándose sin que ningún nuevo indicio, por pequeño que fuera, se sumase al expediente. Al contrario de lo que sucede en las series estadounidenses, donde una cuadrilla de expertos te dice en menos de dos minutos, reloj en mano, la procedencia de una fibra, el lugar de fabricación y una lista de distribuidores, el capitán tuvo que enfrentarse a la realidad y hacer acopio de paciencia.

Esperaba recibir a lo largo del día los informes de los análisis solicitados y compensar así la falta de resultados de la investigación *in situ*. Los controles policiales no habían conseguido nada. Nadie se había cruzado con Raphael Dupin o Solène Gauthier, ningún testigo espontáneo se había personado para mencionar un leve parecido con algún vecino, incluso los médiums (que solían darse tanta prisa en presentarse) guardaban silencio.

Fabregas asistió de lejos a la marcha blanca que había organizado el Ayuntamiento de Piolenc. El alcalde hizo gala de mucha diplomacia para transmitirle un mensaje de parte de las familias. Ni él ni sus hombres serían bien recibidos. Los padres de Zélie y los de Gabriel no ocultaban ya su impaciencia. Según ellos, las autoridades estaban desbordadas y no hacían lo suficiente para encontrar a sus hijos. En lo primero, el capitán tenía que darles en parte la razón. No así en lo segundo: todos los medios de los que podía disponer la gendarmería, tanto humanos como materiales, estaban asignados a esa investigación. Por desgracia, no era suficiente.

La psicosis se había adueñado de Piolenc y no dejaba de crecer. Algunos padres de alumnos se negaban a mandar a sus hijos a La Ròca y preferían mantener a su prole encerrada en casa hasta que detuvieran al secuestrador. Otros la habían tomado con Darras y le echaban en cara su incompetencia en lo relacionado con la seguridad del centro. Exigían que la valla del colegio estuviera vigilada permanentemente. El director, acorralado, culpó a la gendarmería, cuyo vestíbulo tenían ahora tomado continuamente varios padres indignados. Los primeros incidentes graves se produjeron ya en la misma mañana del día de la marcha. A Olivier Vasse le rompieron los cristales de su casa a pedradas y a Alan Wells le quemaron parte del viñedo. Todas las personas que habían pasado por la sala de interrogatorios del capitán Fabregas estaban en el punto de mira de los más belicosos. Los vecinos del pueblo miraban con recelo a cualquier transeúnte que no perteneciera a su círculo más cercano. Los turistas o meros paseantes no eran bien recibidos y se lo demostraban sin ambages. Solo se salvaba Victor Lessage. El relato de su cara a cara con la escopeta del padre de Zélie ya había circulado por todo Piolenc.

Las redes sociales alimentaban la polémica. Cada cual tenía su propia teoría. Surgieron las cuentas anónimas, más que dispuestas a difundir hasta el mínimo rumor, sobre todo si era nocivo y servía para saldar viejas rencillas. En las peticiones para restablecer la pena de muerte había más firmas que electores censados.

El fiscal recibía presiones por todos los frentes y él no se privaba de derivárselas a sus subalternos.

Fabregas sabía que tenían las horas contadas. Si no quería que la fiscalía de París se apropiara del caso y mandase a la caballería, tenía que aportar respuestas sólidas para demostrar que era capaz de mantener algo parecido a la paz en el pueblo.

Los primeros resultados que aterrizaron en la mesa del capitán fueron los del análisis de la carta que había recibido Solène Gauthier, aunque ahora Fabregas tenía dudas sobre si realmente se la habría remitido alguien. No carecían de interés, pero el capitán no acababa de ver cómo iban a ayudarlo a avanzar.

La carta estaba escrita con un bolígrafo cuya tinta correspondía al modelo que más abundaba en el mercado. La letra era de un diestro. El experto había considerado necesario señalar que aproximadamente el ochenta y cinco por ciento de la población francesa era diestra, como si esa estadística pudiera serle de alguna utilidad. Si se exceptuaban las huellas de Solène Gauthier y las de la doctora Florent, que habían podido aislar fácilmente por su ubicación en la hoja, el papel estaba virgen de cualquier otro rastro viable. Lo habían arrancado de un cuaderno de espiral con cuadrícula grande. También en ese punto el experto había querido lucir sus conocimientos recalcando que ese formato solo se fabricaba en Francia, y que los demás países se limitaban a la cuadrícula pequeña o al rayado. Fabregas estaba empezando a desesperarse cuando por fin un dato atrajo su atención. Los grafólogos eran categóricos: la letra no podía ser más que la de un niño.

Eso podía significar dos cosas: que el secuestrador padecía esquizofrenia, como había sugerido en un momento dado la doctora Florent, o bien que había obligado a Zélie o a Gabriel a escribir la carta. En ese aspecto, el experto no podía serle de ayuda. Para Fabregas, fuera cual fuese la respuesta, la conclusión era la misma: esos niños estaban en peligro. Si no en lo físico, sí en lo psicológico, y el capitán se preguntaba qué secuelas podían ser peores.

Si la segunda opción era la correcta, la ausencia de huellas digitales indicaba que Zélie o Gabriel habían accedido a ponerse guantes para escribir la carta. Fabregas cerró los ojos y trató de imaginarse la escena: una manita enfundada en látex esmerándose por escribir con buena letra. Curiosamente, esa imagen lo agobió más que cualquier otra.

Como si los expertos se hubiesen puesto de acuerdo para acelerar el ritmo, el segundo informe que recibió fue el que incluía los análisis que el forense había solicitado para completar la autopsia. Fabregas ya había estado departiendo la víspera con el doctor Leroy, después de recibir su informe por escrito. El hombre que había aparecido calcinado en el piso de la maestra había muerto de un traumatismo craneal. El arma del crimen era un objeto contundente de forma esférica y le había fracturado el hueso occipital en una superficie de cinco centímetros de diámetro. El forense descartó la hipótesis de un accidente por una razón muy simple: el agresor había golpeado tres veces a su adversario para matarlo. Siempre según la opinión del doctor Leroy, el primer golpe habría bastado para neutralizarlo y el segundo lo remató. «O bien el culpable estaba descontrolado, o bien quería estar totalmente seguro de que este hombre no volviera a levantarse nunca», concluyó el forense por teléfono. Obviamente, los hombres de Fabregas intentaron encontrar el arma del crimen en el piso, pero ninguno de los objetos que quedaban aún más o menos intactos después del incendio se correspondía con la descripción del forense. O bien las llamas habían consumido el arma, o bien el asesino se la había llevado. Otra vía muerta.

Cuando estaba a punto de abrir el sobre, Fabregas temió llevarse otro chasco con lo que se disponía a leer. Ni siquiera se acordaba de lo que le había pedido al forense para completar la autopsia. Sabía que lo que iba a encontrar seguro era el análisis del contenido del estómago y el informe toxicológico de la víctima; pero había muy pocas posibilidades de que esos datos fueran de interés, a menos que lo último que hubiese comido el desconocido fueran alimentos exóticos que solo preparase un único restaurante en toda la región. Algo así no sucedía nunca.

Por eso, cuando Fabregas echó un vistazo a la primera página del informe, tuvo que mirar dos veces para asimilar la información que tenía delante. Su primera reacción fue un ataque de rabia contra el técnico que no había tenido bastante sentido común como para llamarlo por teléfono y ahorrarle un tiempo valiosísimo. Cuando se le pasó el sofoco, el capitán comprendió que ese descubrimiento no le iba a servir para avanzar mucho, sino todo lo contrario, le iba a obligar a retroceder un paso.

Las bases de datos habían hablado. Existía una coincidencia con el ADN del hombre calcinado y Fabregas casi lamentaba que así fuera. Si se habían consignado los perfiles genéticos del desconocido del piso era porque pertenecían a un niño que había desaparecido treinta años antes.

Más exactamente, en diciembre de 1989.

32

Una vez más, Fabregas tenía que reprocharse no haber prestado suficiente atención a una pista. Para ganar tiempo, les había ordenado a sus hombres que se centraran en las niñas que habían desaparecido treinta años atrás. En ningún momento se le ocurrió que el raptor de los mellizos eligiera a un chico para sustituir a Solène. Ahora comprendía que había sido un error. No le cabía ninguna duda de que el cadáver hallado en el piso de la maestra estaba vinculado, de una forma u otra, a los hermanos Lessage.

El aviso de búsqueda llevaba el nombre de Arnaud Belli. El niño tenía once años cuando desapareció al salir del colegio, el día antes de las vacaciones de Navidad. Vivía en Milhaud, un pueblo apenas algo mayor que Piolenc y situado en los alrededores de Nimes. Por desgracia, la historia de ese niño no había llegado a conmover a los franceses lo suficiente como para buscarlo con el mismo ahínco. ¿Sería porque acababa de mudarse con su cuarta familia de acogida desde que sus padres murieran, dos años antes, o porque en la gendarmería ya lo conocían por haber cometido algunos hurtos? El caso es que la teoría de que se había escapado surgió casi enseguida y nadie se había preocupado de verdad por Arnaud Belli hasta ahora.

La foto que les proporcionaron en su momento a los investigadores mostraba a un niño con carita de muñeco, salpicada de pecas y con la mirada rebosante de ira. Arnaud Belli podría haber interpretado al protagonista de una película de Ken Loach, pensó Fabregas, sin poder evitar que se le encogiera el corazón. Un alma torturada en el cuerpo de un niño, al que sus padres, y luego la sociedad, habían abandonado demasiado pronto, y que murió igual que había vivido: solo y sin que a nadie le preocupara su desaparición. Vicart comprobó las últimas denuncias registradas en la región: ningún hombre de ese rango de edad figuraba como desaparecido en los tres últimos días.

¿Qué había sido de Arnaud Belli durante aquellos treinta años? ¿Cómo había vivido? Fabregas ni siquiera podía empezar a responder a esas preguntas, pero aquel descubrimiento conllevaba una más: ¿había crecido todo ese tiempo con Raphaël Lessage? ¿Los dos niños se habrían convertido en hermanos por culpa de las circunstancias o del secuestrador?

Cuando Victor Lessage se enterase de la noticia (y a Fabregas no le cabía duda de que no tardaría en hacerlo), renacerían en él todas sus esperanzas. Si un niño secuestrado cuatro meses después que su hijo había logrado vivir hasta ahora, entonces lo más probable es que Raphaël también. Lo malo era que, en la mente del capitán, el hijo de Lessage cada vez tenía en su investigación más de sospechoso y menos de víctima.

Las dos primeras preguntas a las que tenía que responder urgentemente Fabregas eran: ¿qué pintaba Arnaud Belli en el piso de Solène Gauthier? y ¿quién lo había asesinado? Habían visto a un hombre saliendo del bloque mientras que la maestra seguía estando ilocalizable. ¿Sería Raphaël Lessage? De ser así, ¿Solène y Raphaël estaban compinchados o, por el contrario, la maestra estaba en peligro?

Los hombres del capitán trabajaban como posesos para seguir el rastro de Arnaud Belli. El hombre llevaba tantos años fuera de los radares que Fabregas no tenía claro que fueran a encontrar algún dato. El forense había descubierto en el cadáver una fractura de esternón que debía de remontarse a unos veinte años atrás. Fabregas no estaba seguro de si debía enviar a sus investigadores a todos los hospitales de la zona para desenterrar su historial, sobre todo porque el doctor Leroy había precisado que ese tipo de fractura no requería ninguna intervención, ni tan siquiera un corsé. El examen de la dentadura también desembocaba en vía muerta. El día que murió, Belli seguía teniendo las muelas del juicio y por su dentición se adivinaba que nunca había consultado a un ortodoncista. Una vez más, el forense tenía una explicación. A finales de la década de 1980, el porcentaje de adolescentes a los que se les prescribía llevar aparatos dentales era muy bajo, no como ahora. «¡Las ventajas de los selfis! —ironizó—. Para que el espejo te diga que eres el más guapo, ¡hay que aceptar algunas torturas!»

Fabregas llevaba un buen rato releyendo sus notas cuando Jean Wimez, que había acudido a informarse de las últimas novedades de la investigación, llamó a la puerta del despacho y lo arrancó de su ensimismamiento. Se alegró de que lo interrumpiera. Sin duda, le vendría muy bien otro enfoque.

—¿Tienes intención de contárselo a los padres? —preguntó sin más preámbulos el exgendarme.

—¡Están muertos! Y por lo que respecta a la última familia de acogida, tampoco parece que la afectase mucho la desaparición. Hay que decir que el chico solo llevaba tres meses con ellos.

—¿Cómo se me pudo pasar? —murmuró Wimez tomando asiento.

Con la espalda encorvada y cara de cansancio, el antiguo jefe de Fabregas parecía haber envejecido diez años de golpe.

—¡No tenías medios para relacionar los dos casos, Jean!

—¿En serio? Un niño desaparece a setenta kilómetros de aquí, un mes después de que muriera Solène ¡y yo paso de largo junto a una información así! ¿Cómo te sentirías tú en mi lugar?

—Tú mismo lo has dicho: acababa de morir una niña y tu prioridad era encontrar al asesino. Por no hablar de que cabía creer que Raphaël podía correr la misma suerte que su melliza.

—¡Solo que debería haber pensado que sustituirían a Solène! No se me ocurrió hasta mucho más tarde. Al cabo de varios meses, si no años. Si hubiera intentado comprender las motivaciones del secuestrador cuando pasó todo, podría haber hecho algo.

—¿Hacer qué? ¿Buscar a dos niños en lugar de a uno? No entiendo cómo eso habría facilitado las cosas. Además, sabes tan bien como yo que por aquel entonces la información no circulaba del mismo modo. A Arnaud Belli lo catalogaron como un chico problemático que acababa de escaparse. El aviso de búsqueda no debió de salir del departamento de Gard.

En efecto, Jean ya sabía todo aquello, pero la culpabilidad que llevaba treinta años intentando sofocar acababa de encontrar con qué alimentarse.

—¿Sabes que si Victor se entera no te va a dejar en paz? —dijo para cambiar de tema.

—Ya lo sé —dijo Fabregas en voz baja.

—Por otra parte, me parece que tiene derecho a saberlo. ¡Al fin y al cabo, puede que Arnaud Belli haya crecido junto a su hijo todos estos años!

—¡Ya me había dado cuenta, mira tú por dónde! Con la

diferencia de que este hombre está muerto y, si tenía algo que contarnos sobre Raphaël Lessage, por desgracia ya nunca lo sabremos.

—Julien, en el fondo de tu alma, ¿crees que lo asesinó Raphaël?

—¡No tengo ni puta idea, Jean!

33

Todo conducía a Fabregas hacia Raphaël Lessage, pero el capitán ya no se atrevía a fiarse de lo obvio y aún menos de su instinto. Hasta ahora, todas las pistas que había aprovechado pensando que tenían fundamento lo habían llevado a una vía muerta. Tenía la espantosa sensación de que cada día estaba un poco más lejos de Zélie y de Gabriel, y su peor pesadilla se estaba haciendo realidad: seguía los pasos de su antiguo jefe y tenía que prepararse para vivir un fracaso que lo perseguiría para siempre.

Fabregas se frotó la cara con las manos, tratando de ahuyentar así los pensamientos sombríos. No podía permitirse darse por vencido. Todavía no, ahora no. La vida de dos niños dependía de él y su estado de ánimo no tenía cabida en ese contexto.

Jean le había pedido permiso para hablarle a Victor Lessage de Arnaud Belli. Al principio, a Fabregas no le pareció buena idea. Pero, pensándolo bien, quizá el padre de los mellizos pudiera darles alguna información. ¿Se conocían los niños antes de desaparecer? ¿Le sonaba de algo el apellido Belli? No parecía muy probable, pero Fabregas no tenía nada que perder por hacerle esas preguntas, así que decidió acompañar a su antiguo jefe.

A Victor no pareció sorprenderlo que los dos hombres se presentaran en su puerta a una hora tan tardía. Incluso les ofreció que se quedasen a cenar. Los dos gendarmes dijeron que no educadamente. Lo cierto era que de la cocina emanaba un olor a coliflor hervida que no es que abriese mucho el apetito.

—La señora Bozon me ha hecho coliflor al horno —explicó Victor como si pudiera leerles el pensamiento—. Cometí el error de decirle lo mucho que me gustaba, ¡y ahora me la pone hasta en la sopa!

—¿La señora Bozon? —se sorprendió Jean—. ¿La mujer de Pierre Bozon?

—La viuda —apuntó Victor—. Tuvo un infarto, hace dos meses.

—Ya lo sabía, mira tú por dónde.

—¡Desde entonces, se pasa a verme tres veces al día!

—¿No está un poco mayor para ir de viuda alegre?

—¿Qué te crees, que quiere ligar conmigo? —dijo Victor, muerto de risa—. ¡Qué va, hombre! Su marido era el profesor de los mellizos. Los dos estuvieron siempre muy pendientes de mí. Y ella, desde que ya no tiene que cuidarlo a él, reconozco que se pasa un poco en sus atenciones. Pero a ver quién le dice que la coliflor está muy bien, pero a pequeñas dosis… Si quisiera comerla todos los días, ¡habría emigrado a Alsacia!

Fabregas se había quedado aparte, siguiendo la conversación. Al principio, el apellido Bozon lo intrigó sin más, pero al oír la respuesta de Victor cayó en que Pierre Bozon era uno de los nombres que figuraba en la lista de sospechosos que Jean le había proporcionado unos días antes. El capitán se dio cuenta de que la investigación que dirigía afectaba a unas vidas sobre las que, en definitiva, sabía más bien poco. Jean le llevaba mucha ventaja en ese sentido, y estaba claro que acompañarlo allí esa noche, de manera oficiosa, había sido una buena idea. De cuantas más cosas se enterase sobre los vecinos de Piolenc, sobre los actores o incluso los espectadores del drama que había trastornado para siempre a ese pueblo, más posibilidades tendría de fijarse en algún detalle que, de otro modo, podría pasarle inadvertido.

Los tres hombres se acomodaron en el salón y Jean le dirigió una mirada a Fabregas para indicarle que prefería ser él quien le diese la noticia. El capitán asintió discretamente con la cabeza y se concentró en el rostro de Victor, acechando su reacción.

El padre de los mellizos dejó que Jean hablara sin interrumpirlo ni una sola vez. De vez en cuando se volvía hacia Fabregas antes de fijar de nuevo los ojos, cada vez más empañados, en su amigo. Cuando el antiguo investigador terminó de hablar, Victor se puso de pie y fue directamente al mueble bar. Volvió con una botella de pastís y se sirvió una ración doble sin ni siquiera ofrecerles a sus invitados. Apuró el vaso de un solo trago antes de tomar la palabra a su vez:

—¿Me estás diciendo que ese hombre conocía a mi hijo? ¿Que puede que haya compartido la vida con él?

—Es una posibilidad, Victor.

—¿Y vivía en Piolenc?

—Eso no lo sabemos —intervino Fabregas—. Puede que fuese al piso de Solène Gauthier con un objetivo concreto.

—¿Ha dicho Solène?

Fabregas cayó entonces en la cuenta de que Victor aún no disponía de todos los datos.

—Sí, Solène. Serán casualidades de la vida o no, pero el caso es que la maestra de Zélie y Gabriel se llama igual que su hija.

Victor no reaccionó. ¿Qué podría decir? Él mejor que nadie sabía que esa mujer no podía ser su hija y prefirió centrarse en lo que aún se podía salvar.

—¿Qué saben sobre ese tal Arnaud Bell?

—No mucho, por desgracia. Las investigaciones acaban de empezar. El hombre ha sabido ser muy discreto hasta ahora.

—¡Lo cual no le ha impedido morir churruscado en una cocina! Igual no era tan listo.

Victor se burlaba mientras volvía a servirse otra dosis de pastís sin agua. Jean, que percibía el dolor de aquel padre detrás de sus palabras, le hizo la pregunta con toda la delicadeza de la que era capaz.

—¿Estás seguro de que los niños nunca mencionaron ese nombre delante de ti, Victor? ¿O tu mujer, quizá?

—¿Te crees que si fuera así me habría guardado esa información?

—¡Por favor, no te alteres y párate a pensar! No te estoy diciendo que Arnaud Belli fuese su mejor amigo, pero puede que los niños te hablasen de él, aunque solo fuera una vez…

Victor resopló y cerró los ojos sin decir nada más. Fabregas le echó un vistazo rápido a Jean para comprobar que sabía lo que estaba haciendo. El exgendarme lo tranquilizó asintiendo con la cabeza. Conocía a su interlocutor desde hacía tanto tiempo que sabía de sobra cómo sacarle información. A primera vista, podía parecer que Victor había decidido callar; Jean sabía que, por el contrario, se estaba concentrando en las imágenes de su pasado.

—No me suena de nada —dijo al cabo, abriendo los ojos—. Aunque los mellizos no me lo contaban todo, eran incluso bastante reservados. Quizá se lo mencionaron a su madre, pero Luce y yo tampoco hablábamos mucho, ahora que lo pienso. Siempre se lo puedo preguntar a Christophe, si tan importante os parece. Ahora bien, no sé cómo los mellizos iban a tener relación con un chaval que no era de por aquí.

—¿Christophe? —inquirió Fabregas.

—Un compañero de clase de los mellizos. Creo que estaba enamorado de Solène, aunque a esa edad no es que signifique mucho. Cada cierto tiempo me pregunta qué tal me va. ¡Es un chico estupendo…!

34

Al final, Jean y Fabregas acabaron aceptando el ofrecimiento de Victor de quedarse a cenar. No es que Fabregas tuviera ahora más ganas de comer coliflor gratinada y mal recalentada que cuando llegó, pero entendía que el padre de los mellizos tenía muchas cosas nuevas que contarle, sobre todo en lo referente al tal Christophe.

Jean puso la mesa mientras Victor trajinaba en la cocina. Al ver a su antiguo jefe coger los platos y los cubiertos de las alacenas sin ni siquiera preguntar dónde se guardaban, el capitán adivinó que no era la primera vez que ocurría esa escena. En el vínculo que unía a esos dos hombres había algo triste a la par que hermoso. Observándolos en aquel entorno más íntimo, Fabregas se preguntó en qué momento su relación se alejó del ámbito profesional para convertirse en esa amistad pudorosa y sincera a la vez.

Los tres hombres se sentaron a la mesa del comedor. Victor les sirvió un vino local, al que Fabregas le dio varios tientos antes de ir al grano:

—¿Cómo es posible que sea la primera vez que oigo hablar de ese tal Christophe?

Los dos hombres que tenía enfrente se miraron encogiéndose de hombros, aunque sin llegar a responder a la pregunta.

—¡Ese nombre no estaba en tu lista, Jean! —insistió entonces Fabregas.

—¿Qué lista? —quiso saber Victor.

—La lista de personas potencialmente relacionadas con el secuestro de tus hijos —contestó Jean.

El padre de los mellizos se quedó mirando un buen rato a Jean antes de que le entrara una risa nerviosa que terminó con un fuerte ataque de tos. Fabregas tuvo que esperar dos minutos a que Victor recuperase el aliento y Jean le explicara por qué había reaccionado así.

—Julien, estás analizando los hechos que se te presentan hoy en día, y eso te honra, pero si quieres hacerte una idea de lo que pudo haber pasado en aquel entonces, lo primero que tienes que hacer es situarte treinta años atrás. En 1989, Christophe tenía once años, la misma edad que los mellizos. ¿De verdad crees que un niño de esa edad podría haber secuestrado a dos compañeros?

Fabregas no tenía nada que objetar. Incluso se sentía ridículo por haber expresado esa ocurrencia. Su antiguo jefe tenía razón: de tanto cruzar constantemente las dos investigaciones, se le olvidaba que entre ambas mediaba más de una generación.

—Ahora bien —prosiguió Jean—, si crees que el hombre en que se ha convertido la ha tomado con Zélie y con Gabriel por algún motivo que se me escapa, pero que esa psiquiatra tuya podría diseccionar para nosotros, estoy dispuesto a contarte algo más de ese chico.

Al capitán no se le había pasado siquiera por la cabeza algo así. Pero, pensándolo bien, merecía la pena prestarle algo de atención.

—¿Dice que Christophe estaba enamorado de Solène? —le preguntó a Victor.

—¡Como lo están los niños a esa edad!

—¿Y Solène?

—¿Qué pasa con Solène?

—¿Estaba enamorada de él?

—¿Está de guasa? Solène solo tenía ojos para su hermano, y era recíproco. ¡Esos dos no necesitaban a nadie más, eran autosuficientes! A mí, casi me parecía que no era sano. Por lo visto, a los mellizos les pasa mucho. Se les va atenuando con los años, pero a saber…

Victor no terminó la frase. Era fácil adivinar cómo seguía. La historia de los mellizos no permitió a su padre comprobar si esa teoría era cierta. Se produjo un breve silencio en torno a la mesa, y al cabo Jean volvió a plantear el tema a su manera:

—¿Crees que Christophe ha reproducido el mismo patrón que vivió de pequeño? ¿Como una especie de transferencia?

—¡Y yo qué sé! —resopló Fabregas—. Soy como tú, tiendo a dejarles la psicología a los profesionales. Vaya usted a saber lo que se le puede pasar por la cabeza a un niño de once años que ha visto desaparecer a sus compañeros. Además, ahora nos arranca una sonrisa, ¡pero el primer amor a menudo es muy intenso! Christophe creía estar enamorado de Solène y a ella la asesinaron antes de que él conociera algo distinto. Puede que esa muerte lo traumatizara más de lo que podemos imaginarnos.

—¿Y que haya secuestrado a Zélie y a Gabriel? —preguntó Victor—. ¿Para qué?

—Para protegerlos —sugirió Jean—. Quizá decidió recrear exactamente la misma situación pero, esta vez, participando activamente en los acontecimientos en lugar de padecerlos como espectador.

—Se sostiene —contestó el capitán antes de seguir desarrollando el razonamiento—. De ese modo, puede interferir en el destino de Zélie, que él se imagina que es Solène, salvándole la vida, lo cual sería una buena noticia para nosotros. Llamaré a la doctora Florent mañana a primera hora para ver qué opina.

De forma tácita, los tres hombres decidieron que ya era hora de dejar a un lado la investigación. Se sentaron en el tresillo, dejando los platos sin recoger encima de la mesa, y paladearon un coñac que Victor guardaba, según dijo, para las grandes ocasiones. Fabregas sospechaba que el padre de los mellizos tenía tendencia a encontrar demasiadas ocasiones grandes para destapar la botella, pero se guardó muy mucho de comentar nada. Desde que pusiera su vida entre paréntesis, hacía dos semanas, de pronto aquella pausa le parecía de lo más saludable.

Victor habló de sus viñedos, del trabajo que le daban. Incluso intentó reclutar a sus dos invitados para la vendimia, que, en su opinión, aquel año se iba a adelantar por las temperaturas tan benignas que habían tenido en primavera.

Luego le tocó a Jean abrir su corazón. La jubilación le pesaba menos que la soledad, aunque tampoco es que echara de menos la vida familiar. Ahora, la relación con su exmujer por fin era más sosegada de lo que lo había sido cuando estaban casados. En cambio, añoraba a su hijo. Sabía que era demasiado tarde, que el mal ya estaba hecho. Su niño se había convertido en un hombre y Jean no formaba parte de su vida.

Fabregas, que estaba empezando a acusar el cansancio acumulado de los últimos días, los escuchaba mientras estiraba las piernas. Deambulaba por el salón, deteniéndose delante de cada foto enmarcada. Mirase donde mirase, los mellizos le sonreían. En cambio Luce, la mujer de Victor, no formaba parte del decorado. ¿Victor estaba resentido con ella por haberlo dejado solo al suicidarse? Aunque el momento era propicio para las confidencias, Fabregas sentía que no tenía derecho a preguntarlo.

175

En la repisa de la chimenea encontró un boliche e intentó probar suerte. Victor se le quedó mirando enternecido antes de decir con la voz quebrada:

—Era el juguete preferido de mis hijos. A Raphaël incluso se le daba muy bien. Resulta raro verle a usted jugar con él cuando mi hijo tendría ahora, más o menos, su misma edad.

Pero Fabregas había dejado de escucharlo. En cuanto tuvo en las manos el boliche, se apoderó de él una sensación desagradable, disipando bruscamente los efectos del alcohol para traerlo de nuevo a la realidad.

35

Fabregas seguía con el boliche en la mano y lo observaba con redoblada atención. Al fallar el primer intento, la bola horadada le golpeó la muñeca. El capitán sintió una onda de choque que le recorrió el radio y se sorprendió. Llevaba años sin jugar a ese juego de habilidad y ya no se acordaba de los hematomas de su infancia. Cuando se le pasó el efecto sorpresa, Fabregas agarró la bola con una mano para sopesarla. Debía de medir unos diez centímetros de diámetro y pesar cerca de quinientos gramos, y resultaba fácil sujetarla. Con un poco de fuerza, aquel instrumento podía ser peligroso. Entonces, le vinieron a la cabeza las palabras del forense y ya no pudo borrárselas: «El arma del crimen es un objeto contundente de forma esférica. Le ha fracturado el hueso occipital en una superficie de cinco centímetros de diámetro».

A Arnaud Belli lo golpearon en la cabeza varias veces y el objeto que Fabregas sostenía en las manos podía encajar perfectamente con el arma en cuestión. Cinco centímetros, esa sería con toda probabilidad la marca que hubiese dejado esa esfera.

Suponiendo que estuviese en lo cierto, Fabregas tenía que elegir entre dos posibilidades: o bien Solène Gauthier tenía un boliche en casa, o una esfera idéntica, que el incendio había destruido junto con el resto de sus cosas, o bien el capitán tenía en las manos el arma potencial del crimen. Pensándolo bien, parecía poco probable que Victor hubiese salido con un boliche en la mano para ir a casa de la maestra. ¡No tenía ningún sentido! Nadie premedita un crimen llevando consigo un juguete de madera. Entonces ¿por qué no se le había pasado ya ese desasosiego que sentía desde hacía cinco minutos? Observó la bola más de cerca, tratando de descubrir una marca o puede que trazas de que la hubieran limpiado precipitadamente, pero en la habitación no había suficiente luz para descubrir nada.

Jean, que había reparado en el cambio de actitud de su antiguo teniente, acabó impacientándose:

−¿Se puede saber qué te pasa?

Fabregas sabía que la respuesta que se disponía a dar iba a caer como un jarro de agua fría, pero le había vuelto a aflorar el instinto de investigador y no iba a esperar bajo ningún concepto hasta el día siguiente para preguntar.

−Victor, este boliche… ¿es el mismo con el que jugaban los niños?

−¡El mismísimo! ¡Ahí donde lo ve, es una antigüedad!

−Está en muy buen estado…

−Es que hace casi treinta años que nadie lo ha utilizado, será por eso.

−¿Seguro? Sin embargo, no tiene una mota de polvo.

−¿Qué quiere que le diga? ¡Le daré la enhorabuena a la asistenta de su parte!

Esta vez, Victor contestó en un tono bastante más frío. El padre de los mellizos tenía ya suficiente experiencia como para saber que lo que de entrada le había parecido una mera conversación se estaba transformando en un interrogatorio con todas las de la ley.

—¿Le importa que me lo lleve? Se lo devolveré, claro está.

—¿A qué estás jugando, Julien?

Jean se había incorporado en el sillón y fulminaba con la mirada a su antiguo teniente.

—No estoy jugando a nada, Jean. Me limito a cumplir con mi trabajo.

—¿Y puedes explicarnos en qué consiste en este preciso momento?

—¡Necesito comprobar algunos detalles y sabes tan bien como yo que no tengo por qué justificarme con vosotros!

Habían subido el tono. Contra todo pronóstico, fue Victor el que rebajó la tensión.

—¡Llévate lo que quieras, chaval! —intervino, olvidándose del usted o de cualquier otra señal de respeto—. ¡Como si quieres usarlo para limpiarte el culo, me trae al pairo! ¡Y si quieres quedarte con él, no te cortes! Ya te lo he dicho: los únicos que jugaban con él eran los niños y ya tengo recuerdos de sobra. Fíjate en esta habitación, ¡parece un mausoleo! De hecho, ¿sabes qué?, me haces un favor quitándolo de en medio.

Fabregas se sentía a disgusto. Victor lo había recibido en su casa sin que lo obligara nadie, había compartido su cena y él acababa de recordarle a ese hombre que, cada vez que sucedía una tragedia en la región, siempre estaba en la lista de sospechosos. Como si fuera una fatalidad con la que le tocaba vivir. Por lo demás, a Fabregas no le sentó mal ese «chaval» que le había escupido Victor. Al fin y al cabo, eso era él desde la perspectiva de aquel caso. El capitán apenas tenía seis años cuando desaparecieron los mellizos.

El propio Fabregas no se creía la teoría que acababa de improvisar, pero el boliche lo tenía tan obnubilado que, en lugar de disculparse, siguió adelante.

—No voy a tener más remedio que preguntarle dónde estaba la noche en que el piso de la señorita Gauthier quedó reducido a cenizas.

—¡Ni siquiera necesito preguntarle cuándo fue! —dijo Victor, irónico—. Si no estaba en la gendarmería, es que estaba en mi casa. ¡Y solo, si era eso lo siguiente que me iba a preguntar!

—Fue hace tres noches —precisó a pesar de todo el capitán—. ¿Está seguro de que nadie puede corroborar que estaba aquí?

Aunque Victor hacía como si ya todo le diera igual, Fabregas intuía que estaba esforzándose en concentrarse. Al cabo de unos segundos, el padre de los mellizos sonrió con evidente alivio.

—¡La señora Bozon vino a traerme unas patatas rellenas de brécol! Que estaban asquerosas, por cierto, pero no tuve valor para decírselo. Esa noche se quedó lo menos una hora larga dándole al pico; o incluso más. Debían de ser las seis o las siete. ¿Encaja con tu historia?

—¡Encaja a las mil maravillas! —respondió Fabregas casi con alivio.

—Entonces ¿ya hemos terminado? —dijo Victor levantándose del sofá, y era una afirmación más que una pregunta—. No sé vosotros, pero yo ya no tengo edad de acostarme a las tantas. Llévate el pedazo de madera ese y hazle todos los análisis que quieras, yo me voy a la cama. Jean, quedas encargado de dar un portazo al salir.

Victor salió de la habitación sin mirar atrás siquiera, dejando a Fabregas a solas con su antiguo jefe. Este último estaba muy serio y a todas luces esperaba una explicación.

—Lo siento, Jean, tenía que preguntárselo.

—¡Estás empezando a perder el norte, Julien! ¿Y sabes por qué lo sé? Porque a mí también me pasó. ¡Si sospechas de todo el mundo, vas a terminar estampándote contra la pared, hazme caso!

—¡Entonces explícame por qué estoy tan convencido de que este objeto está relacionado con la muerte de Arnaud Belli!

—Porque estás empezando a obsesionarte con los mellizos igual que me obsesioné yo. ¡Pero tienes que superarlo, Julien! Los fantasmas no existen.

36

Fabregas llegó a la gendarmería a las cinco de la madrugada. La velada en casa de Victor lo había alterado mucho y la noche no es tan buena consejera como cuentan. Como no podía dormir, prefirió acomodarse en su despacho para pensar tranquilamente antes de que las prisas de la investigación volvieran a tomar las riendas.

El capitán no lograba distanciarse lo bastante de aquel caso. Era consciente de ello, igual que lo era de que se estaba empezando a implicar más emocional que profesionalmente. También había constatado que los mellizos monopolizaban su atención, relegando a Zélie y a Gabriel a un segundo plano. Esa estrategia habría resultado difícil de defender ante un juez de instrucción o incluso a ojos del gran público, y no obstante, si de algo estaba seguro Fabregas desde que arrancó la investigación, era de que los dos casos estaban estrechamente relacionados. Si quería encontrar a los dos niños, tenía que entender lo que había pasado treinta años antes. Y para tener una posibilidad de conseguirlo, lo primero que debía hacer era quitarse de la cabeza que su antiguo jefe había fracasado. Fabregas no se consideraba más inteligente, pero tenía una ventaja sobre él: el tiempo. No el que llevaba persiguiendo desde hacía dos semanas, sino el que había transcurrido desde que desaparecieran los mellizos. En treinta años habían cambiado muchas cosas, y el capitán no solo estaba pensando en los métodos de investigación o la tecnología. Los protagonistas del caso también habían evolucionado. Si Raphaël Lessage seguía vivo, de lo que Fabregas estaba convencidísimo, tendría ahora cuarenta años y no sería tan fácil ocultar su existencia como la de un niño de once años. El secuestrador de los mellizos también tenía tres décadas más y quizá ya no tuviera la mente tan despierta como antes. Era muy posible que cometiese un error o dejase un rastro que pudiera llevar hasta él. Por último, estaba el tal Christophe del que había hablado Victor. Por entonces solo era un niño. ¿Qué tendría que decir, ahora que había crecido?

Era demasiado temprano para llamar a la doctora Florent. Fabregas se conformó con ordenar las ideas relacionadas con aquel amigo de infancia para comprobar que lo que Jean y él habían planteado la víspera le seguía pareciendo tan pertinente ahora como cuando lo pensaron corriéndoles el alcohol por las venas.

Christophe Mougin. Cuarenta años, soltero, agente inmobiliario, residente en Bollène desde hacía algunos años. Esos eran los datos que le había podido proporcionar Victor sobre el antiguo compañero de clase de los mellizos. No era mucho, pero Fabregas tenía la firme intención de averiguar más cosas ese mismo día yendo a verlo directamente.

Christophe o, literalmente, «el que lleva a Cristo»; Cristo, los arcángeles… Fabregas dio marcha atrás enseguida. Desconfiaba de las reflexiones condicionadas. De tanto buscar coincidencias, uno acababa por encontrarlas. Christophe era un nombre corriente, concluyó en su fuero interno, y darle mayor importancia era una pérdida de tiempo.

A los once años, padeció la brutal desaparición de sus amigos y, sobre todo, la muerte de Solène, de quien estaba enamorado. Por fuerza tuvo que quedarse traumatizado, pensó Fabregas. ¿Tanto como para perder la razón? La teoría que se había gestado la víspera en la mente del gendarme le parecía, a la mañana siguiente, mucho más difícil de sostener. ¿Decidió Christophe Mougin reproducir la misma situación que había vivido treinta años antes para, esta vez, poder salvar a sus amigos de infancia? En su afán de salvar, ¿se habría convertido en verdugo? Fabregas había oído justificaciones mucho más retorcidas que aquella a lo largo de su carrera, pero algo le chirriaba. ¿Dónde encajaba Arnaud Belli? Si Christophe Mougin era el hombre al que habían visto salir corriendo del bloque de la maestra, parecía verosímil creer que era él quien lo había asesinado. Pero ¿por qué?

Fabregas dejó de reflexionar y se quedó mirando el boliche entronizado en su escritorio. Tenía pensado dejarlo en el laboratorio en cuanto abriese. Había tenido tiempo de observarlo más atentamente que la víspera y con mejor luz. Las finas estrías de la madera se habían oscurecido con los años, pero tenían una tonalidad homogénea. Si en los resquicios se hubiese insinuado algo de sangre, el capitán se habría dado cuenta; por eso no creía que fuera el arma del crimen. En cambio, saber si un objeto como aquel podría haberle causado la muerte a Arnaud Belli sí que era una pregunta interesante. A los mellizos les gustaba ese juego de habilidad y Fabregas se había quedado con el dato, de forma más instintiva que racional. De todos modos, había decidido otorgarse algo de confianza.

Mirando por encima sus notas una vez más, Fabregas añadió el nombre de Solène Gauthier. ¿Dónde estaba? ¿Oculta en alguna parte junto a Raphaël Dupin? ¿O, por el contrario, cabía esperar que su cuerpo apareciera un día de estos? La maestra estaba a punto de suministrarle información a la doctora Florent. ¿Lo había pagado con su vida? También su primo permanecía en paradero desconocido. Raphaël Dupin o Michel Dumas, se llamara como se llamase, había desaparecido del mapa y Fabregas no sabía en qué casilla del tablero colocarlo. ¿Seguiría siendo el principal sospechoso?

Demasiados nombres, demasiadas teorías. Al capitán lo abrumaban las posibilidades. Era absolutamente necesario entresacar todo lo que tenía en mente.

A esa hora tan temprana, las oficinas de la gendarmería estaban casi desiertas y el mínimo ruido se transformaba en eco, de modo que cuando sonó el teléfono Fabregas se sobresaltó.

Era uno de los técnicos del laboratorio. Creía que lo iban a desviar a la centralita, así que no disimuló cuánto lo alegraba haber topado directamente con el capitán. Por el tono de su voz y la precipitación con la que hablaba, Fabregas adivinó que, tras varios días de angustiosa espera, el empujoncito que necesitaba estaba a punto de llegar.

–Le llamo por la uña que nos envió, capitán.

La uña de Raphaël Dupin. Fabregas no pensaba que los resultados llegarían tan pronto. Ahora que estaba cerca de la meta, el silencio que le imponía su interlocutor le resultaba insoportable.

–¿Sí, qué pasa?

–Tenemos una coincidencia.

–¡Por mí no se dé prisa! –replicó Fabregas, sarcástico.

–Recibirá el informe pormenorizado a lo largo del día –prosiguió el técnico, imperturbable–, pero he pensado que le gustaría conocer el dato lo antes posible.

–¿Qué dato?

—Sus dos investigaciones están relacionadas, capitán. La uña pertenece… bueno, pertenecía al cadáver que apareció calcinado.

—¿Arnaud Belli? —exclamó Fabregas—. ¿Está usted seguro?

—¡Afirmativo! No cabe la menor duda.

37

Resultaba que, al final, Arnaud Belli, Michel Dumas y Raphaël Dupin eran una misma persona. Aunque era un alivio poder tachar un nombre de la lista de sospechosos, no por ello Fabregas se sentía menos desorientado.

El niño que había desaparecido treinta años antes sin que a nadie le importara, tomó la identidad de Michel Dumas y luego pasó a llamarse Raphaël Dupin, antes de morir asesinado en casa de Solène Gauthier. Aunque la presencia de Dupin en casa de la maestra se justificaba por el hecho de que decían ser primos, ahora Fabregas se cuestionaba la veracidad de este último dato. Arnaud Belli no tenía familia, nadie había tratado de encontrarlo; así que parecía improbable que Solène mantuviese con él ningún lazo de parentesco. Lo cual desembocaba en una nueva pregunta: ¿qué tipo de relación había entre ambos? ¿Existía la posibilidad de que el nombre de Solène Gauthier no fuese más que un nombre falso con el que la maestra intentaba ocultar su pasado? Era prioritario remontarse en la vida de esa mujer hasta su nacimiento, si fuese necesario. Por desgracia, las llamas también habían destruido todo rastro de ADN.

Fabregas, cuya mente funcionaba a cien por hora desde que recibió la llamada del técnico, se acordó de la carta que la maestra le había entregado a la doctora Florent. A falta de ADN, por fuerza la maestra tenía que haber dejado en ella sus huellas digitales y los técnicos las habrían catalogado. Llamó al departamento de dactiloscopia. En efecto, habían detectado dos juegos de huellas, aunque no las habían analizado a fondo puesto que las instrucciones indicaban que la carta la habían tocado dos mujeres sin llevar guantes.

—Pensábamos enviar a alguien a La Ròca para comprobar la coincidencia, pero luego nos enteramos de lo que había pasado —continuó el técnico—. Como en la base de datos teníamos las huellas de la doctora Florent, que encajaban con uno de los juegos, dedujimos que el otro pertenecía a la maestra.

—Comprendo —contestó Fabregas—, pero aun así, ¿podrían estudiarlas a fondo?

—Por supuesto. Me pongo a ello ahora mismo.

Si Solène Gauthier tenía alguna orden de búsqueda por el motivo que fuese, la respuesta no se haría esperar. Fabregas estaba revolucionado. La adrenalina que le corría por las venas desde hacía una hora le impedía estarse quieto. Eran casi las siete. Desde Orange se tardaban veinte minutos en llegar a Bollène y el capitán decidió que era mejor hora para entrevistarse con Christophe Mougin. El hombre seguramente estaría disfrutando del primer café del día y se quedaría muy impresionado al ver a un individuo uniformado presentarse en su casa tan temprano.

Por el camino, llamó por teléfono a la doctora Florent. Había regresado a Aviñón la víspera para atender a sus pacientes, indicándole que podían ponerse en contacto con ella a cualquier hora del día o de la noche. Fabregas estuvo a punto de tomárselo al pie de la letra. Se había planteado llamarla cuando volvió a casa a la una de la madrugada, pero estaba tan bebido que no sabía exactamente lo que quería, si preguntarle qué opinaba sobre Christophe Mougin o tan solo oír una voz femenina antes de acostarse. Fabregas vivía solo desde hacía años y nunca se había quejado; sin embargo, en los últimos días, sentía la necesidad de hablar con alguien ajeno a su círculo. Aunque no estaba muy seguro de que una psiquiatra fuese la persona indicada. Lo último que quería era que lo analizaran.

La doctora contestó al segundo tono. Si Fabregas la había despertado, no dejó que se le notara. El capitán le resumió los últimos avances de la investigación y le explicó por qué la había llamado: para someter su teoría a la experiencia de la psicopediatra. ¿Pensaba que Christophe Mougin podría estar emulando a la persona que secuestró a los mellizos hacía treinta años para cambiar el curso de la historia?

—¡Qué razonamiento tan audaz! —dijo la doctora después de escucharlo atentamente—. Confieso que me sorprende que se haya aventurado usted en ese terreno.

—¿Y eso por qué?

—Usted es una persona racional, capitán, lo cual es una ventaja en su profesión, pero lo que ha hecho es más propio de la mía. Plantearse lo inconcebible, olvidarse de lo lógico y de lo oportuno para adentrarse en una mente que sigue sus propias reglas. Y debo decir que ese razonamiento suyo me tiene muy impresionada. No solo se sostiene, sino que explicaría muchas cosas. ¡Empezando por el comportamiento de Nadia!

—No la sigo.

—Nadia nos dijo claramente que quería ayudar a Solène y a Raphaël. Si ese tal Christophe Mougin actuó por las razones que acaba de mencionar usted, es fácil suponer que supo decirle a la niña lo que podía llegarle al alma. Si resulta que él mismo estaba convencido de ser un salvador con una misión, estoy segura de que sus argumentos no podían ser más auténticos. No fue él quien engañó a Nadia, fue su sinceridad.

—Estoy de camino hacia su casa. ¿Tiene algún consejo que darme?

—¡Sobre todo, no lo avasalle!

—¿Por quién me ha tomado? —replicó el capitán, herido—. ¡Aunque le sorprenda, yo también sé ser sutil!

—No quería ofenderlo —se apresuró a disculparse la doctora—. Me consta que sabe hacer su trabajo. Lo que quería decir es que es mejor que lo trate como lo haría con una víctima colateral. Que piense que el hecho de ir a verlo es una demostración de empatía. Que se ha enterado usted de que seguía preguntando por Victor Lessage y que le resulta fácil imaginarse el dolor que todavía siente. Pídale que le hable de los mellizos. Que le cuente su versión de los hechos con el enfoque de cuando tenía once años.

—Entiendo. Todo lo que me diga será para él el inicio de una justificación, ¿es eso?

—¡Es exactamente eso! ¡Me está empezando a preocupar que me haga la competencia! —concluyó ella en un tono más informal.

—Estese tranquila, la psiquiatría es toda suya. Gracias, doctora.

—¿Me tendrá usted al tanto?

—Por supuesto.

Fabregas colgó el teléfono de mala gana. Definitivamente, hablar con esa mujer le sentaba de maravilla. No era un mero capricho. Llevaba varios días con la sensación de estar adentrándose en arenas movedizas y la presencia de la doctora Florent lo reconfortaba. Estaba allí para impedir que se hundiese.

Al llegar a la dirección que le indicaba el GPS, Fabregas se fijó en que Christophe Mougin vivía en una casa de campo alejada del casco urbano. El caserón estaba rodeado de viñedos, sin vecinos en el horizonte. Un lugar idóneo para quien quisiera pasar inadvertido y actuar con total impunidad.

38

Fabregas llamó dos veces al interfono del portalón. Estaba a punto de volver a meterse en el coche cuando divisó a lo lejos una silueta que corría hacia él. El deportista bajó el ritmo a medida que se acercaba, al tiempo que se sacaba los auriculares de las orejas. El capitán aprovechó los cincuenta metros que aún los separaban para pasar revista al hombre que intuía que debía de ser Christophe Mougin: un metro ochenta y ochenta kilos, mandíbula cuadrada y una forma física a todas luces irreprochable. ¿Sería el mismo al que los estudiantes habían visto salir corriendo del bloque de Solène Gauthier? Mencionaron a un hombre de estatura media. Fabregas no habría utilizado ese adjetivo para describirlo, pero ¡a saber qué significaba «medio» para la mayoría de la gente! Tomó nota mentalmente de que tenía que decirles a sus investigadores que ahondasen en la cuestión.

El hombre llegó a la altura del capitán. Ni siquiera le faltaba el resuello cuando se dirigió a él:

—¿Puedo ayudarlo?

—¿El señor Christophe Mougin?

—¡Soy yo! ¿Qué se le ofrece?

Fabregas se acordó de los consejos de la doctora Florent y procuró entrar en materia «delicadamente».

—Capitán Fabregas, de la gendarmería de Orange. Estoy investigando el secuestro de dos niños en la región.

—¡Ah, eso! —contestó Mougin frunciendo el ceño—. Estoy enterado, por supuesto. Pero no sé en qué podría serle útil...

—Algunos indicios de la investigación apuntan a que esos secuestros están vinculados al de los mellizos Lessage.

Christophe Mougin dejó de respirar una fracción de segundo antes de reponerse, hecho que no le pasó inadvertido a Fabregas.

—¿Dice que los dos casos están relacionados?

—Por ahora no estamos seguros de nada, pero he creído entender que usted estaba muy unido a los mellizos y me gustaría que me contase algo más de ellos.

—¿Por qué me lo pide a mí y no a su padre?

El tono era más suspicaz que agresivo, y Fabregas recurrió ahora a la diplomacia:

—Victor Lessage nos está ayudando en todo lo que puede, por supuesto, pero me gustaría tener un punto de vista externo de lo que sucedió por entonces.

—Yo era un crío, ¿sabe?

—Soy consciente de ello, señor Mougin. No le estoy pidiendo un milagro, solo algunos datos.

—¡Claro! Discúlpeme. No me gusta mucho hablar de eso, pero supongo que esta vez es distinto. Sígame, estaremos mejor dentro.

Aunque la casa de campo de Christophe Mougin era antigua, estaba muy bien reformada y decorada para ofrecer todas las comodidades modernas. El anfitrión preparó dos cafés en una cafetera exprés e invitó a Fabregas a tomar asiento en el salón. El capitán recorrió con la mirada la habitación y no encontró ningún cuadro ni objeto personal que revelasen la presencia de una mujer. Esperó a que su interlocutor se terminara el café antes de lanzarse:

–Victor Lessage me contó que Solène y Raphaël eran amigos suyos.

–Tanto como amigos… Es un concepto muy elevado, si lo piensa bien –contestó Mougin recostándose en el sillón–. En cualquier caso, era lo que yo creía por entonces.

–¿Y ya no lo cree?

–Con los años se relativizan las cosas, ¿verdad?

Fabregas asintió deprisa con la cabeza a modo de respuesta. Aquella primera réplica lo dejó bastante desconcertado. Si su teoría era correcta, entonces, según la doctora Florent, Mougin debería comportarse como una víctima y no como un adulto distante, que era lo que estaba haciendo. Fabregas decidió pues afinar un poco más las preguntas.

–Aun así, debió de ser duro para usted, ¿no? La desaparición y luego la muerte de Solène. No es un drama del que uno se reponga fácilmente…

–Fue hace mucho tiempo, capitán.

–No obstante, Victor me dijo que de vez en cuando usted le sigue preguntando qué tal le va.

–Es cierto. Al fin y al cabo, es él quien me da más pena. Primero lo de sus hijos, y luego su mujer va y se suicida. Puede decirse que a ese hombre le ha tocado el gordo de las desgracias.

–¿Conocía usted a la señora Lessage?

A Fabregas no le interesaba la mujer de Lessage, pero como la conversación no se parecía en nada a lo que él esperaba, decidió dejarse llevar.

–La conocía incluso mejor que a Victor. Luce era muy cariñosa conmigo cuando éramos pequeños. Yo iba muchas veces a casa de los Lessage al salir de clase y ella nos preparaba crepes. Bueno, me las preparaba sobre todo a mí, porque los mellizos casi nunca las comían. De todas formas, nunca hacían nada igual que los otros niños. ¡Creo que por eso me tenían tan fascinado!

Fabregas sintió un soplo frío en la nuca.

—¿A qué se refiere con que «nunca hacían nada igual que los otros niños»?

Christophe Mougin volvió a fruncir el entrecejo y se quedó callado un instante.

—No lo sé —contestó al cabo—, ¡ha sido una tontería! No debería haberle dicho eso.

—Permítame que insista…

—¿Para qué? De todas formas, están muertos.

—Solène está muerta —rectificó Fabregas—. Raphaël, en cambio, oficialmente sigue desaparecido.

Mougin torció levemente el gesto.

—¿No me diga que se cree eso?

—¡Le repito que yo no creo nada, señor Mougin! Me limito a los hechos. Nunca se encontró el cuerpo de Raphaël Lessage y por tanto no hay motivo para pensar que nos haya dejado.

—Si usted lo dice…

Christophe Mougin contestó con un tono gélido, como si el mero hecho de que Raphaël aún pudiese estar vivo fuera un problema *per se*. Fabregas ya no estaba nada seguro de obtener las respuestas que esperaba cuando fue allí, pero su instinto le estaba diciendo a voces que aquel hombre seguía teniendo muchas cosas que contarle.

—Señor Mougin, es mi deber insistirle. Hábleme de los mellizos. ¿Por qué eran tan distintos a los demás niños?

Christophe Mougin bajó la mirada y se quedó callado. Fabregas respetó ese silencio y aprovechó para observar con más detenimiento cómo estaba decorado el salón: un amplio sofá de cuero blanco, dos butacas Richelieu retapizadas con un tejido de rayas multicolores, una chimenea con los troncos dispuestos, lista para encender el fuego aunque casi estaban en julio, un libro de arte contemporáneo encima de una mesita baja de cristal y una lámpara de diseño en un rincón de la estancia. Fabregas se quedó pensando que parecía sacado de una revista de decoración de interiores, cosa que no le cuadraba nada con la imagen que se había hecho del hombre que tenía sentado enfrente.

Como a Christophe Mougin le costaba romper a hablar, Fabregas acabó impacientándose y volvió al ataque de forma más brusca:

–¡Señor Mougin, está en juego la vida de dos niños! ¡Lo único que le pido es que me hable de los mellizos!

Entonces el hombre alzó el rostro, contrariado pero decidido.

–¡No me gusta hablar mal de los muertos!

39

Un silencio incómodo se interpuso entre los dos hombres. Fabregas estaba esperando a que Christophe Mougin se explayara, pero este no parecía tener prisa.

—¿Qué tenía que echarles en cara exactamente a los mellizos, señor Mougin?

—¡Por aquel entonces, nada! Ya se lo he dicho: ¡esos dos me tenían fascinado! Tardé mucho tiempo en darme cuenta de lo retorcidos que eran.

Era la primera vez que Fabregas oía a alguien criticar a los niños Lessage. Hasta ese momento, a Solène y a Raphaël siempre los habían descrito como dos ángeles a quienes el destino había petrificado. Al fin y al cabo, ¿qué sabía él de los dos niños aparte de lo que le habían contado el padre de estos y Jean, quien ni siquiera los había conocido? El capitán sabía lo fácil que era idolatrar a los que ya no estaban, sobre todo cuando desaparecían siendo tan niños. Un punto de vista más objetivo, o cuando menos distinto y discordante, era siempre de agradecer.

—¿Retorcidos en qué sentido? —insistió.

A Mougin le costaba encontrar las palabras. Abría la boca y la volvía a cerrar de inmediato. Por fin, se atrevió a censurar a los mellizos con la boca chica:

—Creo que su relación se pasaba de fraternal, si sabe a lo que me refiero…

Pero Fabregas no sabía a qué se refería o, al menos, no quería saberlo.

—Lo siento, pero tengo que pedirle que sea más explícito.

—Creo que se acostaban juntos —susurró el hombre.

—¡Señor Mougin, que estamos hablando de niños de once años! —se escandalizó Fabregas a su pesar.

—Tiene razón, esa no es la palabra. Pero es que no sé expresarlo de otra manera.

El capitán respiró muy hondo antes de prestarle ayuda.

—¿Le parecía que tenían una relación incestuosa?

—¡Sí, eso es! Incestuosa. No sé lo que hacían realmente, pero no actuaban como si fueran hermanos, sino como una pareja.

—Tengo entendido que la relación entre mellizos puede llegar a ser muy estrecha —matizó Fabregas.

—Ya lo sé… Me he documentado sobre eso desde entonces, pero le aseguro que de ellos se desprendía algo que iba mucho más allá. Además, Luce me lo confirmó.

—¿La señora Lessage? ¿Qué le dijo?

—En aquel entonces nada, claro está, pero una tarde que estaba sola en casa y yo me acerqué a saludarla, se desahogó conmigo. Estaba bastante achispada. No le iba muy bien con su marido y él se había marchado toda la semana.

—¿Qué le dijo exactamente?

—No fue del todo coherente, pero me confirmó lo que yo me maliciaba desde hacía tiempo. Que los mellizos eran… peculiares. «Malsanos» sería más adecuado. Luce los sorprendió varias veces besándose o acariciándose. Había intentado separarlos y mantenerlos alejados, pero cada vez que lo hacía los niños se vengaban de una manera u otra. No quiso entrar en detalles; con solo rememorarlo, Luce se echaba a temblar. Ese día comprendí que siempre había tenido miedo de sus hijos y que por eso me invitaba tan a menudo. Yo era como un escudo entre ella y los mellizos.

Fabregas estaba descubriendo un aspecto de la historia de la familia Lessage que nunca se hubiera imaginado. Luce llevaba muerta nueve años y sin embargo tenía muchas cosas que revelarle.

—¿Cuándo le contó todo eso?

—Unos días antes de suicidarse —contestó Mougin bajando la vista—. Tendría que haberme dado cuenta de lo que iba a pasar.

—No creo que hubiese podido hacer gran cosa por esa mujer —contestó Fabregas—. En cambio, ¿por qué no acudió a la gendarmería para contar todo esto?

—¿Contar qué? —se sorprendió Mougin—. ¿Contar que Luce pensaba que sus hijos eran unos monstruos y que seguramente había sido un alivio para ella que desaparecieran? ¡Esa mujer acababa de morir, capitán!

Visto así, Fabregas comprendía que la pregunta estaba fuera de lugar.

—¿Victor Lessage estaba al tanto?

—No lo sé, y nunca se lo he preguntado.

—¿Y con usted? —prosiguió Fabregas en tono apremiante.

—¿Conmigo qué?

—¿Cómo actuaban los niños? ¿También les tenía miedo?

Fabregas se acordaba de que Mougin estaba enamorado de Solène. Lo cual no quitaba para que también le tuviera miedo. El panorama que tenía ahora delante dejaba presagiar matices que no se parecían a los que le habían descrito hasta ahora.

Sin embargo, Christophe Mougin no estaba dispuesto a abrirse más de lo que ya lo había hecho. Empezó a poner la excusa de que tenía una cita importante y debía cambiarse ya si no quería llegar tarde. El capitán se puso a las malas de inmediato:

—¡O me cuenta todo lo que sabe, aquí y ahora, o lo detengo!

—¿Con qué cargos?

—¿De verdad quiere jugar a eso?

Mougin cedió y volvió a sentarse, sin darse cuenta de que Fabregas estaba suspirando por lo bajo. Y sin ser consciente, por tanto, de que estaba en lo cierto: al capitán le habría costado mucho encontrar un cargo verosímil para detenerlo. Pero el farol le había salido bien.

—Solène era la más dura de los dos —empezó a decir Christophe Mougin sin hacerse de rogar—. Era muy mandona y sabía ser hiriente cuando no le hacían caso.

—¿Hiriente?

—¡Era inteligentísima! Bueno, al menos eso me parecía a mí entonces. Creo que no me equivoco al decir que era bastante más madura que las demás niñas de su edad. Solène sabía analizar a las personas que tenía delante, ya fueran adultos o niños, y sabía cómo hacerles daño. Soltaba una palabra por aquí, otra por allá, un comentario cortante delante de todo el mundo. Todos los críos de La Ròca le tenían miedo.

—Y así y todo, tengo entendido que usted sentía debilidad por ella.

Mougin sonrió con tristeza, sin parecer ofendido.

—¡Es verdad! Solène sabía de sobra cómo manipularme. Yo era su juguete. Si me portaba bien, me premiaba con un beso en la boca. Si no hacía lo que esperaba de mí, me pegaba con una regla o me obligaba a desnudarme en su habitación. Venía su hermano y los dos empezaban a reírse señalándome la entrepierna con el dedo.

—Yo creía que Raphaël era amigo suyo.

—Si quería estar con Solène, también tenía que estar con Raphaël. No había alternativa. Lo más gracioso es que cuando desaparecieron me sentí totalmente abandonado. Cogí una depresión, aunque en aquellos tiempos no se llamaba así para los niños. Decían que estaba «apagado» —dijo Mougin trazando las comillas con los dedos—. Tardé mucho tiempo en comprender que, para mí, la muerte de Solène fue algo malo de lo que saqué algo bueno.

—¿En qué sentido?

—Acabé yendo a terapia psicológica. De hecho, todavía voy. Por muy descabellado que parezca, Solène consiguió trastornarme aunque solo tuviéramos once años. Aún hoy sufro lo que se llama el síndrome del hombre maltratado. ¿A que es patético?

40

Fabregas se sentía como si le hubiesen dado un puñetazo en la boca del estómago. Dejó que Christophe Mougin se preparase para su cita, so pretexto de que a él también le urgía hacer una llamada. La conversación no había concluido, pero el capitán necesitaba serenarse y pensar en todo lo que acababa de oír. En su fuero interno, Fabregas tenía la esperanza de encontrar alguna incoherencia en las revelaciones de Mougin. Si detectaba algún fallo, podría cuestionar total o parcialmente sus palabras y tratar de olvidar las espantosas visiones que ese hombre le acababa de instilar en la mente.

Cinco años antes, Fabregas había hecho un curso sobre el aumento de la violencia entre los menores, pero no recordaba ningún estudio basado en las relaciones sexuales entre menores de doce años. Ciertamente, instituciones prestigiosas como la Universidad de Columbia o la American Academy of Pediatrics habían demostrado el impacto que tenían la televisión y los videojuegos en el aumento de las agresiones físicas y verbales entre los jóvenes de nueve a dieciocho años. El acoso escolar también se había multiplicado, impulsando a un número creciente de niños y adolescentes a suicidarse. Y, por supuesto, el sexo no se quedaba atrás. La pornografía de libre acceso y los raperos de moda ofrecían una visión degradante de la mujer, de las relaciones de sumisión a veces violentas que los jóvenes reproducían, siguiendo lo que consideraban que era una norma. La media de edad de la primera relación sexual consentida seguía siendo la misma, es decir, diecisiete años. Muy lejos de los once que tenían los mellizos.

Por añadidura, no se podían comparar las estadísticas de 1989 con las de ahora. Solène y Raphaël habían desaparecido treinta años antes y Fabregas no necesitaba investigar muy a fondo para saber que en aquella época los niños pasaban menos tiempo delante de la televisión y que los videojuegos incluían mucha menos violencia: en el mejor de los casos, se trataba de conducir el kart de un bigotudo con pantalón de peto, y, en el peor, de comer fantasmas en un laberinto.

Los estudios atribuían el comportamiento violento de los niños a otros factores, como el entorno familiar. Los malos tratos, la negligencia o un simple divorcio podían acarrear comportamientos agresivos, o incluso dañinos. Las estadísticas abarcaban incluso a los niños más pequeños en edad preescolar. Sin embargo, una vez más, lo que se observaba era vandalismo, ataques de ira o crueldad contra los animales. Estados Unidos era otra cosa: había que añadir el uso de armas de fuego. El ámbito escolar también podía influir en estas actitudes. El fracaso escolar o la autoridad abusiva de un profesor podían ser el origen de desviaciones en el comportamiento. En resumen: los psicopediatras apenas habían empezado a aportar respuestas a lo que podía parecer inconcebible. Lo que cabía esperar de un niño era que fuese puro, dulce e inocente. Si se convertía en un monstruo, tenía que haber necesariamente una explicación racional. Y por más que buscaba, Fabregas no encontraba ninguna que explicase el comportamiento de Solène y de Raphaël. Todo el mundo coincidía en que a los niños les iba bien en clase y que sus padres los querían. Todo el mundo menos Christophe Mougin. Incluso el testimonio de Luce Lessage solo lo había mencionado él. ¿Y si ese hombre se lo había inventado todo para orientar las investigaciones en una dirección equivocada? Antes de llegar a la casa de campo, Fabregas albergaba la esperanza de confundirlo, de obligarlo a confesar que estaba implicado en el secuestro de Zélie y Gabriel. Ahora, ya no sabía qué pensar. ¿Christophe Mougin era una víctima o un secuestrador que lo estaba manipulando hábilmente?

Cuando este reapareció en el salón, Fabregas pensó que se trataba de otro hombre. Con traje y corbata en lugar del chándal y con un afeitado apuradísimo, a Christophe Mougin no le quedaba ni rastro de aflicción. El agente inmobiliario estaba listo para vérselas con el mundo y se había dejado por el camino al hombre maltratado que afirmaba haber sido. Esa actitud irritó al capitán. Mougin acababa de destrozar la imagen de dos niños y no parecía importarle. Ya había pasado página.

—Todavía me faltan unas preguntas, señor Mougin —dijo Fabregas con voz fría.

Mougin consultó el reloj de pulsera y dio un hondo suspiro para dejar clara su impaciencia.

—¿Va a tardar mucho?

—Depende de usted. ¿Conoce a Solène Gauthier?

Era una pregunta directa. El capitán no quería que a Mougin le diese tiempo a pensar. Contaba con una reacción en caliente: un parpadeo, un temblor en las manos, cualquier cosa que pudiera traicionarlo, y no se quedó con las ganas. Christophe Mougin apretó tanto las mandíbulas que se le hundieron las mejillas.

—¿Qué tiene que ver Solène con todo esto?

—¡Aquí las preguntas las hago yo, señor Mougin! Haga el favor de sentarse.

Mougin obedeció y esperó a que Fabregas repitiese la pregunta.

—Sí, la conozco —respondió al cabo—. Estuvimos saliendo.

—¿Cuándo?

—El año pasado.

—¿Cuánto tiempo duró la relación?

—Unos meses nada más.

—¿Sabe dónde está ahora?

—No, ¿por qué?

Fabregas esquivó la pregunta haciendo otra:

—¿Y a Raphaël Dupin, lo conoce?

—No, no me suena de nada.

—¿Michel Dumas?

—Es el primo de Solène. Pero ¿se puede saber a qué vienen todas estas preguntas?

Christophe Mougin alzó la voz. El capitán prosiguió sin inmutarse:

—¿Cómo sabe que era su primo?

—Porque ella me lo dijo.

—¿Ha coincidido con él?

—Sí, varias veces. Michel iba a su casa a menudo.

—Y Arnaud Belli, ¿le suena de algo?

Mougin negó con la cabeza, pero Fabregas habría jurado que le vio un centelleo en la mirada, una chispa que hasta ese momento nunca había percibido.

—¿Está seguro? Piénselo bien.

—¿Arnaud Belli, dice? No, de verdad que no. Lo siento.

Fabregas ya no se creía ni una palabra, aunque no tenía ninguna razón objetiva para desconfiar de Mougin. Por ahora, había contestado a todas sus preguntas, incluidas las que le resultaban incómodas. ¿Por qué iba a admitir que conocía a Michel Dumas, pero no a Arnaud Belli? Al fin y al cabo, Michel y Arnaud eran el mismo hombre, y era muy plausible que Mougin no estuviera al tanto del cambio de identidad.

—¿Sabía que Michel Dumas ha aparecido muerto en el piso de Solène Gauthier?

Fabregas, que seguía pendiente de alguna reacción, aceleró el ritmo de las preguntas.

—¡No! ¡Qué espanto!

El tono era convincente, pero el rostro permaneció impasible.

—No parece que le afecte mucho.

Christophe Mougin se revolvió un poco en el sillón y se aclaró la garganta.

—Mire, capitán, no voy a engañarle. Él y yo no conectábamos mucho.

—¿Solo eso?

—Era muy protector con su prima y ella siempre lo defendía. Personalmente, a mí me parecía que era una buena pieza. Un golfo del que más le habría valido mantenerse alejada.

Otra vez criticando a los muertos, pensó Fabregas. Al final, le estaba resultando una técnica muy cómoda. Había llegado el momento de subir la intensidad.

41

—¿Dónde estaba usted el viernes pasado a eso de las seis de la tarde?

Fabregas sabía que la respuesta de Christophe Mougin podía dar un vuelco a la conversación. Si su interlocutor no tenía una coartada sólida para el momento en que el edificio de Solène Gauthier empezó a arder, el capitán estaba dispuesto a retomar el interrogatorio desde el principio, pero esta vez con un estado de ánimo muy distinto.

En cuestión de una hora, Mougin había desacreditado a dos niños de once años, a una mujer que se había suicidado por no haber sabido criar a sus hijos como es debido, y a un hombre al que nadie conocía realmente. De conceder crédito a su testimonio, al final la única víctima de aquella historia era él.

—¿El viernes pasado, dice? Tendría que mirarlo en la agenda —contestó Mougin, tan tranquilo.

—¡Por mí no hay prisa!

Christophe Mougin se puso de pie para coger su smartphone y, después de echarle un vistazo, volvió a sentarse esbozando una sonrisita.

—¡Esto debería gustarle! Estaba enseñándole a su jefe una casa en Pont-Saint-Esprit.

—¿A mi jefe?

—El fiscal de Aviñón. Es su jefe, ¿no?

—En cierto modo, sí —contestó Fabregas apretando los dientes.

El capitán no sabía qué lo irritaba más: si que Mougin tuviese una coartada que podía corroborar un testigo fiable, o que el fiscal hubiese sacado tiempo para ir a ver casas por los alrededores mientras todos sus hombres estaban en pie de guerra. Fuera como fuese, el resultado era el mismo: Christophe Mougin no era el hombre al que los estudiantes habían visto huir del edificio de Solène Gauthier. ¿Resultaba entonces que todo lo que había dicho podía ser verdad?

Solène Lessage, aquel angelito de niña a la que habían encontrado muerta en un cementerio tres meses después de que desapareciera, ¿era un monstruo manipulador? ¿Y qué decir de Raphaël? Si su antiguo jefe hubiera sabido quién era realmente ese niño, ¿se habría pasado toda su carrera profesional buscándolo?

Cuando Mougin empezó a denigrar a los mellizos, a Fabregas le vino a la cabeza una canción que su madre cantaba a menudo. Había conseguido acallarla, pero ahora ya no podía dejar de oírla:

Mais où est-ce qu'on les enterre ceux qui sont méchants,
Qui faisaient pleurer leur mère, battaient leurs enfants,
Les antipathiques, tous les renfrognés
Que personne n'a jamais jamais jamais regrettés.*

* «Pero ¿dónde entierran a todos los que se portan mal? / Los que dan disgustos a su madre, los que pegan a sus hijos, / los antipáticos, los cascarrabias / a quienes nadie nunca, nunca, nunca echó de menos.» (Marie-Paule Belle, «Mais où est-ce qu'on les enterre».)

Fabregas tascó el freno. Al fin y al cabo, no tenía nada concreto que echarle en cara a Christophe Mougin. Se limitó a hacerle más preguntas sobre Solène Gauthier y su relación. Una vez más, el retrato que Mougin hizo de la maestra no era precisamente idílico: reservada hasta la exageración, incluso en la intimidad, su examante sospechaba que ocultaba varios traumas inconfesos. De sus palabras se desprendía que Mougin había preferido cortar la relación antes de que fuera a más.

—Solène se estaba acercando peligrosamente a los cuarenta —dijo con un tono de complicidad que irritó todavía más a Fabregas.

—Creo que no le sigo…

—Ya sabe… ¡el reloj biológico, los hijos y toda la pesca!

—Pues no, no lo sé —replicó el capitán muy seco—. En cambio, lo que sí me gustaría saber es dónde está ella ahora.

—Ya le he dicho que no tengo ni idea.

Consciente de que a Mougin no le iba a sacar nada más sin darle datos adicionales, Fabregas puso punto final al interrogatorio. Lo que deseaba hacer ahora era hablar con Jean Wimez. Quería consultar las teorías de Christophe Mougin con su antiguo jefe. Saber si Jean había oído a alguien hablar mal de los mellizos, aunque solo fuera una vez, o si Victor Lessage había mencionado el tema en alguna de sus muchas veladas entorno a unas cuantas copas. También quería interrogar a la viuda de Bozon. Su marido había sido maestro de Solène y de Raphaël, y por lo tanto también de Mougin. ¿Y si antes de morir le había hecho confidencias a su mujer sobre alguno de los tres niños? Merecía la pena intentarlo.

En el trayecto de vuelta, Fabregas recibió una llamada del departamento de dactiloscopia. Al ver el número en la pantalla del móvil, se puso aún más tenso y aparcó inmediatamente en el arcén. Si lo llamaban tan rápido, tenía que ser porque habían encontrado algo en la búsqueda de coincidencias que había solicitado.

—¡Capitán Fabregas! —dijo al descolgar—. ¿Qué han encontrado?

—Lo siento, capitán. Hemos tenido un problemilla.

—¿Un problemilla?

Fabregas ya estaba despotricando para sus adentros. Cuando un técnico hablaba de «un problemilla», la cosa solía tener consecuencias graves para quienes lo estaban escuchando.

—No fui yo quien se encargó personalmente de las huellas, me tenían monopolizado los análisis que había solicitado el forense.

El capitán estaba perdiendo la paciencia, pero sobre todo no soportaba que el jefe del departamento intentara exculparse incluso antes de confesar el fallo.

—¡Si el departamento es suyo, el fallo es suyo! —zanjó Fabregas—. ¡Soy todo oídos!

—Tiene razón, debería haber estado más atento. Las huellas de Solène Gauthier son inviables, capitán.

—¿Cómo que inviables?

—Solo tenemos huellas parciales, lo cual resulta muy sorprendente. Si esa mujer cogió de verdad la carta con las manos, deberíamos haber encontrado las marcas de los pulgares en el anverso y al menos las de los índices en el reverso.

—Y no es así… —comprendió Fabregas sin necesidad de preguntarlo.

—No. Al analizar el papel, he observado unas ranuras de forma curva. Creo que la maestra sujetó la carta con las uñas. Así que, claro, hemos podido sacar algunas huellas de la extremidad del pulpejo, pero no basta para hacer una comparación. A menos, claro está, que le hayan echado el guante a la señorita Gauthier.

—No es el caso —admitió Fabregas, abatido con la noticia—. Imagino que lo habrán intentado a pesar de todo.

—No serviría de nada, capitán, ¡solo para falsear los resultados! No he detectado ningún delta en las huellas de que disponemos, pero eso no significa nada. También tengo una bifurcación, pero comprenderá que no puedo buscar en las bases de datos solo con eso.

—¡Comprender es mucho decir, pero imagino que sabe lo que se hace!

Lo que sí que comprendía Fabregas era que estaba en otra vía muerta. El único dato que merecía la pena tener en cuenta era que Solène Gauthier había hecho todo lo posible para no dejar huellas.

Y solo por eso merecía la pena esforzarse más en encontrarla.

42

La terraza del café donde se habían sentado daba a una placita muy tranquila. Fabregas observaba a Jean, que llevaba más de cinco minutos sin decir esta boca es mía. El capitán había preferido contarle a su antiguo jefe las revelaciones de Christophe Mougin en un entorno oficioso. Ni siquiera él sabía muy bien qué pensar de aquella conversación y quería tener las cosas más claras antes de transcribir la información en el expediente.

En cuanto Fabregas empezó a informarle, Jean Wimez se encrespó. ¿Cómo se podía hablar mal de una niña que había desaparecido de forma tan prematura? Pero el capitán logró calmarlo haciéndole partícipe de sus propias reservas.

—Deja que te lo cuente hasta el final, Jean, y entonces me das tu opinión. ¿Te parece?

Jean accedió, y ahora que el relato había concluido era incapaz de decir nada.

Fabregas se sentía cada vez más incómodo. Aunque lo único que había hecho era transmitir lo que había dicho un tercero, tenía la sensación de haber mancillado un poco más la memoria de personas inocentes. Solène y Raphaël, fuere cual fuere su comportamiento, eran ante todo unas víctimas. Una niña de once años había muerto asesinada y, a pesar de lo que pudieran decir de Solène ahora, no se merecía un final tan trágico. Y en lo que se refiere a su hermano, nunca lo encontraron. Si seguía vivo, resultaba difícil concebir en qué condiciones habría crecido.

—¿Luce Lessage te contó algo que diera a entender algo así? —preguntó a pesar de todo.

—No —contestó Jean con un hilo de voz—. Ni Luce, ni Victor, ni, de hecho, nadie en absoluto.

—¿Por qué crees que Christophe Mougin iba a contarnos algo así si no fuera verdad?

—No tengo ni idea. Si al menos no tuviese coartada para el asesinato de Arnaud Belli, podría decirte que estaba preparando su defensa, pero así, confieso que me supera. ¿Le preguntaste dónde estaba cuando desaparecieron Zélie y Gabriel?

—Me ha mandado su agenda por correo electrónico. Todavía no he podido analizar sus movimientos, pero algo me dice que por ahí no vamos a poder pillarlo.

Jean estaba contemplando su taza de café, ya vacía, como si buscara una respuesta en los posos que quedaban en el fondo. Sin alzar la vista, dijo con voz apagada:

—¿Te acuerdas de lo que nos dijo Victor?

—¿Sobre qué?

—Sobre por qué discutió con sus hijos, unos días antes de que los secuestraran.

Fabregas repasó mentalmente el interrogatorio y notó que un sudor frío le bajaba por la espalda a pesar del calor que hacía.

—¡No quería que los mellizos se siguieran bañando juntos!

—Eso es —dijo Jean, muy tranquilo.

—¿Crees que Victor se había percatado de que tenían un comportamiento inadecuado?

—Percatado, o visto.

—¿Y no te lo contó? —se sorprendió Fabregas.

—Julien, aunque no tengas hijos, estoy convencido de que puedes ponerte en su lugar. ¿Qué padre va a contar que sospecha que sus hijos están cometiendo incesto? Yo, desde luego, no.

—¿Ni siquiera si eso pudiera ayudar a encontrar a tu hijo?

—¿De verdad crees que esa información podría ayudarnos? —se impacientó Jean—. ¿Qué más nos aporta, aparte de una sensación nauseabunda, me lo puedes decir?

A Fabregas le habría gustado contestar que conocer a la víctima a menudo servía para acotar los motivos del agresor, tal y como Jean le había enseñado en sus inicios, pero prefirió callar. Mientras no tuviesen a nadie que corroborase esas acusaciones, de nada servía insistir.

—Ya sabes que voy a tener que interrogar a Victor otra vez —dijo en cambio.

—Ya lo sé…

—Tú dirás si quieres estar presente o no.

Jean parecía estar sopesando los pros y los contras de la propuesta. ¿De verdad quería saberlo todo? Tenía la misma imagen mental de los mellizos desde hacía treinta años, y bastaba con que un antiguo compañero de clase dijera unas palabras para ponerlo todo en entredicho.

—Si estuviera presente, no sería para ayudarte. No cuentes conmigo para abrumar a un hombre más de lo que ya lo ha estado.

—No te lo estoy pidiendo, Jean.

Una vez que estuvieron de acuerdo en eso, decidieron ir a ver a Lessage a la hora de comer, ya que estaría en casa. Fabregas no se planteó ni por un segundo citarlo en la gendarmería ni ir a hablar con él al trabajo, delante de sus empleados. Estaba a punto de destrozar la imagen de su familia y Victor se merecía estar en su casa, solo y en confianza, para poder defenderse.

El camarero tardaba en llevarles la cuenta y Fabregas aprovechó para sondear a Jean sobre Pierre Bozon.

—Si pusiste al maestro en la lista, significa que lo interrogaste a fondo, ¿no?

—¡A fondo y varias veces!

—¿Y nunca dijo nada malo de los mellizos?

—¡Jamás! ¡Ya supondrás que me habría impactado! Claro que, entre tú y yo, de haberlo hecho habría parecido aún más sospechoso.

Fabregas trató de imaginarse la situación. Un hombre es sospechoso de haberles hecho daño a unos niños. Los conoce bien porque los tenía a diario en el aula. Toda Francia llora la muerte de Solène y todo el mundo la compara con un ángel. Si, en efecto, Pierre Bozon hubiese descrito a los mellizos como unos seres perversos y malignos, cualquier inspector lo habría interpretado como un intento de justificación y lo habría inculpado aún más.

—¿Y a su mujer, la interrogaste?

—Sólo para comprobar la coartada del marido. No tenía ningún otro motivo para hablar con ella.

—Jean, no quieras ver ningún reproche en las preguntas que te hago —se sinceró por fin Fabregas—. Solo estoy intentando averiguar qué pista no hemos seguido todavía. Cuantos más días pasan, más convencido estoy de que Zélie y Gabriel no son más que las víctimas colaterales de unos hechos que ocurrieron hace treinta años. Lo cual no quita que su vida corra peligro y que vaya a hacer todo lo que esté en mi mano para encontrarlos. Pero para conseguirlo, tengo que entender a toda costa lo que les pasó a los mellizos. No aspiro a tener éxito donde tú fracasaste. Sencillamente, cuento con más medios que tú por aquel entonces, y también tengo a un hombre dispuesto a declarar que en el momento de los hechos no era más que un niño; y, por último, te tengo a ti a mi lado para impedirme que pierda el norte.

Jean escudriñó con intensidad a su antiguo teniente. Fabregas creyó ver en su mirada una muestra de agradecimiento, y prefirió centrarse en la cuenta para mitigar la incomodidad tras semejante declaración. Los dos hombres siempre habían sido muy pudorosos en la amistad que los unía y al capitán no le apetecía que eso cambiara. Jean debía de sentir lo mismo, porque ya se estaba poniendo de pie cuando le espetó:

—¿Piensas pasarte aquí todo el día? ¡La viuda de Bozon debe de estar en la cocina preparando una coliflor gratinada! ¿Qué tal si nos pasamos por allí para llevarle su ración a Victor?

43

Jean y Fabregas intercambiaron una sonrisa cómplice al comprobar que, en efecto, Suzanne Bozon estaba cocinando. Los recibió con el delantal puesto y les pidió que la siguieran a lo que ella llamaba «su guarida».

—¡Acabo de meter unas galletitas en el horno y las tengo que vigilar de cerca!

Jean se sentó a la mesa de la cocina, con las manos extendidas encima del hule, como si se dispusiera a saborear las galletas. Sabía por experiencia que el uniforme de Fabregas podía darle a la conversación un giro demasiado oficial, así que de entrada jugó la baza del jubilado que se pasa a charlar un rato.

—Huelen de maravilla, señora Bozon.

—¡No me venga con lo de «señora», hombre! ¡Si usted y yo debemos de tener la misma edad! Llámeme Suzanne, haga el favor.

—¡Será un placer, Suzanne! —contestó el exgendarme, cuidándose mucho de decirle que debían de llevarse más de diez años—. ¿Esas galletitas son para Victor?

—¡Qué va! ¡A Victor lo que le gusta es la coliflor! Son para la fiestecita de fin de curso que se va a celebrar mañana en La Ròca.

—¿Una fiesta? —se sorprendió Fabregas, sentándose a su vez.

—¡Sí, ya sé lo que está pensando! Con esos dos niños desaparecidos, es extraño que no la hayan cancelado. ¡Estoy con usted! El director ese siempre me ha parecido que hacía las cosas de forma muy rara.

—Y aun así, está horneando galletitas… —sonrió Jean.

—¿Qué quiere que le diga? Llevo haciéndolo todos los cursos desde hace cuarenta años. Y más ahora, que los niños han dejado de venir por casa…

Fabregas miró de reojo a Jean, que se limitó a encogerse de hombros, perplejo: tampoco él entendía a qué se refería la viuda de Bozon.

—Los niños… ¿quiere decir, sus hijos? —preguntó entonces el capitán.

—¡Ay, no! ¡Pierre decía que ya teníamos bastantes niños alrededor! ¡Así que, ahora que él se ha ido, yo me he quedado sola!

—Entonces ¿a qué niños se refiere? —insistió Fabregas.

—¡A los niños de Pierre, hombre! A sus alumnos. Muchos venían aquí a hacer los deberes al salir del colegio.

Suzanne les contó entonces cómo su marido y ella siempre habían estado muy implicados en la vida de los escolares de La Ròca. Pierre Bozon no se conformaba con ser su maestro. También se ocupaba de ellos después de clase, trataba de completar su educación fuera del centro y, cuando terminaban los deberes, jugaba con ellos hasta que sus padres iban a recogerlos. De modo que Suzanne había preparado la merienda para una decena de críos hambrientos todos los días de la semana durante unos treinta años. Cuando su marido se jubiló por fin, siguió haciendo galletas, que le llevaba al director para que las repartiera en el recreo.

—¡Aunque ni siquiera estoy segura de que lo haga! No me extrañaría nada que se quedase con ellas. A ese hombre no le gustan los niños, si quieren saber lo que opino.

Fabregas estaba bastante de acuerdo con aquella mujer, pero no había ido allí para juzgar al director de La Ròca. Solo le interesaba un tema.

—Supongo que entonces los mellizos Lessage vendrían a menudo a su casa.

—¿Los mellizos? No, no muy a menudo. Su madre no trabajaba y casi siempre iba a buscarlos al salir de clase.

La señora Bozon se había vuelto hacia la cocina de gas para vigilar la hornada; sin embargo, Fabregas había logrado percibir cómo le cambiaba el tono de voz.

—Pero ¿los conocía bien? —insistió.

—¡Así, así!

La mujer seguía dándoles la espalda. Jean, que no quería que su antiguo teniente perdiese la paciencia, tomó el relevo en la conversación.

—Ya sé que los mellizos eran a veces muy difíciles —dijo de farol—, pero supongo que su marido se quedaría muy afectado al enterarse de que habían desaparecido, ¿no? Por no hablar de la muerte de la pobrecita Solène.

La maniobra funcionó. La señora Bozon se dio la vuelta y tomó asiento despacio entre los dos hombres.

—¡Pues claro que nos impresionó! Como bien dice, esos dos le daban mucha guerra a mi pobre marido, pero de ahí a desearles lo que les pasó…

Con ademán rápido, la mujer se santiguó, como si ese sencillo ritual bastase para expresar lo que pensaba en el fondo.

—¿Su marido le contaba muchas cosas sobre ellos? —prosiguió Jean bajando la voz.

—¡Todo lo contrario, nunca contaba nada! Por eso sabía yo que le daban problemas. Vinieron aquí algunas veces y saltaba a la vista lo que le costaba controlarlos a mi Pierre. Sobre todo a la niña. Vi cómo lo miraba, y puedo decirles que daba escalofríos.

—¿Cómo lo miraba? —preguntó Fabregas, en alerta.

—¿Me prometen que no va a llegar a oídos de Victor? ¡Ese pobre hombre ya ha sufrido bastante!

—Se lo prometo —contestó Jean en lugar de Fabregas, para evitarle una posible mentira.

—¿Han visto la película *Lolita*? Una antigua, de los años sesenta.

—Desde luego, aunque Lolita era una joven prepubescente y Solène aún era una niña.

—Bueno, pues ya le digo yo que su comportamiento no tenía nada que ver con el de una niña de su edad. No me gusta hablar mal de los muertos, pero la cría aquella era un demonio. ¡Una calientabraguetas, eso es lo que era! ¡Menudo alivio cuando mi marido me dijo que ya no vendría más a casa!

—Perdone que insista, Suzanne —dijo Jean—, pero ¿cuándo le dijo eso su marido?

—Unas semanas antes del final de curso, el año que desaparecieron.

—¿Quiere decir que los mellizos venían aquí de vez en cuando y que un buen día su marido llegó a casa diciendo que no los volverían a ver?

—No lo dijo exactamente así, pero más o menos, sí. ¿Por qué, es importante?

Fabregas y Jean se miraron. Tenía que haber pasado algo; algo tan grave que había incomodado a Pierre Bozon lo bastante como para cortar toda relación extraescolar con los mellizos. Solo quedaba averiguar lo que había sucedido en esas semanas antes del dichoso verano de 1989.

Al salir de casa de la viuda de Bozon, Jean seguía absorto en sus pensamientos. Fabregas, que se había sentado al volante para ir a casa de Victor Lessage, le preguntó qué le preocupaba.

—¿Tú has visto *Lolita*?

—Es la historia de una cría que se acuesta con un tío que podría ser su padre, ¿no?

—Es un resumen un poco drástico, pero sí, en el fondo es eso. El protagonista, Humbert Humbert, se casa con la madre de Lolita para estar cerca de ella, porque se ha enamorado locamente de la hija. La mujer lo descubre todo, pero se mata en un accidente de coche. Total, que la cría se queda con el padrastro para ella sola.

—¿Y entonces?

—Entonces nada. Estoy pensando, nada más.

44

Las últimas palabras de Jean aún resonaban en los oídos de Fabregas cuando llegaron a casa de Victor Lessage. El capitán le pidió a su antiguo jefe que desarrollara un poco más lo que pensaba. Jean no fue capaz.

—No lo sé —admitió—. Al igual que tú, estoy descubriendo que Solène no era la niña que yo me imaginaba y que se nos abre un número infinito de posibilidades. Tantas como pistas que nunca me habría atrevido a explorar por miedo a pervertirme por el camino. ¿De verdad crees que una niña de once años pueda comportarse así?

Fabregas comprendía su desasosiego. A lo largo de su carrera, por desgracia había tenido que enfrentarse a casos de pedofilia, pero lo que había insinuado la viuda de Bozon era algo muy distinto. Solène intentaba seducir con tan solo once años. ¿Lo habría conseguido al fin, hasta tal punto que le llegase a costar la vida? El problema era que no lograba trazar un retrato objetivo de la niña. Sin salir del coche, Fabregas propuso llamar a la doctora Florent para contarle las últimas averiguaciones.

—Si tengo que sondear a Victor sobre el comportamiento de su hija, prefiero tener algunas bazas en la mano.

—¿No pensarás contarle todas las cosas de las que nos hemos enterado? —dijo Jean, casi atragantándose.

—¡Créeme que no, si puedo evitarlo! ¡De verdad que no me apetece nada descubrirle a un padre desconsolado que su princesita era una calientabraguetas manipuladora!

Jean se puso pálido y abrió la ventanilla, echando así a perder las ventajas del aire acondicionado. Respiró profundamente, con los ojos fijos en la casa de Victor. Estaban a punto de abrir la caja de Pandora y Jean ya se estaba arrepintiendo amargamente.

La doctora Florent descolgó en el acto y ni siquiera esperó a que Fabregas saludara.

—¡Dos llamadas en la misma mañana! ¡Voy a acabar creyéndome que me echa de menos, capitán!

Fabregas carraspeó con la esperanza de que su antiguo jefe no lo interpretara como la señal de una complicidad fuera de lugar.

—¡Hola de nuevo, doctora! Estoy con Jean Wimez, queríamos hacerle unas preguntas. Voy a poner el altavoz.

El mensaje estaba claro. Tan claro que Jean se permitió guiñarle un ojo a su antiguo teniente.

—¿En qué puedo ayudarlos, señores?

Fabregas tomó la palabra con un tono que pretendía que resultara indiferente. Primero contó el encuentro que había tenido con Christophe Mougin. El capitán trató de describir lo mejor posible la actitud que había adoptado el antiguo compañero de clase de los mellizos durante el interrogatorio. Repitió, casi al pie de la letra, las confesiones de Mougin: el síndrome del hombre maltratado, el hecho de que aún siguiera yendo a terapia. La psicopediatra le formuló algunas preguntas sin hacer comentario alguno.

Fabregas siguió luego con lo que había dicho la viuda de Bozon. La doctora Florent solo lo interrumpió una vez, para pedirle más detalles sobre cómo había reaccionado el antiguo maestro.

—Solo le dijo a su mujer que ella ya no volvería a ver a los mellizos —precisó Fabregas.

—Lo que me interesa es saber cómo reaccionó él cuando se dio cuenta de que Solène intentaba ligárselo.

—La viuda no nos lo ha dicho.

—Pero ¿se lo han preguntado siquiera?

Fabregas admitió que no. Suzanne Bozon se había referido a qué le parecían los tejemanejes de Solène, pero en ningún momento mencionó la actitud de su marido. Y sin embargo, en junio de 1989, Pierre Bozon cortó repentinamente toda relación con los mellizos. Por fuerza tenía que haber sucedido algo grave.

—Iré otra vez a verla —dijo al fin Fabregas, consciente de que se le había pasado algo.

—Si la mujer no se lo ha contado espontáneamente —lo reconfortó la psicopediatra—, es que no debe de saberlo. Lo que podría interpretarse como que el maestro tenía algo que ocultar.

—Merece la pena comprobarlo —insistió el capitán, a quien no le gustaba que le pillaran en un fallo.

—¿Cree usted que Pierre Bozon podría haber sido un pedófilo? —preguntó Jean—. Se llevaba a los niños a casa después de clase. Su mujer nos dijo incluso que jugaba con ellos.

—No creo —dijo la doctora Florent después de pensárselo unos segundos—. Creo que el hombre era sincero y que de verdad intentaba ofrecerles un entorno acogedor a esos niños. En cambio, es posible que Solène le hiciera ver las cosas desde otro ángulo.

—¿A qué se refiere?

—La analogía que la señora Bozon establece con Lolita es muy interesante. No hablo de la película, sino de la obra literaria. En su libro, Nabokov utiliza un término para describir al protagonista, que, aunque no se corresponde con su definición original, podría encajar perfectamente con su hombre. Según él, Humbert Humbert es un «ninfolepto». Simplificando, es un hombre al que le atraen las nínfulas. Con ese concepto, nos alejamos de la noción de pedofilia. La nínfula es una preadolescente consciente de su poder de atracción sexual.

—¡Lo que pasa es que Solène no era una preadolescente!

Fabregas tenía la sensación de que no paraba de repetirse desde primera hora de la mañana, pero es que no lograba liberarse de esa imagen. Si Solène hubiese tenido trece o catorce años, habría aceptado esas teorías sin rechistar. Pero tenía once años y la habían secuestrado hacía treinta, en una época en que el aviso para mayores de edad al pie de una pantalla aún significaba algo.

La doctora Florent objetó con tacto a esas convicciones:

—Los pediatras y los psiquiatras coinciden en que la preadolescencia abarca a niños de ocho a doce años. En algunos casos, la pubertad aparece incluso antes de los diez. Desde luego, los cambios en la alimentación durante los últimos treinta años han acentuado este fenómeno, pero sigue habiendo casos de niñas que menstrúan a esa edad, sean de la generación que sean. Sería interesante saber si fue así con Solène.

—¡No cuente conmigo para preguntárselo a Victor! —saltó Jean, que hasta entonces no había dicho nada.

—De todas formas, me extrañaría mucho que pudiera contestarle —replicó la doctora Florent, divertida—. ¡Como acaba de demostrar, la regla nunca ha sido cosa de hombres! Lo decía en general. Como la madre de Solène ya no está, habría que buscar a una mujer que compartiese ese secreto. Una antigua compañera de clase, por ejemplo.

Fabregas anotó la recomendación en su libreta, debajo de otras indicaciones que había ido apuntando a lo largo de la conversación.

—Doctora, ¿cree usted que Bozon pudo haber secuestrado a Solène y a su hermano?

—No tengo ni idea, capitán. Y aunque así fuera, ¡solo resolvería el problema a medias! Bozon murió antes de que Zélie y Gabriel desaparecieran.

45

Victor Lessage no dijo ni una palabra. Encajó toda la información que le transmitió Fabregas sin exteriorizar nada. Impasible, como si estuviera paralizado. Al principio, el capitán actuó con tacto, sopesando cada palabra, pero al ver que su interlocutor no reaccionaba, repitió todas y cada una de las alusiones, todos los rumores que había recabado desde por la mañana temprano. Jean intervino en varias ocasiones para suavizar las palabras de su antiguo teniente, pero Fabregas ya no quería andarse con miramientos con nadie. La doctora Florent le había recordado cuál era el objetivo principal de la investigación: encontrar a los niños cuya vida estaba en peligro. Y si para eso tenía que tratar con brusquedad a Victor Lessage, escupirle a la cara que su hija no era el ángel que él se pensaba, el capitán estaba dispuesto a hacerlo sin pestañear.

Entre los tres hombres reinaba una atmósfera deletérea. Ahora que Fabregas había puesto todas las cartas sobre la mesa, se podía oír cómo el reloj de pared de la cocina desgranaba los minutos. Jean parecía ser el más afectado por la situación. Con la espalda encorvada, jugueteaba con las migas de pan que estaban pegadas al hule. Por su parte, Victor desafiaba a Fabregas con la mirada, apretando las mandíbulas. El timbre del teléfono repicó en el salón. Victor podría haber aprovechado la interrupción para poner fin a esa pugna silenciosa, pero no lo hizo.

Fabregas fue el primero en romper el silencio:

—¡Victor, haré cuanto esté en mi mano para averiguar la verdad! Pelearé hasta el final para saber lo que les pasó a sus hijos, pero por el momento tengo que encontrar a Zélie y a Gabriel. Hay dos familias que están viviendo una pesadilla. ¡La misma pesadilla que sufre usted desde hace treinta años! No puedo creer que desee que pasen por lo mismo.

Fabregas comprendió de inmediato que al padre de los mellizos se le había quebrado algo por dentro. Sin articular palabra, Lessage expulsó ruidosamente todo el aire que tenía en los pulmones, se levantó y salió de la habitación arrastrando los pies.

El capitán miró con expresión interrogante a Jean, quien, a modo de respuesta, se encogió de hombros con la mirada cargada de reproche. El capitán había cruzado un límite que su antiguo jefe quizá no le perdonara nunca.

El padre de los mellizos regresó a la cocina al cabo de apenas un minuto. Llevaba en la mano una libreta de color púrpura que alargó a Fabregas. En la cubierta desgastada no figuraba ninguna indicación.

Al abrirla por la primera página, el capitán comprendió en el acto de qué se trataba. Tenía entre las manos el diario íntimo de Luce Lessage. Cuando alzó la cabeza, la mirada se le cruzó con la de Victor. Sus ojos ya no albergaban ni rastro de la expresión resentida y desafiante. Victor Lessage estaba listo para revelar todos sus secretos.

Luce empezó a redactar el diario el 29 de mayo de 1985. Aquel día, la familia Lessage acababa de celebrar el séptimo cumpleaños de los mellizos. Ese día, Luce comprendió que los hijos que había traído al mundo no eran como los demás.

Cuando comenzó a leer, Fabregas esperaba encontrar ya en las primeras líneas las respuestas a todas sus preguntas, pero Luce Lessage había empezado a escribir ese diario solo para dar rienda suelta a sus sentimientos. Volcó en él todas sus dudas y cavilaciones, sin mencionar ningún hecho. Aunque no por ello el tono era menos violento.

«¡El fruto de mis entrañas está podrido!» Así concluía Luce el relato de aquel día.

El capitán no se atrevía a seguir leyendo delante de Victor. El diario constaba de unas doscientas páginas y tardaría horas en leerlas. El padre de los mellizos pareció adivinarle el pensamiento y lo ayudó a zanjar la situación:

—¡Quédese con él! Me lo sé de memoria.

—¿Cuándo supo de su existencia?

—Cuando murió Luce. Lo encontré ordenando sus cosas.

—¿Y no se lo contó a nadie?

Fabregas hizo esa pregunta deliberadamente delante de Jean Wimez. Su antiguo jefe se merecía saber por qué Victor le había ocultado que existía esa libreta.

—¡No va a encontrar nada! —respondió el padre de los mellizos a modo de justificación.

—¡Permítame que lo dude!

—Nada que lo ayude a comprender lo que sucedió —precisó Victor—, y aún menos a encontrar a Zélie y a Gabriel. ¡Tenga la seguridad de que, en caso contrario, hace tiempo que se lo habría entregado!

—¡Eso no le correspondía decidirlo a usted! —estalló Fabregas.

—¿En serio? ¡A ver qué me dice cuando lo haya leído! Mi mujer se despachó bien en ese diario. A medida que vaya pasando páginas, se irá convenciendo de que mis hijos se merecían lo que les pasó. Al parecer, Solène y Raphaël eran unos monstruos. En particular, mi hija. Se burlaba de todos, manipulaba tanto a hombres como a mujeres. Y Raphaël ejecutaba las órdenes de su hermana. Cuanto más retorcidas o viciosas eran, más le gustaba hacerlo.

—¿Y usted no vio nada? —preguntó Fabregas, sin agresividad esta vez.

—Un día, mi mujer volvió del pediatra muy alterada. El doctor nos aconsejaba que sometiéramos a nuestros hijos a una serie de pruebas. Según él, los mellizos tenían un CI superior a la media y quizá hubiera que adaptar su educación a sus capacidades. ¿Sabe cómo reaccioné? ¡Me sentí orgullosísimo!

—¿Y qué salió en las pruebas?

—¡Eran de pago! Por aquel entonces no nos sobraba el dinero y decidí que podíamos pasar sin ellas. Mis hijos eran más inteligentes que los demás, ¡tampoco era para tanto! Luce nunca me lo perdonó, según pone ahí.

—¿Por qué no me lo dijiste? —preguntó Jean con la voz quebrada.

El excapitán de la gendarmería seguía con los ojos clavados en el hule, como si le diera miedo mirar a Lessage de frente. Tenía una expresión azorada que le hacía parecer totalmente desamparado.

—¿Me lo echas en cara a mí? —se irritó Victor—. ¿Fue Luce la que se estuvo guardando esto durante veinte años y los reproches me los llevo yo? La interrogaste días enteros al principio de la investigación, luego viniste a cenar a casa unas cien veces, ¡y no viste nada! ¡Te tenía tan engañado como a mí! ¿Qué habría cambiado que te lo dijera al cabo de tantos años? Luce se suicidó justo cuando tú acababas de jubilarte.

—¡Pero nunca dejé de buscar la verdad! —replicó Jean, cortante.

—¡Es cierto! ¡Y has sido el único en hacerlo! Ahora mírame a los ojos y dime que habrías seguido haciéndolo con el mismo empeño de haber sabido cómo eran de verdad mis hijos. Hasta Luce reconoce en esa bazofia de diario que fue lo mejor que nos podía haber pasado. ¡Según ella, Dios nos hizo un favor! Así que dime: ¿habrías seguido ayudándome después de leer eso?

Jean le sostuvo la mirada a Victor unos segundos y luego bajó los ojos.

46

Fabregas dejó a Jean delante de su casa. El exgendarme ya había tenido bastantes revelaciones en un solo día y necesitaba tomarse un descanso. El capitán no intentó levantarle el ánimo con palabras que solo podían sonar a hueco. Lo respetaba demasiado. Sabía que Jean Wimez necesitaba encerrarse un día o dos para recapitular. Estando solo, seguramente repasaría los treinta últimos años buscando un indicio o un comportamiento que podría haber aprovechado, aunque ya no sirviese de nada.

Lo que Fabregas tenía que hacer ahora era concentrarse en la estrategia para las próximas horas. Si los mellizos eran unos monstruos, a lo mejor el secuestrador se había convencido de que estaba actuando por el bien de la sociedad. ¿Pasaría lo mismo con Zélie y con Gabriel? ¿Estarían los dos niños poseídos por los mismos demonios? Habían tenido que transcurrir treinta años para que se soltaran las lenguas, para que los más allegados a Solène y Raphaël se atrevieran a criticarlos. ¿Quién estaría dispuesto a hacer otro tanto ahora que toda Francia estaba pendiente del regreso de los niños? ¿Que un pueblo entero estaba pendiente del mínimo avance en la investigación? Incluso a él le daba miedo lo que podría parecer si iba por ahí haciendo preguntas fuera de lugar. ¿Sería capaz de mirar a la madre de Zélie a los ojos para preguntarle si estaba segura de que quería encontrar a su hija?

Al llegar a su despacho, Fabregas borró enérgicamente todo lo que ya tenía apuntado en la pizarra blanca. Necesitaba organizar sus ideas, y el hecho de ponerlas por escrito lo ayudaría. De camino hacia allí, había llamado una vez más a la doctora Florent para pedirle que se reuniera con él en la gendarmería en cuanto pudiese. La psicopediatra le dijo que sí sin vacilar y prometió estar allí antes de las seis de la tarde. Eso le dejaba dos horas largas al capitán para hacerse una composición de lugar.

Fabregas cogió un rotulador rojo y escribió «Motivos» antes de trazar tres columnas. Desde el inicio de la investigación, había contemplado varias teorías y por ahora no podía descartar ninguna.

En la primera columna, escribió la palabra «Familia». El raptor había secuestrado treinta años antes a un niño y a una niña. Esta última había muerto, quizá como consecuencia de un accidente, y al cabo de un mes habían secuestrado a otro niño, a unos cuantos kilómetros de Piolenc. En la actualidad, habían vuelto a desaparecer dos niños, cuando Raphaël Lessage y Arnaud Belli ya eran adultos. ¿Pretendía el secuestrador recrear la familia que había formado en 1989? Dos niños de unos diez u once años que dependieran de él y a los que podría cuidar. Sin haberse parado a pensarlo, el capitán añadió la palabra «Mujer» y al lado un signo de interrogación.

Tituló la segunda columna «Lolita». Esa teoría lo molestaba. Debajo del nombre de Solène, se forzó a escribir adjetivos que nunca pensó que podría asociar a una niña de once años: «calientabraguetas», «manipuladora». En cambio, le costó más encontrar calificativos para su hermano. Escribir que era su esbirro no encajaba del todo con lo que había escuchado. ¿El brazo armado? ¿Solène pensaba y él actuaba? El pediatra de los niños opinaba que los dos tenían una inteligencia superior; entonces ¿qué papel le correspondía a Raphaël en aquella pareja maquiavélica? Fabregas albergaba la esperanza de que la doctora Florent lo iluminase. Había otros dos elementos que lo perturbaban. Para poder hablar de patrón, hacía falta que se repitiese el orden de los acontecimientos. ¿Zélie también era una niña que utilizaba sus encantos? ¿Habría despertado el deseo de su raptor? En tal caso, ¿qué pintaba Gabriel en esa historia? Según su maestra, los dos niños apenas se trataban fuera del aula. ¿Habría mentido Solène Gauthier? ¿Intentaba proteger la reputación de los niños como habían hecho otros, mucho antes que ella, con la de los mellizos? A Fabregas no le quedaba más remedio que hablar con los padres para enterarse de más cosas. La otra pregunta que se planteaba era la identidad del raptor. Pierre Bozon no podía ser. El antiguo maestro había fallecido dos meses antes de que desaparecieran Zélie y Gabriel. Estadísticamente, era casi imposible que los investigadores se estuvieran enfrentando a dos secuestradores a los que les movieran los mismos motivos. Sin embargo, resultaba aún más inconcebible que Zélie quisiera atraer a un hombre que tuviera treinta años más que en 1989. No podía ser tan viciosa.

Pasó a la tercera columna con la sensación de que se estaba dejando algo y con la esperanza, una vez más, de que la psicopediatra pudiese resolver sus interrogantes. Sin haberlo concretado antes, Fabregas escribió la palabra «Venganza». Con una flecha, indicó que la descripción de Solène seguía siendo la misma y añadió la palabra «cruel». Luce Lessage pensaba que Dios le había hecho un favor al quitarle de en medio a sus dos hijos. ¿Alguien más pensaba así? Al cabo de treinta años, Christophe Mougin afirmaba que aún tenía secuelas causadas por el comportamiento de los mellizos. Quizá no fuera el único.

¿Otra víctima habría decidido vengarse? Con esa teoría, podía explicarse la muerte de Solène. Era la que llevaba la voz cantante y lo había pagado con su vida. Raphaël quizá había corrido la misma suerte, a menos que, por el contrario, el secuestrador lo hubiese mantenido con vida para que sufriese por la ausencia de su hermana. En tal caso, el perfil del raptor se desdibujaba. Podía ser bastante más joven y haberse dejado llevar por la ira. Fabregas se acordó entonces de Olivier Vasse, al que Jean había incluido en su lista y que había acudido a las dependencias de la gendarmería unos días antes. Por aquel entonces, Olivier tenía veinte años y todo el mundo lo consideraba un adolescente rebelde. Se había quedado varias veces a cargo de los niños Lessage. Podía encajar. Pero en tal caso, ¿por qué tomarla ahora con Zélie o con Gabriel? Al volver a leer sus notas, Fabregas soltó un taco. Olivier Vasse no podía ser sospechoso: tenía coartadas para los días en que habían raptado a los niños. En cambio, quizá tuviera algo que decir sobre Solène y Gabriel. Puesto que había hecho de canguro, debía de conocer la cara oculta de los mellizos.

Al alejarse de la pizarra para coger un poco de perspectiva, Fabregas se tropezó con Vicart, que estaba detrás de él.

—¡Lo siento, capitán! ¡No quería sobresaltarle!

—¡En tal caso, lo mejor es saludar antes de entrar en el despacho!

—Estaba a punto de hacerlo —se disculpó Vicart—. Quería saber si ha recibido el correo electrónico que le he enviado.

—No, pero ya que está aquí, ¡cuéntemelo!

—Es un vídeo, capitán. ¡Y creo que le va a interesar!

47

Fabregas estaba viendo el vídeo por tercera vez consecutiva. Ahora que había asimilado el contenido, quería interiorizar hasta el detalle más nimio, ahondar hasta en la mínima unidad de información.

Mientras entrevistaban a los vecinos en torno al edificio en el que vivía Solène Gauthier, los gendarmes localizaron la cámara de vigilancia de una farmacia. No estaba orientada hacia la entrada del comercio, como cabía esperar, sino hacia la acera de enfrente. El dueño explicó que algunos jóvenes se entretenían desajustándole el equipo de tanto en tanto. Lo había denunciado en varias ocasiones, pero como nunca habían causado daños en la farmacia no había acudido nadie. Pero resulta que esa acera era precisamente por donde había pasado el fugitivo que vieron los estudiantes. Estos últimos fueron categóricos: el hombre había salido corriendo del edificio y había girado a la derecha en la primera bocacalle donde estaba la farmacia.

El vídeo no era de muy buena calidad, pero aun así a los investigadores les llamaron la atención algunos detalles y solicitaron al laboratorio que redujera el grano de la imagen. Vicart llevaba en la mano unas ampliaciones que había pedido. Fabregas no dejaba de comparar la pantalla con las fotos, como si sintiera la necesidad de comprobar que la fuente era la misma.

Cuando ya no pudo seguir dudando, se dejó caer contra el respaldo de la silla, soltando el aire.

—¿Cómo no se dieron cuenta? —le preguntó a Vicart, pero también a sí mismo.

—¿Los compañeros?

—¡No, los memos de los estudiantes!

—Tampoco estaban tan cerca —empezó a justificarlos Vicart—. Además, el dueño del bar me dijo que llevaban allí varias horas, usted ya me entiende.

—No se moleste en defenderlos, teniente. No tengo intención de detenerlos por prestar falso testimonio.

Sin embargo, si Fabregas hubiese tenido esa información antes, la investigación habría cambiado inmediatamente de rumbo.

El hombre al que se veía correr en el vídeo llevaba, en efecto, una gorra calada hasta las orejas y resultaba difícil determinar de qué color tenía el pelo o incluso verle la cara. Pero así y todo había una particularidad que no se les había escapado a los investigadores: ¡era una mujer! Vestida como un hombre, bien es cierto, pero la silueta y las zancadas traicionaban su feminidad.

A Vicart le había llamado la atención un detalle en particular. Cada vez que movía el brazo, unas manchitas oscuras pixelaban la imagen. Las ampliaciones zanjaron cualquier ambigüedad sobre el sexo del fugitivo: llevaba las uñas pintadas de color carmín.

—¿Cree que puede ser Solène Gauthier, capitán?

—¡Hombre, no iba a ser mi madre!

Fabregas se arrepintió en el acto. El teniente había hecho un trabajo excelente y desahogarse con él era tan injusto como estéril.

—Creo que es ella, en efecto.

No era una disculpa, pero al menos había suavizado el tono.

—Se supone que a esa hora Solène Gauthier estaba en casa —prosiguió—. Había quedado para hablar con la doctora Florent. Arnaud Belli debió de pasar a verla. Nos queda saber por qué Gauthier asesinó a ese hombre al que presentaba como primo suyo, y por qué decidió escapar acto seguido.

—Puede que fuese un accidente.

—¡A Belli lo mataron de varios golpes en la cabeza, teniente!

—Entonces puede que él la agrediera y ella se defendiese. Le entró el pánico, se puso nerviosa y salió por pies…

—Es posible —contestó Fabregas poco convencido—. O, por el contrario, puede que quisiera matarlo y que descubriésemos el cadáver. Y por eso quedó con la doctora Florent.

—¿Usted cree? La verdad es que es bastante retorcido.

—Como toda esta historia, Vicart.

La única buena noticia era que la lista de individuos a los que buscaban se reducía, puesto que Solène Gauthier y el fugitivo eran la misma persona. Obviamente, la prioridad seguía siendo encontrar a Zélie y a Gabriel. Solène Gauthier era la siguiente. A la maestra ahora la buscaban por asesinato y Fabregas se preguntaba si en su ficha policial no habría que añadir «secuestro».

A Fabregas se le había ocurrido esa posibilidad varias veces. Pero siempre aparecía algún dato nuevo que lo desviaba u orientaba hacia otra pista. Si Solène Gauthier era la responsable del secuestro de Zélie y del de Gabriel, entonces tenía que haber actuado necesariamente con un cómplice. El capitán se acordaba muy bien del día en que desapareció Zélie. Cinco minutos antes, él estaba con la maestra, que lo acompañaba al aula donde iba a interrogar a Nadia. Si había actuado en ese lapso, debía haber alguien fuera de La Ròca para recoger a la niña, porque cuando se dio la alerta Zélie ya no estaba en el centro. Habían bloqueado las salidas y registrado hasta el último rincón del colegio.

Fabregas tenía la sensación de que le iba a estallar la cabeza. Todos los indicios que había recabado en las últimas dos semanas, todos los datos y todas las hipótesis que se les habían ocurrido le volvían a la mente como lanzallamas. Rechazaba algunas y se quedaba con las que, de repente, resultaban ser más pertinentes que la víspera.

La carta que presuntamente habían escrito Solène y Raphaël, y que la maestra les había transmitido. El hecho de que no hubieran podido sacar sus huellas del papel la acusaba un poco más.

Ese nombre, Solène, que nunca había dicho al presentarse y que obsesionaba a todos los investigadores locales desde hacía treinta años.

Ese primo con tres alias que no había dejado de rondar por La Ròca para acabar calcinado en su piso. Arnaud Belli, el niño que desapareció inmediatamente después de que muriera Solène Lessage, que había cambiado de nombre antes de que lo contratara el director del colegio y, una vez más, después de que lo despidiera. Si ese hombre tenía de verdad algún lazo de parentesco con Solène Gauthier, entonces la maestra lo conocía tanto con el apellido Belli como con los de Dumas o Dupin. Michel y Raphaël. ¿Habría elegido ella esos nombres sustitutivos?

Los acontecimientos que se habían ido encadenando habían retrasado las indagaciones sobre el pasado de esa mujer. Fabregas se echó en cara, una vez más, el supeditar lo importante a lo urgente.

48

Cuando llegó la doctora Florent, la gendarmería estaba en plena efervescencia. Fabregas le expuso rápidamente los últimos vuelcos que había dado la investigación al tiempo que le daba a entender, de la forma más diplomática posible, que ya había pasado el momento de hacer análisis.

—No estoy de acuerdo con usted, capitán. Suponiendo que Solène Gauthier sea la responsable de esos secuestros, creo que lo prioritario es comprender los motivos.

—Cuando la encontremos, ya tendrá tiempo de contárnoslos. ¡Le recuerdo que está en juego la vida de dos niños!

—La pega es que lleva ya varios días buscándola y, corríjame si me equivoco, todavía no tiene ni una pista para empezar.

—¡Le agradezco mucho los ánimos!

—Estoy aquí para ayudarlo, capitán, no se enfade con quien no debe. Me da la impresión de que está dispuesto a embestirla cuando aún no tiene ninguna prueba de que sea culpable.

—¡Solène Gauthier nos ha estado mareando desde el principio! En la carta que nos dio, tendríamos que haber encontrado un montón de huellas. ¿Resultado? ¡Nada! Son inviables. Luego quedó con usted para revelarle algo. Y, casualmente, desaparece esa misma noche dejando tras de sí un cadáver. ¡Por cierto, hablando del cadáver, el supuesto primo de las mil caras,

Arnaud Belli! ¡Le recuerdo que fue ella quien se lo presentó al director de La Ròca! Puede que no tenga pruebas, como usted dice, pero mi teoría es la siguiente: Solène Gauthier se ganó la confianza de sus alumnos Nadia, Zélie y Gabriel. Les lavó el cerebro con la historia de los mellizos convenciéndolos de que podían ayudarla a reparar una injusticia, de que tenían la capacidad de reunirlos otra vez. Luego los secuestró o, cuando menos, organizó su desaparición, con ayuda de su primo. Por una razón que todavía se me escapa, al final Gauthier decidió deshacerse de él. Puede que ya no quisiera seguir con ese delirio suyo o que la amenazase con confesarlo todo, no lo sé. ¡El caso es que todo encaja a la perfección!

—¿En serio? ¿Y el hecho de no tener ni idea de los motivos por los que ha hecho eso no le supone ningún problema? ¿Qué relación tiene con los mellizos? ¿Por qué la obsesiona tanto esa historia? ¿Y por qué la toma con otros niños al cabo de treinta años?

—Ya se lo he dicho, ¡dejemos el análisis para después! De momento, tengo que movilizar a mis tropas para encontrarla. Ya tengo a varios hombres investigando su pasado. Puede que eso nos aporte datos para las respuestas.

Ambos siguieron debatiendo unos minutos antes de ponerse de acuerdo. Mientras Fabregas se concentraba en la investigación sobre el terreno, la psicopediatra estudiaría los documentos más recientes del expediente.

La doctora Florent se instaló en un despacho después de copiar metódicamente las hipótesis que Fabregas había apuntado sobre los motivos del raptor. Con un solo vistazo, ya había clasificado los tres patrones por orden de pertinencia. Para ella, la reconstrucción de una familia seguía siendo la teoría más coherente. Explicaba a la perfección el secuestro de Arnaud Belli. A la psicopediatra le inspiraba empatía ese hombre y quería comprender su historia. Había desaparecido a la edad de once años y a nadie le había importado realmente. Ningún adulto se preocupó de qué había sido de él, ni sus padres adoptivos ni los investigadores. Nadie sabía cómo había estado viviendo esos treinta años. ¿Lo habían secuestrado? ¿En qué momento dejó de existir Arnaud Belli para convertirse en Michel Dumas, su primer alias? Mientras no recabaran datos sobre ese hombre, esas preguntas se quedarían en el aire, para disgusto de la doctora Florent.

Esta abrió luego el diario de la madre de los mellizos. La psicopediatra enseguida se formó una idea más precisa de las personalidades de Solène y de Raphaël. Después de las primeras páginas, Luce Lessage dejaba de parapetarse detrás de sensaciones imprecisas y sentimientos sin explicación. Exponía los hechos que demostraban por sí mismos lo crueles y perversos que eran sus hijos.

La madre de Solène era muy consciente del comportamiento provocativo de su hija. En el diario contaba que ya no se atrevía a llevársela a comprar al mercado. Al principio, Luce pensaba que su hija estaba actuando. Que se divertía imitando a «las mayores». Pero luego se fijó en cómo les sostenía la mirada a los hombres, con ojos ardientes y tremendamente expresivos. Luce no se había atrevido a escribir «sexualidad». La psicopediatra no pensaba que fuera por pudor, sino porque sencillamente no lo concebía. ¿Cómo era posible que del cuerpo de una niña de once años emanara sensualidad? Al parecer, Solène había practicado con el panadero y con el frutero. Al primero la situación debió de resultarle divertida y respondía a las miradas con bromas. Pero a Luce no le había pasado inadvertido el efecto que las maniobras de su hija producían en el segundo. El hombre sacaba pecho como un gallo y se limpiaba las manos en el delantal en cuanto la niña se acercaba a su puesto. Luce describía con tal precisión las náuseas que sentía que la doctora Florent se tapó la boca con la mano instintivamente.

Solène no utilizaba solo su físico. Esa era solo la primera etapa del proceso de manipulación destinado a controlar a su presa. Utilizaba los puntos flacos de sus interlocutores para dominarlos. Los halagaba para menospreciarlos mejor a continuación.

Solène sabía meter el dedo donde más dolía, y las mujeres tampoco se libraban. En más de una ocasión, Luce Lessage tuvo que sufrir las humillaciones de su hija en público. Con aparentes cumplidos o amabilidad fingida, Solène desvelaba los secretos íntimos de su madre. Naderías. Detalles nimios que les arrancaban una sonrisa a los comerciantes. Y que confirmaban el dicho de que los niños siempre dicen la verdad. Pero Luce no se dejaba engañar. Sabía que su hija era muy consciente de todo lo que decía. Que los lugareños se enterasen de que tenía el vientre plano gracias a una faja en la que debía embutirse todas las mañanas no era un problema en sí. Seguramente no era la única que lo hacía. En cambio, hubiese preferido que no llegasen a saber que todas las noches se tragaba los antidepresivos con tres copas de vino. En ese caso, la sonrisa que le dirigían expresaba reproche y lástima a partes iguales.

Raphaël presentaba características que a su madre le resultaba más fácil identificar. Luce no tenía ninguna duda de que su hijo estaba enamorado de su hermana melliza y dispuesto a hacer lo que fuese para satisfacerla. Curiosamente, aquello no parecía escandalizarla. Que hermano y hermana estuvieran enamorados le parecía estar dentro de lo tolerable, siempre que no se reconociera. En cambio, la crueldad de su hijo le resultaba insoportable. Una mañana, Luce encontró al gato de la familia muerto, escondido debajo de una lona en el depósito de las herramientas. Al pobre animal lo habían despellejado a cachos y tenía las almohadillas rajadas. En la cabeza del felino, retorcida a ciento ochenta grados, había dos huecos negros en lugar de ojos. Luce vomitó hasta la primera papilla cuando descubrió el cadáver de aquel compañero que había adoptado cinco años antes para los mellizos. En lugar de contárselo a su marido, fingió que el gato había desaparecido y se encargó de enterrarlo en pleno bosque. Se adueñó de ella un sentimiento de vergüenza. No se perdonaba el no haber sabido ver nada, el haber fracasado en la educación de sus hijos. A partir de ese día, los mellizos, en lugar de agradecerle que encubriera sus fechorías, se dedicaron a mostrar descaradamente cuánto la despreciaban.

A medida que pasaba páginas, la psicopediatra se iba dando cuenta de lo hondo que era el abismo en el que Luce Lessage se había hundido. La desaparición de sus hijos no bastó para sosegarla. Esa mujer estaba convencida de que había fallado en su tarea de madre y el suicidio había sido la consecuencia lógica de una prolongada depresión.

Pero la doctora Florent comprendió también otra cosa. Una nueva hipótesis había tomado forma en su mente. Una teoría que al capitán Fabregas sin duda le parecería descabellada, pero que estaba dispuesta a defender.

La confusión que reinaba en los pasillos le dejó claro que su análisis no iba a tener prioridad. La psicopediatra no lograba entender lo que los gendarmes se decían a toda prisa, pero intuía que había sucedido algo serio.

Como Fabregas no estaba en su despacho, se puso a buscarlo hasta que se topó con el teniente Vicart. La doctora se plantó en mitad del pasillo para obligarlo a frenar.

—¿Qué ha pasado, teniente? ¿A qué viene este jaleo?

—No estoy autorizado a decírselo, doctora. Háblelo con el capitán.

—¿Y dónde puedo encontrarlo?

—¡En el hospital!

—¿En el hospital? Pero ¿qué ha pasado? ¿Está bien?

El teniente se dio cuenta de que se había ido de la lengua y trató de explicarse sin contar demasiado:

—No se trata de él, doctora. Es Gabriel.

49

Fabregas paseaba arriba y abajo por un pasillo del complejo hospitalario Louis-Giorgi de Orange. Estaban atendiendo a Gabriel, y un médico tenía que auscultarlo antes de dar el visto bueno para que el capitán lo interrogara.

Habían encontrado al niño por la Nacional 7, descalzo y aturdido. Un coche tuvo que dar un volantazo para no atropellarlo. El automovilista, furioso, se paró en el arcén para echarle la bronca. Antes de llegar a su altura, Gabriel se desplomó.

Fabregas tuvo ocasión de hablar con el conductor y con los sanitarios que asistieron al niño *in situ*.

Gabriel estaba deshidratado. Tenía las plantas de los pies muy dañadas, de lo que se deducía que había andado descalzo un buen trecho bajo el sol abrasador. Según los primeros pronósticos de los médicos de urgencias, la vida del niño no corría peligro.

—¿Ha dicho algo? —se apresuró a preguntar Fabregas a los sanitarios de la ambulancia.

—¡Absolutamente nada! ¡No ha dicho ni pío! El pobrecillo parecía al límite de sus fuerzas. Lo que necesita, por si quiere saberlo, es dormir bien toda la noche y mañana estará mucho mejor.

El conductor que estuvo a punto de atropellar a Gabriel contó más o menos lo mismo. De modo que a Fabregas no le quedaba más remedio que esperar la autorización del médico para poder hablar con él.

Habían avisado a los padres, que no tardarían en llegar. Por ahora, Gabriel era el único que podía decirles dónde estaba Zélie, y Fabregas sabía que resultaría complicado pedirles a los padres que esperasen unos minutos más antes de poder abrazar a su hijo.

Una enfermera le entregó la ropa que llevaba puesta el niño. Habían metido todas las prendas en una bolsa de plástico y el protocolo exigía que Fabregas las enviase sin más demora al laboratorio para que las analizaran. Seguramente los expertos tomarían un montón de muestras que les permitirían trazar el recorrido de Gabriel en sentido inverso, pero eso llevaba tiempo y el capitán tenía la corazonada de que su regreso anunciaba un peligro inminente.

Si Gabriel había logrado escapar, era de temer la reacción de su raptor. Podía tomarla con Zélie o secuestrar a otro niño para compensar la fuga del chico.

Fabregas pidió que le facilitaran un lugar donde pudiera hacer él mismo las primeras comprobaciones. No quería alterar de ningún modo los elementos que obraban en su poder y agradeció que lo instalaran en un laboratorio del hospital. Una enfermera le proporcionó, además, con qué equiparse. Pertrechado con una mascarilla y un gorro de celulosa, Fabregas se calzó un par de guantes antes de abrir la bolsa y extender la ropa del niño encima de una mesa.

El capitán recordaba perfectamente la declaración de la madre de Gabriel el día que secuestraron a su hijo: el niño salió de casa camino de La Ròca llevando una camiseta con un dibujo de Iron Man, unas bermudas verde claro y deportivas con cierre de velcro de la famosa marca de las tres bandas.

Obviamente, en la bolsa de plástico no estaba el calzado.

Pero eso no fue lo que le heló la sangre al capitán.

Cuando lo encontraron, Gabriel llevaba puestos un polo azul desvaído con el cuello raído y unos vaqueros claros «nevados».

Una ropa cuya descripción ya conocía Fabregas.

Por una declaración realizada hacía treinta años.

La de Luce Lessage.

La bolsa contenía la ropa que llevaba Raphaël el día que desapareció.

Fabregas tuvo que tomar asiento para serenarse. La pesadilla se recrudecía. ¿Quién aparte del raptor de los mellizos podía haberle proporcionado esa ropa a Gabriel? Y suponiendo que las prendas no fueran de aquella época, ¿quién estaba al tanto de lo que Raphaël llevaba puesto aquel día para decidir comprar una copia idéntica? Aparte de Luce y Victor Lessage, Jean Wimez debía de ser la única persona que se acordase de ese detalle al cabo de treinta años.

El capitán se puso de pie y empujó con rabia la banqueta en la que estaba sentado unos segundos antes. No podía tomar ese rumbo y tenía que quitarse esa idea de la cabeza a toda costa. Su antiguo jefe no podía estar implicado en todo aquello y Fabregas no se perdonaba el haberlo pensado siquiera.

«¡Piensa, hombre, piensa! —se presionó a sí mismo—. ¿Quién más podía saberlo?»

Lo malo era que, superada la ira, tenía que reconocer que no podía descartar esa teoría así como así. El o la que había dado esa ropa a Gabriel tenía necesariamente alguna relación con el caso de los mellizos. Incluido Jean, al igual que todas las personas a las que había interrogado hasta ahora. El capitán tenía una lista de sospechosos que todos los días crecía un poco más.

Fabregas siguió adelante con la inspección, esperando encontrar el indicio que le permitiese reducir esa lista a un solo nombre.

El polo estaba muy desgastado pero, a simple vista, no tenía ninguna mancha. En cambio, los vaqueros tenían las rodillas sucias de tierra. Fabregas metió una hoja de papel debajo de la tela antes de golpearla suavemente. La tierra era roja. No era en absoluto un elemento excepcional en aquella zona. El capitán albergaba la esperanza de que los expertos pudieran analizar de dónde procedía exactamente. Luego introdujo una de las manos enguantadas en los bolsillos del pantalón.

Al sacar la hoja doblada en dos, Fabregas supo instintivamente que ese hallazgo estaba destinado a él. El papel de cuadrícula grande, la letra infantil… todo encajaba.

Al leer lo que estaba escrito, comprendió, esencialmente, que estaba en un error.

Gabriel no se había escapado.

50

En pocas líneas, el raptor exponía la espantosa situación. Aunque Fabregas llevaba cinco minutos leyéndolas, su mente se negaba a asimilarlas.

Raphaël no está a la altura.
Lo sabe y se arrepiente.
Lo sabe y comprende por qué queda eliminado.
Lo sabe igual que sabe que moriré si les cuenta algo.

SOLÈNE

Ese enigma era la gota que colmaba el vaso. Aunque Fabregas comprendía que Gabriel encarnaba a Raphaël y que Zélie interpretaba el papel de Solène, todo lo demás le parecía surrealista. ¿Cómo habían podido convencer a una niña de que escribiera esa nota? Estaba trazada con mano firme y el capitán estaba convencido de que se trataba de la misma letra que la del primer mensaje que entregó Solène Gauthier. Los grafólogos habían asegurado que se trataba, en efecto, de una letra infantil. Se suponía, pues, que Zélie era la autora de aquella carta. Pero ¿qué niño era capaz de amenazar con su propia muerte sin que le temblara el pulso? A Fabregas le estaba empezando a gustar más la teoría del secuestrador esquizofrénico que la de la niña adoctrinada. ¿Y qué actitud debía adoptar de cara a Gabriel? ¿Las preguntas que iba a hacerle realmente tendrían consecuencias para la vida de Zélie?

Solo en el laboratorio del hospital, el capitán se contenía para no destrozar todo lo que estaba a su alcance. Tenía ganas de gritar, de mandarlo todo a paseo, de marcharse lejos sin decirle nada a nadie. Nunca se había sentido tan impotente.

Se obligó a respirar hondo varias veces antes de llamar a la única persona que, según su criterio, estaba capacitada para analizar esas líneas.

El buzón de voz de la psicopediatra saltó al quinto tono. Fabregas le pidió que lo llamara, sin dar más explicaciones, y acto seguido marcó el número de Vicart.

—¡Teniente, tengo que encontrar cuanto antes a la doctora Florent! No me coge el móvil. ¿Puede ir a buscarla?

—¿Buscarla dónde, capitán?

—¡En el despacho de los archivos, Vicart! —se impacientó Fabregas—. Ahí es donde la han instalado.

—¡Pero es que ya no está allí, capitán! Se fue hace cosa de veinte minutos.

—¿Cómo que se fue? ¿Y no le ha dicho adónde?

—Creo que ha ido al hospital a reunirse con usted. ¡Me dijo que tenían que hablar a toda costa!

—¿Hace veinte minutos, dice?

—Sí, más o menos.

Fabregas colgó de golpe dejando a Vicart con la palabra en la boca. Iba a marcar el número de la psiquiatra cuando vio el puntito rojo pegado al icono de los mensajes de texto. Era un mensaje de la doctora y había llegado unos minutos antes. Fabregas, que en ese momento estaba enfrascado en la carta, no había notado vibrar el móvil. La doctora Florent le decía aproximadamente lo mismo que Vicart, aunque especificaba que necesitaba comprobar un par de puntos antes de exponerle su teoría. Fabregas contestó que esperaba su llamada, pero al no recibir la confirmación de que el mensaje había entrado, comprendió que la doctora estaba sin cobertura o acababa de apagar el móvil. Tendría que esperar para comprender el contenido de la carta.

Fabregas apenas había soltado el teléfono cuando el jefe de servicio fue a avisarle de que habían llegado los padres de Gabriel y que en ese mismo instante estaban con su hijo.

−¿Qué tal está?

−Los primeros exámenes son tranquilizadores. Todavía estamos esperando algunos resultados, pero el estado fisiológico de Gabriel no me preocupa.

−En ese caso, ¿no hay inconveniente en que le haga algunas preguntas?

−No es tan sencillo, capitán. Gabriel no ha dicho ni una sola palabra desde que nos hicimos cargo de él y no estoy seguro de que ver un uniforme le ayude a superar el trauma.

−¡Si es por eso, estoy dispuesto a ponerme una bata de las suyas, doctor!

−Creo que Gabriel necesita estar a solas con su familia.

−¿Y si le digo que la vida de una niña depende de él?

Fabregas no se enorgullecía de recurrir a ese argumento, tanto más cuanto que la carta indicaba exactamente lo contrario, y casi sintió alivio cuando su interlocutor propuso aplazar el encuentro.

−Preferiría que esperase usted a que nuestro psicopediatra hable con él. Estará aquí mañana a primera hora.

El capitán, de forma refleja, consultó la hora. Las nueve de la noche. Eso le dejaba casi doce horas de ventaja al raptor.

−¿No podría ser otra? −propuso Fabregas.

—No le entiendo.

—Desde el principio de la investigación colaboramos con una psicopediatra que ejerce en Aviñón. Si consigo que venga esta noche, ¿le parecería a usted bien que se entrevistase con Gabriel?

—¡No veo inconveniente! —contestó el jefe de servicio—. Dígale su nombre a la enfermera para que la incluya en el historial.

—Se lo agradezco.

Habían trasladado a Gabriel a una habitación individual. Fabregas esperaba delante de la puerta mientras intentaba hablar por tercera vez con la doctora Florent. Pero el capitán tuvo que resignarse a explicarle brevemente la situación en el buzón de voz. Sin llegar a suplicar, la exhortaba a ponerse en contacto con él cuanto antes.

Según colgaba, una enfermera pasó por delante de él y abrió la puerta de la habitación. A esas horas, seguramente iba para comprobar las constantes del niño y pedirles a los padres que le dejasen dormir. Fabregas observó la escena discretamente a través de la puerta entornada. La madre de Gabriel tenía sujetas las manos de su hijo y se las llevaba convulsivamente a los labios. El padre, en cambio, estaba a un metro de él, con las mandíbulas apretadas. El capitán, que había observado varias veces esa actitud, sabía qué le estaba pasando: el señor Pénicaud acababa de descubrir una angustia muy distinta a la que había vivido durante la ausencia. Ahora tenía miedo de que su hijo ya no fuera el niño al que quería. El padre de Gabriel estaba esperando a que lo reconfortaran. A que le dijeran que a su hijo no le habían hecho nada irreversible. El jefe de servicio ya debía de haberle contado que Gabriel no había sufrido ninguna agresión sexual. Eso solía ser lo que más preocupaba a un padre. Las mujeres parecían estar más preparadas para eso.

Sin embargo, mientras Gabriel siguiera sin decir nada, el señor Pénicaud no podía juzgar cuál era el estado mental de su hijo y esa frustración le impedía disfrutar del reencuentro.

La enfermera estaba ajustando el gotero de la vía y Fabregas aprovechó para dar un paso al frente. A pesar de las recomendaciones del médico, sentía la necesidad de establecer contacto con Gabriel. Quería mirarle a los ojos, preguntarle si sabía lo que ponía en la carta que había en el bolsillo trasero de sus vaqueros.

Cuando Gabriel se puso a gritar, Fabregas comprendió que no iba a ser él quien lo hiciera hablar.

51

El psicopediatra del hospital Louis-Giorgi llevaba más de una hora encerrado con Gabriel. Fabregas solicitó estar presente en la sesión, pero el doctor Blanc fue inflexible. El niño acababa de sufrir un trauma sin precedentes y su salud mental era prioritaria. De entrada, el capitán se lo tomó muy mal y argumentó que semejante decisión podría tener consecuencias nefastas para la vida de Zélie; pero tuvo que plegarse a las exigencias de las batas blancas.

A Fabregas también lo tenía preocupado el prolongado silencio de la doctora Florent. No sabía nada de ella desde el día anterior y los mensajes que le había enviado por la mañana estaban sin leer. Ya eran las diez y la doctora no era de las que remolonean en la cama. Le había dicho a Vicart que tenía que comprobar un punto antes de hablar con el capitán. ¿Quizá había tenido que alejarse de los alrededores para hacer sus indagaciones y se había quedado sin batería? No, eso no le pegaba nada. Fabregas salió del edificio para llamar a Vicart.

—Quiero que me localice el teléfono de la doctora Florent.

—¿Ha pasado algo, capitán?

—Todavía no lo sé. Está con el buzón de voz desde que se fue de la gendarmería.

–¡En ese caso, nos va a costar rastrearla!

–Su móvil estaba aún conectado a eso de las ocho de la tarde. Me envió un mensaje. Intente situar dónde estaba en ese momento.

–Muy bien. Le llamo en cuanto lo tenga.

Fabregas estaba a punto de colgar cuando se le ocurrió otra idea.

–Vicart, vaya a mirar en el despacho que tenía asignado si no ha dejado algo que pueda interesarnos.

–¿Como qué?

–¡Qué sé yo, Vicart! –se impacientó el capitán–. ¡Unas notas, o cualquier otra cosa que pueda ayudarnos a encontrarla!

–¡Así lo haré, capitán!

–¡No, hágalo ahora mismo! Le espero.

Fabregas deambulaba por el aparcamiento del hospital con el móvil pegado a la oreja. La temperatura era ya muy alta. Por primera vez, el capitán se imaginó el calvario que había sufrido Gabriel caminando durante horas por la Nacional 7. Llevaban varios días de calor extremo, lo que no había impedido al raptor abandonar al niño al filo de la carretera. ¿Sería un castigo por no haber estado «a la altura»? ¿A la altura de qué, por cierto? Fabregas había leído decenas de veces el mensaje que Gabriel llevaba en el bolsillo. Para él, solo tenía sentido la última frase: «Lo sabe igual que sabe que moriré si les cuenta algo». El resto le parecía tan abstruso que pertenecía al ámbito psiquiátrico.

Cuando Fabregas volvió a oír a Vicart al otro extremo de la línea, tenía ya en la espalda de la camisa una aureola de sudor. Se refugió a la sombra de un plátano para escuchar.

–¡Creo que he encontrado lo que quería, capitán! –le anunció muy satisfecho el teniente.

–Soy todo oídos.

—La doctora Florent metió una hoja suelta entre las páginas del diario de Luce Lessage, como a un tercio del final. Me ha costado bastante descifrar su letra, por eso he tardado.

—¡Al grano, Vicart!

—Ha hecho como un esquema. A la izquierda ha escrito el nombre de Solène, y a la derecha, el de Raphaël. Debajo, ha escrito «animus» para la niña y «anima» para el niño, y ha dibujado una flecha entre los dos.

—¿Una flecha? ¡Descríbamela!

—Es de doble sentido. Yo entiendo que los dos son intercambiables.

Fabregas cogió su libreta y trazó lo que acababa de describirle el teniente.

—¿Alguna cosa más?

—Sí. Debajo de un espacio en blanco, ha escrito varios nombres relacionados con la investigación, cada uno con un signo de interrogación.

—¡Léame la lista!

—Primero ha anotado el nombre de Raphaël.

—¿Y luego?

—Christophe Mougin.

—¿Los dos nombres están en la misma línea?

—No, uno debajo de otro. ¿Por qué, es importante?

—Ni idea, Vicart. Estoy intentando entenderlo. ¿Hay más nombres en la lista?

—Sí, Pierre Bozon, el maestro. Le ha puesto un símbolo justo delante. El signo de «igual tachado».

—¡Diferente! —dedujo Fabregas en voz alta.

—¡Exacto! ¿Usted entiende algo?

El capitán apretaba las mandíbulas compulsivamente. Pensaba que iba a empezar a obtener respuestas y se encontraba con más preguntas. ¿Qué se le habría ocurrido a la doctora

Florent? ¿Qué la había impulsado a marcharse de la gendarmería de forma tan precipitada?

—¡Hágales una foto a las notas de la doctora y mándemelas! ¡Y dese prisa en localizar su móvil! —dijo antes de colgar.

Cuando regresó a la sala de espera, a Fabregas le alivió ver que el psicopediatra que acababa de entrevistarse con Gabriel lo estaba aguardando. Pero se quedó con las ganas. El médico no tenía nada que contarle: Gabriel no había abierto la boca. El niño había estado callado toda la sesión. No había llorado ni tampoco gritado como el día anterior. Se había quedado en silencio, sin exteriorizar ninguna emoción.

—No puedo decirle cuánto tiempo va a estar así —le anticipó el psiquiatra—. Gabriel ha sufrido un trauma, de eso no hay duda, pero por ahora no está dispuesto a contárnoslo y no podemos obligarlo.

—Ya me lo esperaba —confesó Fabregas.

—La carta que me ha enseñado explica en gran parte ese comportamiento.

—Gabriel se siente responsable de lo que le pueda pasar a Zélie.

—¡No solo eso, si es que le interesa mi opinión!

—Soy todo oídos.

—Es muy probable que Gabriel padezca, esencialmente, síndrome de Estocolmo. En cierto modo, el raptor lo ha desterrado de su plan y ahora Gabriel tiene que intentar ganárselo otra vez guardando silencio.

Fabregas comprendió el razonamiento del médico, aunque le parecía que, mientras Gabriel siguiera sin decir nada, no eran más que meras especulaciones. Como no servía de nada que siguiera en el hospital, se despidió del médico antes de acordarse de lo que había estado hablando con Vicart.

—Doctor, si le digo «anima, animus», ¿significa algo para usted?

—¡Pues claro! —contestó el doctor Blanc, sarcástico—. ¡Sería un psiquiatra bastante mediocre si no conociera las teorías de Carl Jung!

—¡Pues, mire por dónde, yo no soy psiquiatra —se irritó Fabregas— y resulta que no las conozco! ¿Tendría la amabilidad de iluminar a un neófito como yo?

—Por supuesto —contestó el psiquiatra con más diplomacia—. Espero que tenga un poco de tiempo, porque no ha elegido precisamente el concepto analítico más fácil de explicar.

«¡Entonces es que está a la altura de mi investigación!», rezongó Fabregas para sus adentros.

52

Fabregas llevaba veinte minutos escuchando al doctor Blanc. Por muy didáctico que fuese el psicopediatra del hospital, incluso divulgador, el concepto se le resistía.

El capitán había intentado tomar apuntes, convencido de que algunas palabras clave lo ayudarían a captar en conjunto la teoría de Jung. Por desgracia, cuanto más intentaba el doctor Blanc aclarar lo que pensaba el psicoanalista suizo, más se perdía Fabregas.

Y eso que al principio, el concepto le había parecido bastante sencillo: el *animus* era la parte masculina de la mujer y viceversa, el *anima* era la parte femenina del hombre. El capitán había anotado el término que empleó el doctor Blanc y que resumía bastante bien el concepto: «bisexualidad psíquica». A Fabregas no le costaba imaginar que la primera vez que se formuló suscitara numerosos debates; ahora le parecía que resultaba fácil aceptarla. Las mentalidades habían evolucionado y todas las revistas femeninas encumbraban a los hombres que aceptaban su parte de feminidad. El capitán expuso esta reflexión en voz alta. El doctor Blanc lo frenó en seco.

—En efecto, el *anima* es un concepto que a las mujeres les ha resultado muy atractivo, capitán, aunque solo han visto lo que les convenía. Carl Jung desarrolló su teoría a partir de un dicho que se remonta a la Edad Media: «Dentro de todo hombre hay una mujer». Sin embargo, esta feminidad no se refiere a cualidades como la delicadeza, la sensibilidad o la empatía. El *anima* es sinónimo de estados de ánimo cambiantes y rabietas caprichosas. Jung no menciona la histeria, pero ya se habrá dado cuenta de que se parece bastante. El *anima* es afectiva mientras que el *animus* es intelectual. Y, créame, la toma de conciencia de uno u otro suele resultar problemática.

—¿Me está diciendo que a una mujer no le gusta descubrir que lleva dentro una parte masculina cuando precisamente esa parte es intelectual?

El psicopediatra captó el tono irónico de Fabregas y no pudo reprimir una sonrisa antes de seguir explicando:

—Una vez más, no hay que limitarse a un solo término. El *animus* es más bien el resultado de la aceptación de principios y prejuicios que expresan los hombres u otras figuras de autoridad. La niña recibe las palabras del padre, las selecciona y las digiere para, más adelante, transformarlas en un código de vida. Cuando se convierte en mujer, aplica de forma perentoria los juicios que ha prefabricado ella misma. Se convierten en sus propias verdades, en valores infalibles que no dejan cabida a la duda. La mujer explica a los demás lo que hay que hacer y cómo hay que hacerlo.

—¡Resumiendo, que la mujer es una histérica y, además, demasiado tonta para pensar por sí misma!

Esta vez, Blanc se rio de buena gana.

—Capitán, estoy casado, así que nunca me arriesgaría a darle la razón en eso. No, en serio, lo que Jung quería resaltar era la dualidad interna. El descubrimiento de una individualidad que solo nos atrevemos a revelar en sueños. Una mujer soñará que es un hombre poderoso y autoritario, y en cambio un hombre fanaseará con una relación erótica en la que es una mujer. Según él, la confrontación con el otro en la realidad es una etapa decisiva para la individuación.

Fabregas, que había vuelto a anotar algunas palabras clave en la libreta, alzó la cabeza para hacer constar que no se estaba enterando.

—La individuación es la toma de conciencia de los elementos contradictorios y conflictuales que constituyen nuestro conjunto psíquico —explicó entonces el médico—. La autorrealización, si lo prefiere.

Lo que hubiera preferido Fabregas era entender por qué la doctora Florent había anotado esos conceptos debajo del nombre de los mellizos.

—Ese *animus* y esa *anima* se fijan desde la más tierna infancia, supongo…

—Hay que entender que se trata de un arquetipo, es decir, de algo que se forma en el inconsciente colectivo. Nos acompaña a lo largo de toda la vida. En cambio, el proceso de individuación normalmente se produce en la edad adulta.

—Entonces ¿que habrá querido decir la doctora Florent? —preguntó el capitán enseñando la foto del esquema—. ¿Qué significa esa flecha de doble sentido entre el *animus* y el *anima*? ¿Por qué ese empeño en asociar ese concepto a dos niños?

—¡Ahí me ha pillado! —reconoció el médico—. Puede que mi colega se haya basado en ese arquetipo para explicar su comportamiento. No sé nada de esos dos niños, así que no puedo ayudarlo. Lo único que puedo decirle es que a veces extrapolamos, a partir de análisis psíquicos ya establecidos, aspectos de la personalidad que aún no tienen por qué estar catalogados.

Lo que Fabregas sí que comprendía era que la doctora Florent era la única que podía explicar aquella idea suya. Al querer comprobarla, ¿se habría metido en alguna situación difícil o incluso peligrosa? Había dicho que quería comprobar un punto y desde entonces no había vuelto a dar señales de vida.

—Permítame que insista —prosiguió Fabregas, a pesar de todo—. ¿Esta flecha podría significar que Solène y Raphaël habían intercambiado su *animus* y su *anima*?

—No se lo tome a mal, capitán, pero lo que está diciendo es un completo contrasentido. El *anima* y el *animus* representan precisamente el género opuesto de cada individuo.

—Entonces ¿la doctora Florent quizá se refería a Solène y Raphaël? Es que no sé. ¿Puede que quisiera decir que eran intercambiables? Ya sé que hay muchos estudios sobre el comportamiento de los mellizos. ¿No hay nada que se le pueda parecer en esos arquetipos suyos?

El doctor Blanc frunció el entrecejo y apretó los labios. El capitán sabía que lo que le estaba pidiendo tenía más de adivinación que de análisis. El psicopediatra no conocía el expediente de los mellizos, ni mucho menos el diario íntimo de su madre, y todo lo que sabía del caso era lo que habían contado los medios de comunicación: la triste historia de dos niños inocentes cuyo destino se había quebrado. Sin embargo, Fabregas no quería sugestionarlo con los rumores que había recabado en las últimas veinticuatro horas. De hecho, ni siquiera estaba seguro de poder transmitirlos de forma objetiva y comprensible.

Aun así, el doctor Blanc accedió a aventurarse en territorio desconocido:

—Eventualmente, la flecha podría simbolizar otro arquetipo de Jung: la sombra. Simplificando, es nuestra cara oculta. Una parte de nosotros mismos que preferimos esconder. Carl Jung decía que simbolizaba en cierto modo a nuestro gemelo opuesto, sepultado en las profundidades de nuestro inconsciente. Mi hija, que tiene doce años recién cumplidos, muchas veces acusa bromeando a su gemela maléfica cuando no quiere asumir sus actos. De momento la dejo que se divierta, pero no le falta razón.

—¡Pero es que Solène y Raphaël eran mellizos de verdad!

—Sí, pero uno de ellos ya no está. Al desaparecer Solène, puede que Raphaël sustituyese a esa sombra con su propia hermana. Que se formase en su interior una especie de amalgama, mezclando el *anima* y el *animus* de los dos sexos opuestos. Solo es una teoría, por supuesto.

—Y suponiendo que así fuera, ¿qué consecuencias tendría?

—Las etapas que conducen a la individuación, como la confrontación con el otro, pueden causar miedos, incluso llevar a algunos individuos al borde de la locura. Si Raphaël se apropió de la personalidad de su hermana para trasponerla a su sombra, se creó inconscientemente muchos conflictos psíquicos. Añádale a eso la toma de conciencia progresiva de su *anima* y tendrá un cóctel explosivo. Si Raphaël sigue vivo, ahora tendrá unos cuarenta años, ¿verdad?

—¡Exacto!

—¡Entonces sufrirá una angustia terrible! Le resultará imposible reconciliar las distintas facetas de su Yo.

Fabregas era muy consciente de que aquello eran solo especulaciones, y sin embargo la idea de un Raphaël que coqueteaba con la esquizofrenia le parecía muy verosímil y podía aportar respuestas a muchos interrogantes. Aunque antes tendría que demostrar que el hermano de Solène seguía vivo.

El capitán aprovechó que le estaba sonando el móvil para darle las gracias al doctor Blanc. Esperó a estar en el pasillo para descolgar.

—¡Tenemos una dirección, capitán!

—Soy todo oídos, Vicart.

—La última vez que su móvil emitió una señal, la doctora estaba a menos de cinco kilómetros de Bollène. Lo hemos comprobado, es la dirección de…

—Christophe Mougin —interrumpió Fabregas.

53

¿Qué estaría buscando la doctora Florent para haber ido a casa de Christophe Mougin? Había escrito el nombre del antiguo compañero de los mellizos en la hoja que dejó dentro del diario íntimo de Luce Lessage, sin ninguna indicación. La lista también incluía los nombres de Bozon y de Raphaël, aunque Mougin era el único de los tres con quien podía tratar. Sin embargo, Fabregas no veía qué nuevas respuestas esperaba conseguir la psicopediatra.

Al llegar delante del caserón de Christophe Mougin, Fabregas esperaba encontrarse con el coche de la doctora Florent en el camino de entrada. No fue así. Por otra parte, si el coche hubiera estado, significaría que había pasado la noche allí, lo cual habría suscitado aún más preguntas.

El antiguo compañero de los mellizos no pareció sorprendido de ver al gendarme. Al igual que la primera vez, le ofreció un café y ambos hombres se acomodaron en el salón. Fabregas atacó de frente, transformando los indicios que tenía en verdades:

—Sabemos que la doctora Florent vino a verlo ayer, a última hora de la tarde.

—Así es.

El tono distante de Mougin desconcertó al capitán. Fabregas se dio cuenta de que en realidad esperaba una respuesta negativa. En su fuero interno, hubiese preferido tener que presionarlo y acorralarlo. El capitán sentía la necesidad de exteriorizar la ira que cada día lo corroía un poco más. Sin embargo, Mougin no era el sospechoso a quien estaba buscando Fabregas, y casi lo lamentaba. Era la segunda vez que tenía a ese hombre delante y la incomodidad que sintió en el primer encuentro seguía allí. Había algo en Mougin que lo molestaba. ¿Sería porque había sido el primero en empañar la imagen de los mellizos? A menos que fuera la falta de pudor de la que había hecho gala al confesar tan rápido los síntomas de hombre maltratado… Fabregas era incapaz de contestar. Mougin le resultaba antipático, aunque no había nada que permitiese poner en duda su honradez, cosa que Fabregas procuró tener muy presente.

—No sabemos nada de la doctora desde anoche —dijo con calma—. ¿Le dijo dónde tenía previsto ir después de hablar con usted?

—¡Para nada! —contestó Mougin incorporándose—. Se quedó muy poco rato, ¿sabe? Diría que un cuarto de hora, como mucho. De hecho, me extrañó que hubiese venido hasta aquí en lugar de llamarme.

Mougin tenía una cara muy seria, con el cejo fruncido. De circunstancias, pero algo exagerada, pensó Fabregas sin poder evitarlo.

—¿Para qué vino?

—Quería hacerme unas preguntas sobre los mellizos. ¿Cree que le habrá pasado algo?

—No sabemos nada. En realidad, puede que mientras usted y yo estamos aquí hablando, ella esté pasando consulta y solo se haya olvidado de encender el móvil.

—Y aun así, ha venido a comprobar si estaba aquí —dijo Mougin arrellanándose en el sillón.

No era una pregunta, y a Fabregas incluso le pareció que Mougin se lo estaba pasando bien con la situación.

—He venido básicamente por exigencias de la investigación. Estamos en una carrera contrarreloj y la doctora Florent nos ayuda a aclararnos. Como llevamos desde ayer sin poder localizarla, he decidido ganar tiempo y acudir a la fuente. ¿Qué preguntas le hizo ayer sobre los mellizos?

Fabregas tenía un tono más duro. Por su parte, Mougin no parecía haberse creído la versión del gendarme. Era como si estuvieran jugando una partida y ambos hicieran trampas.

—Su doctora me hizo un montón de preguntas sobre la relación que tenían los mellizos —dijo al cabo Mougin—. Algunas bastante enfermizas, por cierto.

—¿Enfermizas? ¿Tengo que recordarle que fue usted quien nos orientó por esa senda?

—Lo único que hice fue contarle lo que viví, capitán.

—¡Y yo lo único que digo es que me pareció menos mojigato la última vez que lo vi!

Christophe Mougin le lanzó al capitán una mirada gélida. Fabregas se sintió satisfecho de haber hecho reaccionar a su adversario. Hasta ahora, Mougin siempre había sido dueño de sus actos.

—¿Cuáles fueron esas preguntas que tanto lo incomodaron, señor Mougin?

—Me preguntó si Solène también maltrataba a su hermano.

—¿Y eso lo escandaliza?

—Primero, nunca he dicho que me escandalizara. He dicho que algunas preguntas me parecieron enfermizas. Segundo, la cosa fue a más. Esa psiquiatra suya quería saber si yo había tenido relaciones sexuales con Solène. Le dije, como a usted, que no. Entonces me preguntó si las había tenido con Raphaël.

Fabregas estaba esperando el resto, pero a todas luces Mougin no estaba dispuesto a contar más.

—¿Y? —insistió el capitán.

—Y ¿qué?

—¿Qué le contestó?

—Que no estaba bien de la cabeza y que tenía cosas mejores que hacer que contestar a sus preguntas.

—¿Nada más?

—¡Nada más! ¡Por si le interesa lo que opino, esa psiquiatra suya confunde sus deseos con la realidad! Yo estaba enamorado de Solène, no lo oculto. De ahí a creer que llegué a tener relaciones con su hermano para acercarme a ella… Es totalmente absurdo. Me parece casi insultante, y así se lo dije. ¡Punto final! Y de hecho, creo que nosotros también hemos terminado, ¿verdad?

Christophe Mougin se puso de pie bruscamente, golpeando las suelas contra el suelo de baldosas. Fabregas no lograba saber si la indignación de Mougin era fingida; en su lugar, seguramente también se habría picado con semejantes insinuaciones.

El capitán hubiese querido seguir con el interrogatorio y comprender por qué la doctora Florent había ido hasta allí para preguntar esas cosas. Por qué las respuestas de Mougin merecían que hiciese ese viaje en lugar de haberse reunido con él en el hospital como estaba previsto. Sin más datos, Fabregas no tenía motivo alguno para alargar la visita. Una vez más, Mougin había podido proporcionar coartadas para los días de los secuestros de Zélie y de Gabriel y para el día del incendio. Fabregas no podía permitirse perder más tiempo. Jugó su última baza.

—Una pregunta más y me voy, señor Mougin. ¿Solène Gauthier se ha vuelto a poner en contacto con usted desde la última vez que hablaron?

–No.

La respuesta cortante de Christophe Mougin no dejaba lugar a dudas: no podría volver a contar con su cooperación. El capitán intuyó que la siguiente vez que quisiera hablar con él, sería en presencia de un abogado.

Antes de marcharse, Fabregas utilizó un subterfugio bastante eficaz y se disculpó por tener que ir al baño antes de coger la carretera. Mougin, aunque no era tan estúpido como para no entender la maniobra, le indicó dónde estaba con una mirada aviesa. Fabregas, que era muy consciente de que nunca obtendría un mandato judicial para registrar la casa, cruzó los dedos para que los pocos metros que le separaban del aseo le ofrecieran más datos sobre su anfitrión.

Las paredes del pasillo eran de un blanco inmaculado. No colgaba de ellas ni un cuadro, ni siquiera un espejo o una foto enmarcada. Fabregas se acercaba a la puerta que le había señalado Mougin sin que nada le hubiese llamado la atención a excepción de otra puerta, al fondo del pasillo. Estaba cerrada y, en su calidad de capitán de la gendarmería, Fabregas no tenía ninguna razón válida para abrirla. Frustrado por haber hecho un camino tan largo para nada, decidió probar suerte. Si Mougin lo sorprendía, diría que se había desorientado. Giró el picaporte y la puerta se abrió sin ruido.

Una raya de luz iluminaba débilmente la habitación a través de las persianas que, como cabía esperar en aquella estación, estaban bajadas. Al distinguir el ordenador portátil encima de la mesa, Fabregas adivinó que estaba en el despacho de Mougin. En cambio, tuvo que esperar a que los ojos se le acostumbraran a la penumbra para identificar el objeto que estaba al lado, expuesto como un trofeo.

Un boliche de madera.

54

Al no respetar ninguna norma de procedimiento, Fabregas se había puesto en una situación delicada. Había ido a ver a Mougin él solo, sin ningún testigo que lo asistiera. Había entrado en una habitación sin que lo invitaran. Tenía pocas opciones. Detener a Christophe Mougin no era una de ellas. Cualquier abogado se relamería de gusto y tendría que olvidarse del boliche. Tenía que encontrar una forma de confundir a su anfitrión.

Pero Mougin se le adelantó. Estaba en el vano de la puerta. Fabregas no sabía cuánto tiempo llevaba observándolo.

—Lo siento —probó el capitán—, creo que me he confundido de puerta.

—Pues sí —contestó Mougin con calma.

—Supongo que es su despacho…

—Valdría más que me dijera lo que busca, capitán. Tengo prisa y estoy seguro de que usted también tiene mejores cosas que hacer que fisgonear por mi casa a oscuras, ¿me equivoco?

Fabregas comprendió en el acto que de nada serviría fingir. Mougin había encendido la luz del techo y tenía la mirada gélida. Los dos hombres se examinaron de arriba abajo antes de que Fabregas inspeccionara el resto de la habitación de un vistazo. Su mente tardó unos segundos en asimilar lo que tenía delante. Con la respiración entrecortada, Fabregas observaba un altar dedicado a Solène. La niña de los Lessage estaba omnipresente. Desde fotos escolares hasta recortes de prensa, una pared entera exponía el rostro de la niña. En un rincón de la estancia había un vestido blanco de primera comunión sobre un torso de madera, mientras en la estantería descansaba una corona de flores.

Christophe Mougin fue el primero en romper el silencio:

—Solo son réplicas. Espero poder hacerme con su vestido y su corona cuando el caso esté definitivamente cerrado.

Fabregas acusaba las palabras del agente inmobiliario sin reaccionar. Tenía tantas preguntas que no sabía ni por dónde empezar.

—No creo que a mi psiquiatra le gustase —prosiguió Mougin con naturalidad—. Según él, tengo que pasar el duelo de Solène para tener alguna posibilidad de retomar las riendas de mi vida.

—Pues no creo que esta sea la mejor forma, desde luego —susurró Fabregas.

—Entiendo que lo escandalice, capitán, pero que yo sepa, no es ningún delito.

En eso Mougin tenía razón. Su obsesión por una niña que había fallecido hacía treinta años era a todas luces enfermiza, pero no pertenecía al ámbito penal sino al patológico. Pero aún quedaba la presencia del boliche en el escritorio. El forense no podría confirmarlo sin hacer una comparación, pero, en efecto, el juguete podía encajar con las marcas que había en la cabeza de Arnaud Belli. Fabregas aún lo estaba observando cuando, una vez más, Christophe Mougin se adelantó a su pregunta:

—Era su emblema.

—¿Cómo?

—El boliche. Era como un emblema para los mellizos. Cada vez que hacíamos una promesa, teníamos que poner la mano encima para sellarla. Y antes de decidir cualquier cosa, uno de los mellizos probaba suerte. Una sola vez. La decisión dependía del resultado.

—¿Como echarlo a cara o cruz?

—Eso es. Este me lo dio Raphaël. Me dijo que si lo conseguía a la primera, me dejaría seguir viendo a su hermana.

—¿Y lo consiguió?

Mougin volvió la cabeza hacia la pared de fotografías y apretó las mandíbulas varias veces antes de contestar:

—Raphaël me lo regaló el último día de clase. Me dijo que tenía dos meses para entrenarme y que me pondría a prueba a la vuelta. Sabía que al día siguiente yo me iba con mis padres al macizo del Jura. Al cabo de tres semanas, tenía los dos brazos llenos de cardenales de tanto intentarlo. Cuando volví de vacaciones, estaba convencido de que lo conseguiría.

—¿Y...?

—Volvimos el 27 de agosto. Un día después de que desaparecieran.

Fabregas observaba a Mougin y no podía evitar sentir lástima por ese hombre que se había quedado atrapado en los recuerdos de cuando era niño. Aun así, tenía que llegar hasta el final.

—¿Me permite llevarme el boliche?

—¿Para qué?

—Quiero que lo analicen.

—¿Analizarlo? ¿Qué quiere encontrar?

Fabregas no tenía ninguna respuesta coherente que ofrecer. Cuando mataron a Arnaud Belli, Mougin estaba en compañía del fiscal, así que no podía ser sospechoso de asesinato.

—La investigación sobre los mellizos sigue abierta y, si tal como cuenta, se lo dio Raphaël, puede que encontremos algún indicio.

—¿Un indicio? —se sorprendió Mougin—. Si lo que busca son huellas, no va a encontrar ninguna. Mi asistenta limpia ese boliche todas las semanas.

—¡Nunca se sabe! A lo mejor, Raphaël escondió algo dentro.

Era una mentira muy gorda y Mougin no era tonto. Aun así, accedió a que Fabregas se llevara el boliche a condición de que se lo devolviera.

Al ir a coger el juguete del escritorio, Fabregas se fijó en que de debajo del portátil asomaba la esquina de una tarjeta de visita. Las primeras letras impresas arriba a la izquierda le llamaron de inmediato la atención. Fabregas se volvió ligeramente hacia la pared para que Mougin no pudiese ver lo que hacía y atrajo suavemente la cartulina hacia sí. La tarjeta de visita era de la doctora Florent. ¿Se la habría dado a Christophe Mougin antes de marcharse?

Le dio la vuelta discretamente. La tarjeta tenía una mancha. Fabregas reconoció inmediatamente que era de sangre.

Al capitán no le dio tiempo a pensar lo que sucedió después. Todo se encadenó muy rápido. Primero sintió un soplo de aire en la espalda y se dio la vuelta a tiempo para parar el golpe que se disponía a darle Mougin. Al fallar el blanco, este último se desestabilizó y perdió el equilibrio. Fabregas aprovechó para golpearle con el boliche en las costillas. Mougin se dobló por la cintura. Antes de que pudiera recuperar el aliento, el capitán le golpeó en las cervicales con el canto de la mano. El atacante hincó la rodilla en el suelo. Fabregas no necesitaba nada más para inmovilizarlo definitivamente antes de esposarlo. Mougin, tan combativo un momento antes, lloraba como un niño.

Veinte minutos. Era el tiempo de espera estimado hasta que llegaran los refuerzos. Fabregas también había solicitado asistencia médica. Se negaba a creer que fuera demasiado tarde para la doctora Florent.

55

Los investigadores estaban esperando al forense para hacer las primeras comprobaciones y establecer la causa de la muerte, aunque la sangre coagulada que la psicopediatra tenía en el pelo hacía suponer que presumiblemente había muerto de un golpe en la cabeza. El bolso y el portátil aparecieron junto al cuerpo, el smartphone tenía la pantalla rajada y le habían sacado la tarjeta SIM.

Antes de que llegaran los refuerzos, Fabregas registró todas las habitaciones de la casa. Solo había una puerta cerrada con llave, la que conducía al desván. Mougin se negó a darle la llave. El capitán había llamado varias veces a voces a la doctora Florent, dispuesto a echar abajo la puerta si oía el mínimo ruido, pero solo oía el eco de sus propios latidos. Siguió buscando por todo el edificio con el corazón cada vez más encogido.

Descubrió el macabro hallazgo en la bodega, mientras las sirenas de la gendarmería aullaban a lo lejos. Cuando sus hombres irrumpieron en la habitación, Fabregas seguía mirando el cuerpo de la psicopediatra.

El capitán observó sin lograr moverse cómo se afanaban los técnicos. El olor a cerrado mezclado con el de la sangre lo estaba mareando, pero no conseguía apartar los ojos de la escena que tenía delante. La doctora Florent tenía la falda subida hasta medio muslo y se apreciaba que tenía las rodillas desolladas. ¿Mougin la había arrastrado hasta ese sótano húmedo después de asesinarla? La respuesta a esa pregunta no tenía ninguna importancia y Fabregas lo sabía. Pero no podía evitar pensarlo. Si él no hubiese intervenido, la doctora Florent nunca se habría implicado en esa investigación. La misión de la psicopediatra terminó oficialmente con la muerte de Nadia. Si Fabregas no hubiese requerido de nuevo su colaboración, seguramente ahora estaría escuchando con toda paciencia a otro niño.

¿Sufrió antes de morir?

Fabregas se obligó a concentrarse en lo esencial. Comprender por qué Mougin había preferido matarla antes que dejar que se fuera, como se disponía a dejarlo a él. ¿Qué había comprendido ella al entrar en esa habitación convertida en una auténtica capilla ardiente? ¿Qué se le había pasado a él para que Christophe Mougin no lo considerase una amenaza? ¿Era aquello del *anima-animus* lo que había marcado la diferencia? Esa incapacidad suya para entenderlo le daba ganas de ponerse a gritar.

Una llamada por el walkie-talkie lo sobresaltó. Ya podía subir al desván. Después del mausoleo de la planta baja, Fabregas no sabía qué esperar.

La buhardilla estaba reformada para alojar un estudio con una cocinita que permitía a su ocupante vivir con total independencia. Una cama doble ocupaba dos tercios de la superficie, junto a un armario de luna que los investigadores aún no habían abierto. Fabregas fue el primero que lo registró. En la barra sólo había colgadas prendas de mujer. En el suelo había zapatos de tacón alto del número 41 y en los cajones, lencería de encaje. Era ropa discreta, femenina sin ser llamativa. El guardarropa de una mujer que se cuida sin ostentación. El capitán descolgó las perchas, una a una, sin saber muy bien lo que estaba buscando. Extendió las prendas encima de la cama deshecha y se quedó mirándolas largo y tendido. ¿De quién eran? Uno de los tenientes se acercó y no pudo reprimir una risa sarcástica:

—¡Ahora ya entiendo por qué en los escaparates solo ponen tallas pequeñas!

—¿A qué se refiere?

—¡A los zapatos, capitán! ¡No me diga que no parecen los de un travelo!

Fabregas lo miró de mala manera. No le gustaba la vulgaridad y sus hombres lo sabían. Y sin embargo, al teniente no le faltaba razón: el número 41 era poco habitual para una mujer. Poco habitual, pero no excepcional: se acordó de una compañera de clase a la que todo el mundo apodaba Berthe* por el tamaño de sus pies. Calzaba un 42 y aún estaba creciendo.

Luego se fijó en la talla de la ropa. Las blusas y chaquetas eran una 40 y las faldas, una 38. La mujer que vivía allí era más bien menuda. Lo cual confirmaba un dato: la ropa no pertenecía a Christophe Mougin. Quedaba por saber a quién alojaba en el desván.

Fabregas tardó menos de cinco minutos en encontrar la respuesta a esa pregunta, metida entre las páginas de un libro que había encima de la mesilla de noche. Una foto colocada a modo de marcapáginas, en la que aparecían Christophe Mougin y Solène Gauthier juntando las mejillas. La maestra miraba al objetivo con expresión triste mientras Christophe sonreía beatíficamente. De modo que ahí era donde se había escondido desde que escapó de su piso, dejando tras ella el cuerpo de Arnaud Belli. Mougin le había tomado el pelo a base de bien.

---

* Berthe *au gran pied*, es decir, Bertrada de Laon, madre de Carlomagno, apodada «la del pie grande». *(N. de las T.)*

¿Estaba allí Solène la noche anterior, cuando la doctora Florent se presentó sin avisar? ¿Era ella el motivo por el que la psicopediatra había perdido la vida? Fabregas ya no aguantaba más seguir dando palos de ciego. Mougin tenía la clave de todos esos enigmas y estaba más que decidido a obligarlo a hablar.

Salió del desván y bajó los peldaños de cuatro en cuatro, presa de un odio que ni siquiera intentaba ya contener. Cuando se acercó al agente encargado de vigilar al sospechoso, Fabregas parecía un pitbull sediento de sangre. El forense, que acababa de llegar, interceptó al capitán antes de que la situación degenerase.

—¡Capitán, qué bien me viene, lo estaba buscando!

—¡Ahora no, Leroy!

En quince años de relación, era la primera vez que Fabregas dejaba de llamar al doctor por su título. El forense, en lugar de ofenderse, comprendió que estaba en lo cierto y se plantó delante del capitán para frenarlo. Fabregas hizo ademán de esquivarlo y Leroy le puso en el antebrazo una mano firme. Sin embargo, le habló en voz baja para que no lo oyeran los demás:

—¡No la cagues, Julien! Si le pones un solo dedo encima, despídete de tu carrera.

Fabregas callaba, pero Leroy notaba cómo la tensión que tenía acumulada en los músculos se iba relajando. Le apretó un poco más el brazo.

—Deja que lo interrogue uno de tus hombres.

—¡Ni pensarlo!

—Entonces espera a estar de vuelta en la gendarmería. Y pídele a Jean Wimez que te acompañe.

—¿Por qué a Wimez? —preguntó Fabregas, mirándole a los ojos esta vez.

—Porque, al igual que tú, ha estado más de una vez a punto de echarlo todo a perder por culpa de esta maldita investigación. ¡Los dos juntos puede que seáis más fuertes!

No fueron las palabras lo que más mella le hizo al capitán. Lo que de verdad dio en el blanco fueron el tono y el tuteo. Fabregas se quedó mirando al forense y le agradeció en silencio que hubiese intervenido a tiempo.

56

Christophe Mougin llevaba seis horas bajo custodia y aún no había dicho ni una sola palabra. Fabregas había hecho caso a los consejos del forense y le pidió a Jean Wimez que lo acompañara. Los dos hombres acababan de salir de la sala de interrogatorios y se sentaron en el despacho del capitán, donde Jean se quedó mirando la pizarra blanca que recapitulaba todos los indicios recabados y las teorías asociadas.

—¿Crees que la doctora Florent lo había entendido?

—No creo —contestó Fabregas con cara de agotamiento—. Para mí que solo quería comprobar algo. Pero no sé el qué. Si hubiese tenido todas las respuestas, nunca se habría arrojado sola a la boca del lobo.

—¿Estás seguro?

—¿Tú no?

—Al fin y al cabo, tampoco la conocíamos tanto. Puede que quisiera dárselas de heroína.

Jean había puesto el dedo en la llaga. La psicopediatra los había acompañado en esa investigación sin que a ninguno de los dos les preocupase qué repercusiones podía tener en su vida. La doctora Florent no era investigadora. Su trabajo no consistía en atrapar criminales y no conocía las reglas que debía respetar. Fabregas, que hasta ese momento había logrado dominar la culpabilidad que lo reconcomía, barrió de un manotazo todo lo que había encima del escritorio.

Jean no intentó calmarlo. Sabía que ese arrebato de mal humor era necesario. Fabregas tenía que desahogar su ira y era mejor que la tomase con los expedientes y con la correspondencia antes que con el único sospechoso al que tenían bajo custodia. Wimez siguió hablando como si tal cosa.

—¿Tus hombres han podido averiguar algo sobre Solène Gauthier?

Fabregas aceptó la distracción sin decir nada y recogió una carpeta de cartón que acababa de tirar al suelo. El expediente solo constaba de una hoja.

—Solène Gauthier llegó a La Ròca en 2010. Nos han enviado su expediente. No consta ninguna queja contra ella. Es una maestra a todas luces bien valorada. Pero mis chicos han comprobado sus referencias.

—¿Y…?

—Al contrario de lo que dice aquí, Solène Gauthier nunca ejerció como maestra antes de aparecer en La Ròca.

—Puede que quisiera probar suerte.

—¡Jean, no se entra a trabajar en un centro de enseñanza público así como así! Que no estamos hablando de un currículo retocado para una empresa cualquiera.

—Claro.

—Mis hombres han intentado rastrear su pasado. No han encontrado nada. ¡Pero nada de nada! Antes de 2010, Solène Gauthier no existía. Ni declaración de la renta, ni número de la seguridad social, nada.

—Se cambió de nombre —dijo Jean en voz alta a modo de conclusión.

—¡Exacto! Solo que me gustaría saber cómo se puede engañar tan fácilmente al director de un colegio.

—¿La reclutó Darras?

—No. Él llegó dos años más tarde. El director de entonces era Pierre Bozon.

Jean sintió como si le hubiesen dado un puñetazo en la boca del estómago. ¡Pierre Bozon! El antiguo maestro de los mellizos al que más adelante ascendieron a director de La Ròca. El hombre al que estuvo interrogando durante horas después de que desapareciesen. El hombre que recibía a los niños en su casa después de clase. Su nombre aparecía una y otra vez en aquella investigación, cuando ya llevaba muerto dos meses.

—¿Crees que estaba al tanto? —balbució—. ¿Crees que sabía que Solène Gauthier no era quien decía ser?

—Ahora será difícil comprobarlo —contestó Fabregas con tono resignado—. A menos que Bozon se lo contase a su mujer antes de morir, pero no apostaría mucho.

—Merece la pena preguntárselo —insistió Jean.

—Tienes razón. De todas formas, necesito tomar el aire antes de volver con Mougin.

Al llegar a casa de la viuda de Bozon, los dos hombres creyeron al principio que habían hecho el viaje en balde. Fabregas llamó dos veces al timbre y golpeó con la aldaba sin que nadie acudiese a abrir. Para quedarse tranquilo, Jean se acercó a una ventana que tenía los postigos entornados. Apoyó las manos contra el cristal para evitar que el sol se reflejara y tardó unos segundos en comprender lo que estaba viendo.

Suzanne Bozon estaba tumbada en el suelo. Y parecía que alguien había puesto el salón patas arriba.

—¡Llama a emergencias! —gritó mientras rompía el cristal.

Suzanne Bozon recuperó el conocimiento enseguida. Jean la había incorporado y le había apoyado la espalda contra el sofá mientras Fabregas le llevaba un vaso de agua. La viuda solo había sufrido un mareo, que los dos hombres, en principio, atribuyeron al calor que hacía en la habitación. Observándola con más atención, se fijaron en que tenía los ojos enrojecidos y húmedos aún.

—¡Menudo susto nos ha dado, Suzanne! —le dijo Jean, afectuoso—. ¿Qué le ha pasado?

La mujer miró a uno y luego al otro, y rompió a llorar de nuevo. Los dos hombres respetaron su pena sin decir nada, esperando a que se sintiera lista para hablar. Cuando a Suzanne ya no le quedaron más lágrimas que derramar, bajó la vista y dijo con voz débil:

—Había decidido ordenar un poco las cosas de mi Pierre. En su despacho solo entraba él.

—Es una etapa difícil —se apiadó Jean—. ¿No sabe de nadie que pueda ayudarla a terminar la tarea?

—¡Quite, quite! —contestó la viuda, hipando—. No soy nada nostálgica, ¿sabe? Y los papeles no son más que papeles.

Jean estaba buscando qué decir para atenuar su pena, pero Suzanne se le adelantó:

—Ahora, ¿cómo voy a poder mirar a Victor a la cara?

Los dos hombres se miraron brevemente. Fabregas tomó el relevo:

—¿Qué tiene que ver Victor con todo esto, señora Bozon?

Suzanne se lo quedó mirando y el capitán leyó en sus ojos tal desamparo que se le encogió el corazón.

—¡No lo entiendo! —continuó la viuda, llorando—. No comprendo qué le pudo pasar. ¡Si me lo hubiese contado, puede que todo hubiera sido distinto!

Fabregas tragó saliva al comprender que las revelaciones de Suzanne Bozon iban a tener mucho calado. Aun así, hizo el esfuerzo sobrehumano de no presionarla.

—Díganos nada más lo que ha encontrado, señora Bozon.

—¡Ahí está todo! —dijo abarcando el suelo con un amplio ademán—. Pierre lo puso todo por escrito. Lo anotó todo en esos cuadernos.

Jean apartó algunas hojas sueltas y cogió una libreta. Era negra y de tapa dura. Miró en torno y contó unas quince libretas idénticas, tiradas por la habitación. Fabregas hizo otro tanto y cogió la que tenía más cerca. Una letra fina y aplicada abarrotaba las páginas. También llevaban fecha. Suzanne se había topado con el diario íntimo de su marido. El que Fabregas tenía entre las manos estaba redactado en 1991. Un nombre se repetía en todas las páginas: Raphaël.

—¿Los ha leído todos? —preguntó el capitán a Suzanne sin rastro de agresividad.

—¡No he podido! ¡Es demasiado terrible!

—¿Nos permite que nos los llevemos?

—¡Cójanlos, quémenlos, hagan lo que quieran con ellos!

Fabregas estaba empezando a reunir las libretas cuando Suzanne lo agarró firmemente por la muñeca.

—¡Dígale a Victor que lo siento muchísimo! ¡Dígale sobre todo que yo no sabía nada! ¿Podrá hacer eso por mí?

A Fabregas se le hizo un nudo en la garganta y se limitó a asentir con la cabeza.

57

4 de septiembre de 1989

A quien lea estas palabras: quiero que conste que no busco la absolución.

Hoy hace nueve días que los mellizos no han vuelto a casa.

Podría haberles dicho a los gendarmes dónde están, igual que podría haber aliviado a sus padres de la angustia que los consume.

Si no lo he hecho es porque he sido débil. He cometido un grave error. Les creí, por un instante.

Si sigo callando es porque ahora tengo miedo. Miedo de lo que podrían decir, miedo de lo que podrían hacer.

Este curso empezará sin ellos. Esos niños nunca irán a secundaria.

El precio que tendré que pagar será alto. Tendré que mentir. A mi mujer. A Victor y a Luce Lessage. A ese capitán de la gendarmería. Puede que acabe yendo a la cárcel. Más vale que me prepare, en cualquier caso.

Esta historia podría haber acabado tan rápido como empezó.

Debería haber llevado a Solène y a Raphaël a su casa en cuanto me los encontré instalados en el refugio de caza.

Estaban muy pegados el uno al otro, con la cara sucia de haber dormido dos noches allí, tirados en el suelo.

Les enseñé ese lugar un día que me llevé a los niños de excursión al bosque. Les dije que era mi escondrijo, mi jardín secreto al que iba a pasar algunas horas los fines de semana, sobre todo cuando apretaba el calor.

Les describí la cabaña como mi retiro para estar en paz. Ahora sé que nunca volveré a sentir esa paz.

Raphaël fue el primero que mintió. Me dijo que teníamos que proteger a su hermana. Solène se echó a llorar. Esa niña, que suele ser tan dura, supo por primera vez llegarme al corazón.

Me contaron cosas espantosas. Yo los escuchaba y me decía que Victor Lessage se merecía la pena de muerte. Abusaba todas las noches de su propia hija y obligaba a su hijo a mirarlos.

Me suplicaron que no lo contase. Obviamente, no tenía ninguna intención de hacerlo. Me pidieron que esperase veinticuatro horas. Que les dejase un día más de libertad. Un día de tranquilidad en aquel bosque, lejos de su madre que tanto iba a sufrir cuando se supiera. Solo un día.

Cómo debieron de reírse de mí cuando fui a buscarles víveres. Les creí como se cree a los niños sobre cosas tan graves. ¿Qué niña sería capaz de inventar semejantes atrocidades si no fueran verdad?

Y sin embargo, tendría que haber desconfiado. Solène nunca fue una niña como las demás. Yo ya lo sabía.

Su mirada, su actitud, sus intentos de seducirme. Mi mente siempre rechazó esa idea, pero mi cuerpo me traicionó más de una vez. Esa niña me hizo sentir vergüenza varias veces. Supo despertar en mí demonios cuya existencia nunca habría sospechado.

Quizá por eso me creí tan fácilmente su historia. Si yo había podido (apenas me atrevo a escribirlo) sentir deseo por esa niña, otro hombre quizá no había podido resistirse.

Hasta unas horas más tarde no me di cuenta de mi error. Había caído en la trampa. Ya era demasiado tarde.

No estoy buscando excusas. Fui un ingenuo. Creí que me habían elegido para compartir su secreto porque confiaban en mí. Supieron halagarme. Halagar la vanidad de un hombre que siempre ha creído triunfar donde otros fracasaban. Que era más apto para educar a los niños que sus propios padres. «El orgullo y la vanidad son los zancos del necio, pero solo lo elevan para hacer que caiga desde más arriba.»*

Regresé a verlos con los brazos cargados de regalos. Ropa limpia, provisiones y mantas para su última noche. Cumplí mi papel de maestro llevándoles libros y una linterna de bolsillo. Incluso le tomé prestada a Suzanne una alfombra que hace años que no usa. Quería que se sintiesen bien en esa cabaña aislada.

Ellos solo habían pensado en una cosa al preparar su fuga. Asegurarse de que nadie los obligaría a volver, de que nada los separaría.

Cuando entré en la cabaña, me quité un peso de encima. Por fin me sentía útil. El verano siempre era un suplicio. Quiero a Suzanne con toda mi alma, pero creo que aún quiero más a mi profesión.

El primer flash me deslumbró. Antes de que recuperase la vista, a Raphaël le dio tiempo a disparar otra vez la Polaroid.

No necesité esperar a que se revelasen las fotos para entender lo que sugerirían. Solène estaba de rodillas delante de mí. Totalmente desnuda.

---

* John Petit-Senn, *Bluettes et boutades* (1846). *(N. de la A.)*

Fabregas interrumpió la lectura para abrir la ventana. La noche ya estaba entraba y sabía que la sensación de agobio que lo oprimía no tenía nada que ver con la temperatura de la habitación.

Al volver de casa de Suzanne Bozon, lo primero que hicieron Jean y él fue ordenar las libretas por orden cronológico. Había quince. Iban de 1989 a la actualidad. Cada diario abarcaba dos años.

Fabregas dudó en leerlos delante de su antiguo jefe. El fiscal podría echárselo en cara. El juez de instrucción podría cuestionar su proceder. Por otra parte, Jean Wimez lo habría entendido sobradamente si hubiesen hablado del tema. Sin embargo, al final el capitán decidió, en conciencia y bajo su responsabilidad, que el hombre que tenía sentado enfrente ya había esperado bastante y se merecía saber, después de tantos años, lo que había pasado realmente.

Fabregas leyó la primera página en voz alta. Jean permaneció con los ojos cerrados, como si quisiera impregnarse de las palabras del maestro.

El descanso que había propuesto Fabregas no pareció disgustarlo. El exgendarme cogió aire antes de ponerse de pie y empezar a dar vueltas. Se pasaba la mano por el pelo rapado, adelante y atrás, con las mandíbulas apretadas. A Fabregas le hubiera gustado saber lo que estaba pensando en ese preciso instante. Se imaginaba que estaría tratando de recordar todas las conversaciones que había mantenido con Bozon, todas las respuestas que este le había dado, todas las mentiras que le contó durante meses.

Sin embargo, los dos hombres solo estaban en la primera página de un cuaderno de bitácora que duraba treinta años.

Fabregas reanudó la lectura de mala gana.

Raphaël salió de la cabaña dándome un empujón, con las fotos en la mano. Podría haber corrido tras él, hacerme con las fotos comprometedoras y poner término a toda esta historia.

Sí, podría haberlo hecho, incluso debería, y aun así no hice nada.

No me moví ni un centímetro. Ni siquiera esbocé un ademán.

Me quedé ahí, de pie, delante de Solène. Paralizado.

Ya no era capaz de pensar. Creo incluso que dejé de respirar.

Estaba ahí, delante de ella, delante de ese cuerpo tan menudo. Ya no podía apartar los ojos de esa niña que ni siquiera se había molestado en volver a vestirse. Observaba a mi pesar los pechos inexistentes. Buscaba en vano la pelusa que pronto cubriría ese sexo infantil.

Durante todo el año, me había resistido a ella. Dos meses antes incluso me impuse mantener cierta distancia.

Todos los días, evitaba la mirada de Solène. Todas las noches soñaba con poseerla.

La vergüenza me tenía casi consumido. Me aferraba al hecho de que después del verano los mellizos empezarían la secundaria y yo podría volver a vivir normalmente.

Ahora que estaba delante de ella, la posibilidad de no volver a verla me resultaba insoportable.

La quería, ya era hora de confesármelo, y si Solène quería hacer de mí un pelele, estaba dispuesto a aceptarlo.

58

Un esclavo. Así se describía a sí mismo Pierre Bozon a lo largo de las páginas siguientes. Satisfizo todos los caprichos de Solène con la esperanza de que su actitud se dulcificara, de que le ofreciera un poco de amor a cambio de su devoción. Pero Solène no deseaba nada ni a nadie que no fuera su hermano mellizo. Cada día que pasaba, Bozon se alejaba un poco más de la cordura. Solène nunca sería suya. También sabía que ya no se podía plantear acudir a los gendarmes. Su pasividad había durado demasiado. Denunciar a los mellizos equivalía a renunciar para siempre a la vida tal y como le gustaba. Perdería su profesión, su matrimonio y puede que incluso su libertad.

La cabaña ya no le pertenecía. Ahora era propiedad de los mellizos. Solène la había arreglado a su antojo y se las daba de ama de casa cuando Bozon iba a llevarles provisiones. Los dos niños imitaban lo que creían que era la vida en pareja.

En el diario, Pierre Bozon describía lo incómodo que se sentía cada vez que los hermanos se besaban delante de él. Aunque torpes al principio, comprobaba que sus gestos eran cada vez más certeros. A Solène le gustaba exhibir su relación. Miraba fijamente al maestro mientras le acariciaba los muslos a su hermano.

Fabregas seguía compartiendo la lectura con Jean. Paraba regularmente para serenarse, se obligaba a mirar el retrato de los mellizos sujeto con papel celo a la pizarra. Unos niños de once años con cara de ángel. Esa dualidad sobrepasaba su capacidad de entendimiento de hombre racional.

Los niños llevaban desaparecidos un mes y el maestro sabía que nunca podría ya dar marcha atrás. A medida que pasaban los días, Pierre Bozon había ido trocando el papel de esclavo por el de tutor. Como si fuera un preceptor, iba todos los días a darles clase a los niños, adaptando el programa en función de sus expectativas. Y los mellizos tenían expectativas para dar y tomar. Pierre contestaba a todas sus preguntas, incluso a aquellas que habría preferido obviar. Las relaciones sexuales formaban parte de los temas que trataban, en pie de igualdad con la historia o la geografía.

Con el amor propio herido, el enamorado consumido y rechazado volvió a llevar las riendas de su vida haciendo lo que mejor se le daba: educar a los niños. Su objetivo era ahora lograr que de esa situación escabrosa naciera algo grande. Sería el alquimista que transformara el plomo en oro. Sabría modelar la mente de los mellizos para que fueran su orgullo, su apoteosis.

Fabregas se daba cuenta de que Bozon había sabido instilar su autoridad hasta convertirse rápidamente en una figura paterna para los niños. El que más lo necesitaba de los dos parecía ser Raphaël. Exigía una estructura, referencias. Al contrario de lo que le sucedía a su hermana, aquella vida clandestina le pesaba. Pierre Bozon se percató enseguida y redobló la atención que le prestaba al niño. El maestro sabía que su situación era precaria, que Solène podía hartarse de él en cualquier momento. Y esperaba que tener a su hermano mellizo como aliado fuera su garantía de supervivencia.

El 1 de noviembre de 1989, cuando los mellizos llevaban ya fuera de casa diez semanas, Pierre Bozon copió una lista que le había dado Solène. Quería que le buscara un vestido blanco y una corona de flores para el pelo. También exigía que el maestro le comprase a Raphaël un traje negro o, al menos, una chaqueta negra y una camisa blanca. Bozon había reproducido la conversación tal y como había transcurrido.

Cuando Solène le dio estas instrucciones, el maestro, de entrada, se preocupó. Comprar esas cosas resultaría complicado. Se arriesgaba a llamar la atención. Solène, como de costumbre, había previsto que se resistiría y se burló de él. Había elegido lo que quería en un catálogo de venta por correo. Solo había que hacer el pedido y solicitar que lo entregaran en La Ròca. A Pierre Bozon lo preocupaba que pudieran seguirle el rastro, pero la sonrisa que le dirigió la melliza era una amenaza aún más terrible. Antes de marcharse, el maestro quiso, al menos, satisfacer su curiosidad. Solène lo miró directamente a los ojos antes de decirle que su hermano y ella iban a casarse.

—¡Pero qué desvarío!

A Fabregas no le salían otras palabras para expresar lo que pensaba.

—¿El qué? —replicó Jean—. ¿Que una niña pueda estar tan enamorada de su hermano como para querer casarse con él, o que un hombre maduro pueda dejar que lo metan en toda esta historia?

—¡Las dos cosas! —se irritó Fabregas.

—¡Pierre Bozon es el único responsable, por si te interesa lo que pienso! Tendría que haberles parado los pies. Tendría que haber venido a vernos en lugar de darles alas. Que una niña sueñe con ser una princesa vestida de blanco no es para escandalizarse.

—¿Y que pudiera manejar a Bozon como lo hizo tampoco te molesta?

—No digo que Solène fuera un ángel, ¡pero era una niña, joder! ¡Bozon se portó como un miserable! Vio cómo Luce y Victor se iban hundiendo en su desgracia y dejó a los dos niños afianzarse en una fantasía que solo podía acabar mal. ¿Y todo por qué? ¿Por un impulso sexual? ¿Por no dar un escándalo? El adulto era él. Tendría que haber actuado. ¡Eso es lo que pienso!

El capitán nunca había visto a Jean tan fuera de sí. El exgendarme, que había sabido mantenerse callado desde que Fabregas empezó a leer las libretas, por fin había expulsado la ira desmedida que le impedía respirar.

Los siguientes días, Pierre Bozon solo se refirió a los preparativos de la boda. Se preparaba para ser el maestro de ceremonias y el testigo de aquella unión. Si al maestro le resultaba incómodo, no lo dejaba traslucir. Bozon describía con precisión clínica la minuciosidad con la que Solène organizaba las cosas. Le pidió a su hermano que buscase un lugar con flores cerca de un arroyo porque el sonido del agua le parecía romántico. Le ordenó a Bozon que le comprara unos anillos de los que hay en esas máquinas de bolas de plástico que hay a la puerta de los supermercados. Ya se comprarían alianzas de verdad más adelante. Pierre Bozon solo reaccionó en una ocasión, cuando Solène exigió que asistiera al enlace su compañero Christophe Mougin. La niña estaba convencida de que el chico sabría guardar el secreto. Estaba enamorado de ella y la obedecía ciegamente. El maestro fue inflexible. Nadie podía saber dónde estaban. ¡Jamás!

Por fin llegó el día de la boda. Pero, ya en la primera línea, Fabregas paró de leer en seco. Jean se mostró impaciente.

—A riesgo de parecer un mirón, ¡me gustaría saber qué viene ahora!

El capitán titubeó un momento antes de alargarle la libreta. La página estaba fechada el 11 de noviembre de 1989. Ese día, el mundo entero tenía los ojos puestos en el muro de Berlín. El mundo entero, excepto los vecinos de Piolenc.

El 11 de noviembre de 1989, el cuerpo de Solène Lessage apareció en un cementerio. La niña llevaba puesto un vestido blanco y una corona de flores en el pelo.

59

La ceremonia se celebró al alba. Solène estaba nerviosísima. Los mellizos se casaron antes del amanecer, rodeados de antorchas encendidas. A Bozon le parecía que la puesta en escena recordaba a un ritual satánico, pero era lo que había querido la niña. El maestro farfulló unas palabras en tono solemne antes de que los niños se besaran y se pusieran en el dedo los anillos de pacotilla.

Solène estuvo acertada en una cosa. El borboteo del agua aportó un toque de vida a ese oficio tan siniestro.

Al comprender que el relato que venía a continuación le aportaría por fin a Jean las respuestas que llevaba treinta años esperando, Fabregas carraspeó antes de seguir adelante:

Fue un accidente. Un accidente estúpido. Lo único que quería yo era que Solène se callase un momento. Estaba convencido de haber oído a alguien andando por el bosque. Solo le pedía un minuto de silencio. Nada más. Solo un minuto.

Pero Solène no paraba de hablar. Como una tarabilla descompuesta. Divagaba sobre la luna de miel que iban a pasar, los hijos que iban a tener. No solo era una estupidez, sino que no era el momento oportuno.

Raphaël sí que lo entendió. Le indicó por señas que se callara, pero Solène, como de costumbre, hizo lo que le dio la gana.

Volví a oír el crujido de una rama. El desconocido debía de estar detrás de unos matorrales, a unos quince metros como mucho. Quise agarrar a Solène por el brazo, pero se zafó para refugiarse en brazos de su hermano. Raphaël debió de verme el pánico en los ojos porque hizo lo que yo me disponía a hacer inmediatamente antes. Sujetó con firmeza a su hermana y le tapó la boca con la mano. Solène, que solo confiaba en su hermano, no intentó resistirse.

Les indiqué por señas que se tumbaran para que no los vieran. Nos quedamos en el suelo esperando a que pasara el peligro. La hierba estaba húmeda y pensé que por eso Solène no paraba de gesticular. Raphaël intentaba calmarla. Sin dejar de taparle la boca a su hermana, se tumbó con el torso encima de su cara para ahogar las quejas.

Cuando el jabalí surgió de entre las ramas, me di cuenta de mi error. Cruzó por la pradera sin hacernos caso y esperamos a que desapareciese en el sotobosque antes de incorporarnos. Al principio, Raphaël y yo pensamos que Solène nos estaba gastando una broma pesada quedándose tirada en el suelo, inmóvil.

Un silencio agobiante reinaba en el despacho. Después de años de investigación, Jean Wimez descubría la triste verdad. Raphaël era el asesino al que tanto había buscado. El niño de once años había asfixiado a su hermana melliza por accidente. Había matado a la vez a su doble y a su mitad. Le había dado muerte después de darle el «Sí, quiero» para toda la vida. Por supuesto, para un adulto esa boda no era más que una farsa, pero para ellos la sinceridad de ese acto era incuestionable. Esos niños se querían con un amor prohibido y estaban dispuestos a lo que fuera para que no los separasen nunca.

Fabregas no tenía que consultar a un psicopediatra para concebir el desconsuelo de Raphaël. Se imaginó al niño de rodillas junto al cuerpo inerte de su hermana. Se le hizo un nudo en la garganta.

Al callar, Pierre Bozon se convirtió en cómplice de asesinato, además de todo lo otro, de lo cual era muy consciente. Como no había vuelta de hoja, hizo lo que le pareció la mejor solución: depositar el cuerpecito en el cementerio de la capilla de Saint-Michel de Castellas, cerca de Uchaux. El pueblo distaba unos diez kilómetros de Piolenc. Tenía la esperanza de que los investigadores se centrarían en esa zona geográfica y le dejarían una tregua para pensar en lo que iba a suceder luego.

—¡Lo que iba a suceder luego! —dijo Jean, irritado—. ¡Como si no bastara con la muerte de una niña!

Fabregas no dijo nada. Pierre Bozon estaba atrapado en una situación de la que ya no podía salir y Jean lo sabía tan bien como él. ¿Cuántos delincuentes de poca monta cuyo caso había pasado por sus manos se habían pasado, un buen día, al nivel superior? Bastaba con tomar una sola decisión errónea para cambiar una trayectoria ya trazada.

Fabregas leyó la continuación en diagonal. El maestro explicaba cómo había seguido cuidando de Raphaël. Los días de diario, aprovechaba la hora de comer para ir a darle clase, pero ya no volvía al salir del colegio como tenía por costumbre antes del accidente. En el diario describía las entrevistas que mantenía regularmente con los gendarmes, en particular con el capitán encargado de la investigación, un tal Jean Wimez. Bozon describía el miedo que lo atenazaba todos los días, aunque no por ello parecía lamentar lo sucedido. Extremaba las precauciones para ir al bosque, se le ocurrían subterfugios cada vez más elaborados para justificarle a su mujer por qué se ausentaba los fines de semana. El estado de ánimo de Raphaël lo tenía preocupado y no podía permitirse dejarlo solo dos días seguidos.

Si Bozon no iba a verlo, el niño se olvidaba de comer. El maestro lo obligaba a salir a tomar el aire. Raphaël se iba consumiendo. Perdía peso y energía. Ya no le interesaba nada, podía pasarse horas callado. Se quedaba contemplándose las manos y los dos anillos que llevaba. Uno en cada anular.

Fabregas tuvo que dejar de leer para atender una llamada. El forense le había practicado la autopsia a la doctora Florent y tenía empeño en comunicarle los primeros resultados de viva voz.

—El golpe de la cabeza no fue la causa de la muerte —empezó a decir el doctor Leroy—. Debió de aturdirla, no lo niego, pero podría haberse recuperado.

—Entonces ¿cuál fue la causa?

—¡Asfixia! A su psiquiatra la estrangularon. Tenemos una buena marca de estrangulamiento en la parte superior del cuello que habían tapado las manchas de sangre. Si se pasa por aquí, podrá comprobarlo usted mismo.

—¿Y de esa marca se puede deducir algo?

—Tengo entendido que cogió otro boliche de casa de Mougin. Me gustaría verlo.

—¿El boliche? —se sorprendió Fabregas.

—Sobre todo el cordón, quiero mandarlo analizar. Ya sabe, el bramante que sujeta la bola a la base. Es perfecto para dar garrote, si quiere saber mi opinión. Y si es de cuerda, hay muchas posibilidades de que aparezcan restos epiteliales.

—¡Se lo hago llegar inmediatamente!

Los resultados tardarían algún tiempo, pero precisamente tiempo era lo que Fabregas acababa de ganar. Gracias a esa presunción, sin duda podría prolongar la detención preventiva de Mougin.

Saber la causa de la muerte de la doctora Florent también le daba la oportunidad de reanudar el interrogatorio con una baraja nueva. Fabregas sabía que no iba a encontrar a Zélie gracias a las libretas de Bozon. Ella y Gabriel desaparecieron después de que el maestro muriera. Ahora que el asesinato de Solène estaba resuelto, tenía que dejar atrás el pasado para concentrarse en el sospechoso que tenía entre manos.

No así Jean. El exgendarme quería saber cómo acababa la historia. Lo necesitaba. Fabregas lo dio permiso para seguir leyendo sin él.

60

—¿Qué se siente al estrangular a una mujer indefensa? —arremetió Fabregas al entrar en la sala de interrogatorios—. ¡Dígamelo! Me gustaría saberlo. Usted, el hombre maltratado, ¿ahora por fin se siente todopoderoso?

—¡Capitán!

El abogado de Mougin se hizo el ofendido de forma demasiado teatral; aunque la llamada al orden estaba justificada. Fabregas no tenía por costumbre llevar así los interrogatorios y, en otras circunstancias, quizá se hubiera disculpado. Pero el balance de daños era excesivo: una niña se había suicidado, otro niño estaba en el hospital en estado traumático, acababan de asesinar a una mujer y Zélie seguía sin aparecer. Si Mougin tenía información que permitiera encontrar a la niña antes de que fuera demasiado tarde, Fabregas estaba dispuesto a ensuciarse un poco las manos.

—¡Responda a la pregunta, Mougin! ¡Cuénteme cómo pasó! ¿Se resistió? ¿Le suplicó que la dejara vivir?

Fabregas escupía las palabras con saña. Estaba lanzado y la falta de reacción de Mougin solo empeoraba las cosas.

—¿Por qué la mató? ¿Porque tiró de la manta y se sintió humillado? ¿Cuál es su historia? Si tiene algo que decir, ¡ahora es el momento! Después será demasiado tarde.

Mougin gesticuló en la silla. Buscaba a su abogado con los ojos, con la esperanza de que lo ayudara. El letrado apartó la mirada para indicarle que no podía hacer nada. La detención se había prolongado correctamente. Acababan de entregarle el informe preliminar de la autopsia. El abogado no podía alegar ningún defecto de forma y el silencio de su cliente no lo ayudaba a defenderlo. Christophe Mougin pareció tomar conciencia de la situación y dio un largo resoplido antes de tirar la toalla.

—Yo no la maté.

Fabregas esperó a que continuara. Cuando comprendió que no lo haría, no pudo contener la irritación.

—¡Ah, bueno, cómo no me he dado cuenta! En ese caso, supongo que puede irse. ¡Lamento las molestias!

Como Mougin no reaccionaba, Fabregas golpeó la mesa con la palma de las manos.

—Letrado, ¿podría explicarle a su cliente que mi paciencia tiene un límite y que no me basta con saber que «él no la mató»?

El abogado no se molestó en contestar. Se limitó a tocarle el antebrazo a su cliente. Mougin obedeció:

—No fui yo. Fue Solène.

—¡Siga!

—La doctora Florent no debería haber coincidido con ella. Su amiguita apareció sin avisar. Estábamos en el salón y nos vio por la ventana.

—¿Y qué pasó?

—Solène sabía que toda la policía la estaba buscando. ¡Le entró el pánico! Su amiguita entró, Solène se le tiró al cuello y la estranguló. Yo intenté que la soltara, pero no lo conseguí.

—¡Para empezar, deje de llamar a la doctora Florent «mi amiguita»! Y para seguir, y que conste que esto es lo más importante, ¡le recomiendo vehementemente que deje de tomarme por idiota! A la doctora Florent le dio tiempo a llegar hasta su despacho. Dejó allí su tarjeta de visita. Incluso me da que fue allí donde usted o Solène la estrangularon. Y no con las manos. Con una cuerda que podría ser la de su boliche. Así que, por última vez, ¡cuénteme lo que pasó!

Mougin puso una mirada que Fabregas conocía muy bien. Era la de los perdedores que buscan una escapatoria cuando ya no les quedan cartas.

—No sé qué le dio. ¡Se lo juro!

El capitán se lo quedó mirando sin decir nada. Sabía que ahora el silencio era más útil que las amenazas. Mougin capituló, al fin.

—La doctora Florent reconoció a Solène enseguida. Ni siquiera pareció sorprendida. Como si se lo esperase. Nos dijo que había ido a charlar y que podíamos confiar en ella. Nos sentamos en el salón y Solène le explicó por qué se ocultaba en mi casa.

—¡Confieso que a mí también me gustaría saberlo!

—Solène temía por su vida desde el incendio. Debería haber estado en su piso cuando estalló la bombona de gas. Estaba allí con su primo, esperando precisamente a la doctora Florent. Salió solo cinco minutos para hacer un recado. Al volver, vio el edificio en llamas. Primero se quedó en la acera de enfrente, paralizada. Y luego se produjo la explosión. A Solène le entró el pánico. Llegó aquí llorando, totalmente fuera de sí.

Fabregas sabía por experiencia que las reacciones en estado de shock podían desafiar toda lógica. La historia tenía fallos pero no era totalmente inverosímil. En cambio, la locuacidad de Mougin lo alteraba. Ese hombre había estado callado durante horas y ahora parecía estar recitando un texto escrito previamente. El capitán decidió dar otro enfoque a las preguntas.

—Yo creía que Solène era su exnovia y que ya no tenían ninguna relación.

—Le mentí —contestó Mougin con expresión contrita—. Bueno, a medias. Solène, en realidad, no era mi novia. Tenemos una relación algo… complicada.

—¿Complicada en qué sentido?

—No nos acostamos, si es lo que quiere saber. Pero nos queremos.

—¡De acuerdo! —zanjó Fabregas, que prefería volver al tema que le interesaba—. Así que Solène fue a su casa esa noche en lugar de acudir a la gendarmería.

—¡Estaba destrozada! Le dije que lo llamara a usted, pero no se tenía en pie. Pensamos que podía esperar hasta la mañana siguiente.

—¡Ya, pero nunca dio señales de vida!

—Cuando oyó por la radio que su primo estaba muerto y que se había abierto una investigación, le entró miedo. La mañana anterior, alguien había dejado una carta en su taquilla, un recado para usted, y por la noche su piso se incendió cuando ella debería haber estado allí. De repente le entró miedo. Pensó que usted creería que había tenido algo que ver con el secuestro de los niños y con la muerte de su primo.

—¡Hace un rato me ha dicho que temía por su vida!

—¡Eso también! Y yo la entiendo. ¿Usted no estaría paranoico si lo eligieran para dar un recado y luego intentaran acabar con usted?

La explicación era plausible. A Fabregas le costaba hacerse a la idea de que Solène no fuera más que una víctima en toda esa historia, pero estaba dispuesto a creer que Christophe estaba siendo sincero. Al menos, por ahora.

—¡Eso no explica la muerte de la doctora Florent! —siguió al cabo de unos segundos.

Mougin frunció los labios como si lo que venía después no fuera tan fácil de confesar.

—¡No sé qué se le pasó por la cabeza!

—¿A quién?

—¡A Solène! —continuó Mougin—. No sé qué le dio. Estábamos hablando tranquilamente los tres. La doctora Florent lamentaba lo que le había pasado a Solène. Todo iba como la seda.

—¿Y?

—La doctora Florent me dijo que se había quedado sin batería en el móvil y me preguntó dónde podía recargarlo. Le ofrecí enchufarlo en mi despacho. No sé por qué la llevé a esa habitación. Creo que necesitaba compartir mi secreto con ella. Mostrarle mi sufrimiento. La doctora Florent no pareció sorprendida. Observó todas las fotos, los recortes de prensa, el vestido del maniquí. Solène nos había seguido y acechaba su reacción, pero la doctora no comentó nada.

A Fabregas no le costaba imaginarse la escena. Volvió a ver aquel altar erigido en memoria de Solène Lessage.

—Y si no dijo nada, ¿por qué matarla?

—La doctora se agachó para examinar una foto concreta. Ahí fue cuando Solène se le echó encima. Primero la golpeó con el boliche y luego le puso la cuerda al cuello. Todo sucedió muy rápido. Intenté detenerla, ¡tiene que creerme! Pero Solène estaba como en trance. Tiraba de la cuerda con todas sus fuerzas.

Mougin se tomó un respiro y bajó la cabeza. Lo había dicho todo.

A Fabregas, en cambio, le quedaba mucho por hacer. Se estaba esforzando por seguir un orden, por descubrir qué había sucedido para que la doctora Florent muriese. A su entender, era la mejor forma de desenredar todos los cabos de esa historia. Si comprendía por qué la psicopediatra había ido a casa de Christophe Mougin y por qué había perdido la vida allí, quizá estuviera en situación de identificar al raptor de Zélie.

La versión de Mougin se sostenía, aunque seguía teniendo demasiadas lagunas para oficializarla. El capitán todavía tenía fresco el recuerdo del despacho del agente inmobiliario. Recordaba cada foto y ninguna en particular le había llamado la atención. ¿Qué había visto entonces la doctora Florent que a él se le había pasado? ¿Por qué Solène Gauthier había perdido los estribos de repente?

61

Jean estaba enfrascado en el diario de Pierre Bozon. Revivía las primeras semanas de la investigación desde la perspectiva del maestro. Tras superar el miedo de los primeros meses, al hombre le traían sin cuidado las fuerzas del orden y su impotencia para encontrar el mínimo indicio. Se inflaba como un pavo, se volvía arrogante, se congratulaba de tener engañadas a todas las personas con las que trataba. Ni siquiera su mujer, Suzanne, se libraba. Cuanto más leía Jean, más lo invadía el odio.

El exgendarme estaba llegando al final de la primera libreta.

22 de diciembre de 1989
Por fin han llegado las vacaciones. Voy a poder ocuparme de Raphaël. Me doy perfecta cuenta de que se está dejando morir. Ya casi no habla. Se niega a hacer los deberes. Sigue adelgazando. Tengo quince días por delante para compensar todo eso. Le he dicho a Suzanne que había accedido a darle clases particulares a uno de mis alumnos durante las vacaciones. Me ha creído. En realidad, siempre me cree.

23 de diciembre de 1989
No creo en Dios, así que no voy a decir que ha sido un milagro. Lo llamaré una señal del destino.

Esta mañana, decidí ir a otra tienda para reponer provisiones. El capitán Wimez siempre está al acecho. Aunque creo que no me están siguiendo, prefiero ser precavido. Si me ven todas las semanas haciendo la compra en el mismo sitio y se fijan en lo que llevo, me arriesgo a que se den cuenta de que esas compras no son para Suzanne y para mí.

He ido hasta Aviñón para aprovechar el anonimato que ofrecen las grandes ciudades. Dejé el coche en un aparcamiento subterráneo. Pensaba que tendría que pelear por encontrar sitio y me sumergiría en una marea de clientes con el carrito hasta arriba para celebrar las fiestas. Sucedió todo lo contrario. El aparcamiento estaba desierto. Cualquiera diría que la gente de ciudad no madruga o que aprovecha para remolonear en la cama el primer día de tregua invernal. Al bajar del coche, vi un bulto en el suelo, al lado de un conducto de ventilación. No sé por qué sentí aquella curiosidad, pero me acerqué y fue entonces cuando descubrí a un niño, arrebujado en una parka, con los ojos cerrados.

Desperté al chico y le pregunté qué hacía allí. Prefirió callar. Entonces le ofrecí venirse conmigo y le tendí la mano. La rechazó con brusquedad. Comprendí que no quería que lo ayudaran. Debería haberme marchado, haberlo dejado allí. Pero las casualidades no existen. Ese niño se había cruzado en mi camino y no podía pasarlo por alto.

Le prometí un techo, comida y un fuego para calentarse. Luego le dije que no iba a llamar a la policía. Que no le haría preguntas y que tendría libertad para marcharse cuando quisiera.

Esas promesas bastaron para convencerlo. Me dio la mano y salimos del subterráneo juntos.

Durante el trayecto, solo hablé yo. El niño no estaba dispuesto a contarme su vida y yo le sugerí que se inventara otra. Pareció que le gustaba la idea.

Decidimos que se llamaría Michel Dumas. Yo elegí el nombre ficticio. Michel, porque me recordaba a un arcángel, al igual que Raphaël, y Dumas porque mi proyecto era tan rocambolesco como una aventura de mi querido Alexandre.

Por supuesto, me habría gustado más encontrarme a una niña. Así, para Raphaël y para mí resultaría más creíble, pero el destino eligió a ese niño. Quizá sea mejor así.

Raphaël tardó en reaccionar. Creo que no entendió lo que le decía. Debió de pensar que Michel era alumno mío y que solo habíamos ido a verlo. Fue cuando les dije que me marchaba cuando se le iluminó la mirada. Se puso de pie para acompañarme al coche. Tenía muchas preguntas que hacerme. ¿Cuánto tiempo se iba a quedar Michel con nosotros? ¿También se había escapado? ¿Sabía lo de Solène? Excepto para la primera, no tenía respuestas que darle. Le dije que Michel era bien recibido y que se quedaría el tiempo que quisiera. Y que su historia, era él quien tenía que decidir si quería contárnosla.

24 de diciembre de 1989

Creo que va a funcionar. Hoy Raphaël estaba más alegre. Ha participado en la conversación. Le ha dado consejos a Michel para no pasar frío en la cabaña, para evitar a los jabalíes en el bosque. Parece que los dos chicos se llevan bien. Les he llevado unos libros por Navidad. *El principito* para Michel y *El conde de Montecristo* para Raphaël. El día anterior había comprado foie-gras y Raphaël nos lo ha servido como un perfecto anfitrión. De verdad creo que va a funcionar.

25 de diciembre de 1989

Hoy no he podido ir a ver a los chicos. Suzanne ha invitado a comer a los Lessage. Si me lo hubiera contado, le habría dicho que lo anulase. Luce no ha parado de llorar. Era un agobio. Y Victor se ha liquidado una botella de reserva que yo había sacado para la ocasión como si fuera vino peleón. Creía que no íbamos a levantarnos de la mesa nunca. Victor nos ha contado que el capitán Wimez sospechaba que él había raptado a sus propios hijos. Me confirma que ese gendarme no sabe ni por dónde empezar a buscar pistas.

He aprovechado este día en casa para leer en la prensa los sucesos de la semana. Aún no había tenido tiempo de hacerlo. Al final, encontré lo que buscaba. Un suelto de no más de diez líneas: un niño de doce años, llamado Arnaud Belli y oriundo de Milhaud, desapareció el 22 de diciembre. Los gendarmes apuntan la teoría de que se ha escapado. No sé cómo apareció ese chico al día siguiente a cincuenta kilómetros de su casa. Supongo que debió de hacer autostop y pasar la noche en el aparcamiento para resguardarse del frío. En cualquier caso, si se ha escapado, es porque no debía de estar a gusto en su casa, así que no tengo ningún motivo para mandarlo otra vez allí. Por seguridad, seguiremos llamándolo Michel y se quedará con nosotros todo el tiempo que quiera.

26 de diciembre de 1989

¡Increíble! En apenas tres días, Raphaël ha sufrido una metamorfosis. Como si estas últimas semanas solo fueran un mal recuerdo. Aunque sea más pequeño que Michel, Raphaël actúa como un hermano mayor y el otro parece que lo acepta. A pesar del frío, los dos han decidido ir a jugar junto al arroyo. Los he acompañado. No pensaba que volvería algún día a ese claro y temía que reavivara las heridas de Raphaël. Curiosamente, ha tenido el efecto contrario. Hacía mucho tiempo que no oía al mellizo reírse así. Hemos pasado un rato muy agradable. Creo que de haber estado allí Solène, le habría quitado toda la magia.

Si Jean no conociera toda la historia, le podría haber conmovido aquel cuento de hadas. Pierre Bozon se había desconectado de la realidad. Según lo que había escrito, todos sus actos estaban justificados. Era el guía espiritual, el salvador de esos niños. Jean habría dado cualquier cosa por que el maestro aún estuviera vivo para poder decirle lo que era en realidad.

31 de diciembre de 1989

Los Martineau nos han invitado a Suzanne y a mí a pasar la Nochevieja. Todos los años igual. El notario y su señora reciben a todos a quienes consideran dignos de interés. Y yo, en calidad de maestro de sus hijos e inminente director de La Ròca, soy casi como de la familia. Éramos por lo menos treinta personas. Aproveché el jaleo para escaparme una horita. Le dije a Suzanne que me había dejado las gafas en casa. Conozco a mi mujer. Después de la tercera copa de champán, pierde la noción del tiempo. Sabía que no se preocuparía si tardaba.

Tenía muchas ganas de darles un beso a los niños por el fin de año.

Al salir del chalet de los Martineau, pasé por delante del Ayuntamiento. Asistí a una escena muy extraña. Victor Lessage estaba colgado en el aire, como un alpinista; estaba escribiendo unas letras muy grandes con un espray de pintura. No tuve tiempo de esperar a que terminase para leer lo que ponía. Sospechaba que saldría en el periódico del día siguiente.

No sé por qué tenía tanta prisa. Puede que fuera lo que llaman un mal presentimiento. Nunca he creído en esas cosas. Aun así, sentía que tenía que ir sin más demora a la cabaña.

Tardé un rato en entenderlo. Primero pensé que mi mente me estaba jugando una mala pasada.

Solène estaba allí, en mitad de la habitación. Llevaba un vestido rojo. El que se había quitado el primer día que los sorprendí en la cabaña, a ella y a su hermano.

Tenía el pelo recogido hacia atrás, en una coletita. Se había pintado los labios de rojo.

Solène estaba allí, provocativa, sensual a pesar de tener solo once años. Michel la sujetaba por la cintura, totalmente hechizado. Y Raphaël había desaparecido. Le había cedido el puesto a su hermana melliza.

62

Jean corrió a la sala de interrogatorios para avisar a Fabregas, pero el capitán ya estaba al tanto. El teniente Vicart le había comunicado dos minutos antes el informe de los técnicos que habían examinado el desván de Christophe Mougin. Habían encontrado dos series de huellas. La primera correspondía, lógicamente, al propietario de la casa; pero la segunda había desenterrado una ficha que nadie se esperaba.

Solène Gauthier, la maestra de pasado misterioso, no era sino Raphaël Lessage, el mellizo al que seguían buscando.

Inmediatamente le preguntaron a Mougin por esa revelación y ni siquiera trató de fingir que no lo sabía. Empezó a contarlo todo y nadie intentó detenerlo.

Solène, alias Raphaël, volvió a ponerse en contacto con él cuando cumplieron la mayoría de edad. Por entonces se hacía llamar Solène Dumas. De entrada, Christophe Mougin se lo tomó mal. Solène llevaba muerta nueve años y aún no había logrado olvidarla. Le parecía inaceptable que Raphaël quisiera suplantarla. Se acordaba de las burlas del mellizo, de lo cruel que era con él. Pero Raphaël había cambiado. Se había convertido literalmente en Solène. No había tenido que cambiar físicamente. La naturaleza lo había ayudado. Conservaba sus rasgos infantiles, la cara de ángel. Un tratamiento hormonal había bastado para frenar el vello. E incluso vestido de hombre, a Raphaël se lo habría podido considerar afeminado. Era menudo, de articulaciones pequeñas, tenía la complexión de una mujer.

No, el cambio de Raphaël había sido psicológico. Había adoptado la personalidad de su hermana. Había recuperado su poder de seducción, aquel encanto al que Mougin había sido incapaz de resistirse.

Solène vivía en Aviñón con Michel Dumas, en un apartamento. Allí nadie los conocía. Cuando murió su madre, se puso el reto de volver a Piolenc. Era peligroso. Su padre podía toparse con ella en cualquier momento, pero Victor ya no iba por el pueblo. Después de que se suicidara su mujer, rehuía a todo el mundo y se pasaba el tiempo en el viñedo. Solène esperó unos meses antes de pedirle a Pierre Bozon que la contratara en La Rocà. A él no le gustó la idea, pero era complicado negarle algo a Solène, sobre todo cuando tenía tanta información sobre él.

Solène superó el reto. Nadie la reconoció. ¿Quién iba a imaginarse que una niña podía regresar de entre los muertos? Y Raphaël ya no le importaba a nadie más que a su padre. Solène Gauthier se integró enseguida. Los niños la adoraban y los padres, también.

La única vez que le entró el pánico fue cuando vio a Jean Wimez aparecer en La Ròca. El exgendarme se había pasado varios años buscando a Raphaël y podía llamarle la atención ese rostro familiar. Procuró no encontrarse nunca cara a cara con él. La nueva Solène, al contrario que su modelo, sabía ser tan discreta que hasta se olvidaban de ella.

—¿La doctora Florent se dio cuenta de todo eso? —lo interrumpió Fabregas por primera vez.

—¡Sí! No sé cómo pudo adivinarlo, pero se dio cuenta, sí. Al principio, no dijo nada. Dejó que Solène le contara lo que le he dicho antes. Lo de que se escapó cuando se quemó el piso. No enseñó sus cartas hasta que entró en mi despacho. En la pared había una foto enmarcada. La quité antes de que llegara usted.

—¿Quién salía en la foto?

—Solène, Michel y yo. Nos la hizo Pierre Bozon. Debíamos de tener unos veinticinco años. La doctora la descolgó y nos comentó lo guapos que estábamos.

—¿Ya está?

—No. Dijo que hacíamos muy buena pareja, Solène y yo. Y luego añadió: «¿O debería decir Raphaël?». No sé qué pretendía al decir eso, pero Solène saltó como un resorte. Se abalanzó sobre el boliche. El resto ya lo sabe.

El silencio se adueñó de la sala de interrogatorios. Fabregas seguía preguntándose lo mismo: ¿por qué la doctora Florent corrió ese riesgo? ¿Qué quería demostrar metiéndose ella sola en la boca del lobo? Apartó esa idea de su mente. No podía perder el tiempo con conjeturas.

—Puedo entender que Raphaël perdiera la razón hasta el punto de adueñarse de la personalidad de su hermana melliza, pero lo que no me explico es lo que sucedió después. ¿Qué pasó para que Solène decidiera secuestrar a Zélie y a Gabriel?

—No lo sé. Tiene que creerme. Cuando Pierre Bozon murió, se le quebró algo por dentro. Era como un padre para ella. Era incluso más. Solène se trastornó, no veo otra explicación.

—¿No le preguntó por qué la tomaba con unos niños? —se impacientó Fabregas.

—¡Claro que sí! —se defendió Mougin—. Intentó explicármelo, pero no tenía ni pies ni cabeza. Decía que como Pierre había muerto, ella tenía el deber de continuar.

—¿Continuar qué?

—Su obra —susurró Mougin—. Solène decía que tenía que continuar la obra de su gran maestro. Ya se lo he dicho. ¡No tenía ni pies ni cabeza!

—¿Y qué pintaba Arnaud Belli?

—¿Quién?

—Michel Dumas —rectificó Fabregas—. ¿Por qué murió? ¿Lo mató Solène?

—Sí —admitió Mougin muy bajito—. Michel la ayudó al principio a secuestrar a los niños. Era peor que yo. Cuando Solène le pedía algo, obedecía sin hacer preguntas. Pero al final se dio cuenta de que su hermana, como él la llamaba, había perdido la cabeza. Que ya no sabía lo que hacía. Cuando Solène le dijo que había quedado en casa con la doctora Florent, intentó razonar con ella. Le dijo que había ido demasiado lejos y que la cosa iba a acabar mal. Le dijo que, si no paraba, se marcharía. Solène no lo pudo soportar. A Solène nadie la deja. Es ella la que deja a los demás, ¿lo entiende?

Fabregas, a pesar de lo delirante que era todo, lo entendía. No acababa de captarlo todo, pero a lo largo de su carrera había vivido suficientes dramas como para saber que una mera chispa podía desmoronar un equilibrio precario. El equilibrio, en este caso, lo encarnaba Pierre Bozon. Al morir, desencadenó un maelstrom.

A Fabregas le quedaba por hacer una última pregunta. De las demás ya se encargarían los juristas y los psiquiatras. Su misión era encontrar a Zélie antes de que fuera demasiado tarde.

—¿Dónde están Solène y Zélie?

—No lo sé.

—¿Que dónde están? —gritó Fabregas, sobresaltando a todas las personas presentes en la sala.

—¡Le juro que no lo sé!

Mougin gemía, a punto de derrumbarse. Fabregas bajó el tono.

—Conoce a Solène desde que eran niños. Si tuviera que buscarla, ¿por dónde empezaría?

—Por la cabaña, supongo. Iría primero allí.

Fabregas cogió un cuaderno y un bolígrafo y se los plantó delante.

—¡Explíqueme cómo se va!

63

Sentada en una banqueta, Zélie dejaba dócilmente que Solène la peinara. La niña, con su vestido blanco, parecía estar preparándose para hacer la primera comunión. Solène se esmeraba en hacerle una trenza antes de rematar el peinado con la corona de flores colocada en la mesita baja.

La mujer y la niña no los oyeron llegar. Fabregas había desplegado a sus hombres alrededor de la cabaña y observaba la escena a través de un cristal empañado. De no haber sabido cuál era la situación, le habría parecido la ilustración de un cuento. Una madre cuidando amorosamente de su hija en un decorado de casa de muñecas. Todo el mobiliario estaba adaptado para el tamaño de un niño. Un oso de peluche, sentado medio torcido sobre una consola, parecía contemplarlas divertido.

El desfase entre aquel cuadro y la realidad perturbó al capitán. Había ido allí para detener a un asesino. Un hombre disfrazado de mujer que había manipulado a Nadia hasta el punto de hacer que se suicidara, que había secuestrado a Zélie y a Gabriel, y que, por último, se había deshecho de este como si fuera un kleenex usado. Un hombre, una mujer, que había matado a su compañero de infortunio, Arnaud Belli, alias Michel Dumas, antes de tomarla con la doctora Florent.

El plan de Fabregas no era asaltar la cabaña. Si entraban por la fuerza podrían poner en peligro la vida de Zélie. Sin embargo, no habría previsto que dudaría en intervenir llegado el momento. Se sentía como un animal al acecho, un depredador listo para atacar a dos víctimas inocentes.

Fabregas fue hacia la puerta. Llamó una sola vez antes de empujar la hoja despacio. Solène se lo quedó mirando y esbozó una sonrisa. No parecía ni sorprendida ni asustada. Como si llevara esperando ese momento desde siempre y estuviera preparando a Zélie para la ocasión.

Atrajo a la niña hacia sí y le dio un beso en la mejilla antes de decirle, orgullosa:

—¡Hala, ya estás lista!

Zélie rodeó el cuello de la maestra con los bracitos y le devolvió el beso. Luego, como si llevase a cabo una escena que ya tenía muy ensayada, se fue tranquilamente hacia el capitán y le dio la mano. Alzó la cabeza para mirarlo y le dijo con aplomo:

—Ahora ya podemos irnos.

Con un nudo en la garganta, Fabregas se arrodilló delante de Zélie y le propuso bajito que se fuera sin él. Al salir, uno de sus hombres se haría cargo de ella.

Cuando se quedó a solas con Solène, Fabregas volvió a desempeñar el papel de capitán de la gendarmería.

—Solène Gauthier, queda usted detenida.

—Ya lo sé —contestó la mujer, casi divirtiéndose.

Al no haber testigos en la habitación, Fabregas sabía que debía limitarse a ponerle las esposas antes de llevarla a la gendarmería. Pero nadie le garantizaba que Solène quisiera hablar cuando estuviera encerrada en una sala de interrogatorios, sobre todo después de haber podido consultar con un abogado, y no estaba dispuesto a correr ese riesgo. Entre todas las preguntas que se le agolpaban en la cabeza, había una concreta que no podía esperar más:

—¿Por qué la doctora Florent? Esa mujer no pretendía hacerle ningún daño.

Solène frunció el entrecejo antes de dulcificar la mirada.

—A usted le gustaba mucho, ¿verdad? Entonces le alegrará saber que a mí me parece que era recíproco. Cada vez que mencionaba su nombre, le brillaban los ojos. Lo respetaba, está claro, pero no solo.

Fabregas sintió una profunda ira.

—¿Por eso la mató? —gritó aun a riesgo de que lo oyeran sus hombres—. ¿Porque me gustaba? ¿Porque estaba celosa, es eso?

—¿Celosa? —contestó Solène con una carcajada—. ¡Será una broma! Capitán, si usted me interesara, no habría tenido que matarla. Me habría bastado con chasquear los dedos para tenerlo a mis pies.

Tras el mutis de la mujer dulce y atenta, Solène desvelaba ahora su verdadero rostro. Sádica y manipuladora, la niña muerta había resucitado en otro cuerpo. A pesar de estar sobre aviso, Fabregas estuvo a punto de caer en sus redes, como tantos otros antes que él. A aquella mujer de rasgos puros e inocentes le gustaba destruir a cuantos la rodeaban. Sin bajar en ningún momento la guardia, el capitán prosiguió aquel interrogatorio informal más fríamente.

—Entonces ¿por qué? ¿Tiró de la manta? ¿Había adivinado su verdadera identidad?

—¿Y cuál es esa identidad, capitán? ¿Raphaël? Raphaël murió en este bosque hace mucho tiempo. Quería a mi hermano, pero era el más débil de los dos. Y este mundo no está hecho para los débiles. Pierre quiso ponerlo contra mí. Se creía que no me daría cuenta. Se creía más listo que nadie. Le demostré lo equivocado que estaba y que no debería haberme subestimado.

Fabregas no podía seguir por esa vía. Las palabras de Solène no tenían ningún sentido para él, pertenecían al ámbito del psicoanálisis. Si quería tener una posibilidad de que le contestara, tenía que volver a traer a esa mujer a una apariencia de realidad.

—La doctora Florent no la habría juzgado. ¡Habría intentado ayudarla!

—¿Ayudarme? —repitió Solène en tono sarcástico—. ¿En serio cree que necesito ayuda? ¡Míreme! Todo el mundo cree que morí hace treinta años y estoy aquí, delante de usted, y eso que ni siquiera intenté esconderme. He estado dando clase a niños cuyos padres fueron compañeros míos. Ni siquiera el cretino de Darras se dio cuenta de nada. ¡Los he engañado a todos! ¡A todos y cada uno!

Fabregas estaba empezando a cansarse del delirio megalómano de Solène. Tenía ganas de abofetearla y casi lamentaba haber querido que hablase. Hizo una última pregunta, olvidándose un momento de la que lo reconcomía:

—Entonces ¿por qué se entrega ahora? Con lo inteligente que es, ¡podría haber seguido así mucho tiempo!

El halago funcionó. Solène por fin tenía la atención que esperaba.

—Pierre quiso ocultarme durante toda mi vida. Michel pensaba que también era mejor así. Ahora ya no están aquí y no tengo ningún motivo para seguir viviendo en la clandestinidad. Quiero que el mundo sepa quién soy. ¡Quiero que Victor me vea, que me mire a los ojos y me pida pedón por lo que me hizo!

—¿Lo que le hizo? —se sorprendió Fabregas.

—Puede que él se creyese que no me daba cuenta, pero yo sabía muy bien cómo me miraba.

Fabregas temía lo que viniera luego.

—¡Me quería para él solo, el muy pervertido! ¡Por eso trató de separarme de mi hermano! Raphaël era un ingenuo. Decía que no tenía nada que ver, pero yo sé muy bien cómo actúan los hombres. ¡Son todos iguales!

Fabregas nunca había estudiado psicoanálisis, pero hubiese apostado que la esquizofrenia de Solène explicaba en parte su paranoia. También comprendió que no iba a sacar nada más de ese encuentro, y le puso las esposas sin sentir la mínima satisfacción.

64

Mientras esperaba el juicio, Solène Gauthier, alias Raphaël Lessage, quedó bajo la supervisión de dos psiquiatras. El tribunal escucharía a los expertos y decidiría cuál era su responsabilidad penal. Fabregas conocía el sistema y confiaba en él. Aunque Solène distinguía perfectamente el bien del mal, no se podían obviar sus trastornos mentales. Su sitio no estaba en un centro penitenciario. No tenía ninguna duda de que los jueces serían de la misma opinión y optarían por un internamiento psiquiátrico.

Uno de los psiquiatras era precisamente el doctor Blanc. Había accedido a recibir a Fabregas, haciendo constar que se trataba de una conversación informal y que solo comunicaría sus conclusiones al juez de instrucción. El capitán no pedía tanto. Su consulta era personal. Necesitaba entender.

Al llegar al hospital Louis-Giorgi, Fabregas se cruzó con el jefe de servicio que había atendido a Gabriel un mes antes. El médico le confirmó lo que ya sabía. Gabriel había vuelto a casa y estaba aprendiendo a vivir de nuevo como un niño de once años. El doctor Blanc lo seguía muy de cerca y contaba con que el niño se recuperaría de lo que había padecido. No así Zélie. La niña seguía viendo a Solène Gauthier como la madre que le habría gustado tener. Se negaba a alimentarse, tenía pesadillas todas las noches y sus padres se sentían impotentes frente al sufrimiento mental de su hija.

El doctor Blanc recibió a Fabregas en su despacho. Estaba ojeroso y al capitán no le costaba suponer la responsabilidad que pesaba sobre sus hombros. Todos recordaban el suicidio de Nadia y esperaban de él que no se produjese otra tragedia.

—Antes de empezar, tengo que saber a quién me dirijo —atacó el doctor Blanc—. ¿Al capitán que quiere llenar las lagunas de su investigación o a un hombre que no quiere admitir que se le escapan algunas cosas?

La sonrisa del psiquiatra le indicó desde el principio a Fabregas que la pregunta no era una trampa. Estaba estableciendo el grado de confidencialidad que debía respetar.

—En lo que atañe a la gendarmería, el caso está cerrado. Hemos encontrado a los niños y hemos detenido al asesino de Arnaud Belli y de la doctora Florent.

—Pero le gustaría saber por qué los mató, ¿me equivoco?

—A Arnaud, ya lo sé. En cambio, a su colega…

El doctor Blanc sonrió con tristeza.

—No por referirse a ella como «mi colega» se va a distanciar más, ¿sabe?

—¿A qué se refiere?

—Se siente culpable de su muerte. Es muy natural. Pero aunque se refiera a ella por su título o se la imagine con bata blanca, no va a conseguir atenuar la pena que siente. Ha muerto una mujer, capitán. Yo no la conocía, pero puedo decirle que no solo era colega mía o su colaboradora temporal. Era hija de alguien, puede que incluso madre, amiga de algunos. Detrás del título de doctora, se escondía una vida.

La conversación no estaba transcurriendo en absoluto como tenía previsto Fabregas. Aunque el tono del psiquiatra fuera bondadoso, el capitán se puso a la defensiva:

–¿Se supone que lo que me está diciendo me va a ayudar?

–Capitán, para resolver un problema, primero hay que acotarlo. No trate de huir del mal que lo corroe. ¡Afróntelo! Con las armas adecuadas.

Fabregas rezongó que no había ido allí para que lo ayudaran y que prefería volver al tema que le importaba.

–No puedo decirle por qué murió la doctora Florent. Todavía no, al menos. Según las notas que me enseñó usted, puedo intentar extrapolar lo que pensaba a la luz de los últimos acontecimientos.

–Es todo lo que pido –contestó el capitán, más tranquilo.

–Creo que mi colega comprendió que Raphaël padecía esquizofrenia y que la personalidad de su hermana melliza era la dominante. ¿Se acuerda de la flecha doble que había debajo del arquetipo *animus-anima*? Creo que quería simbolizar ese intercambio. Raphaël debía de tener una parte femenina muy desarrollada que dejaba que los afectos y los sentimientos lo ocuparan todo. Solène lo describe como un ser débil por esa razón. De niños, debía de considerar que ella era la melliza alfa y se lo recordaba a él constantemente. El *animus* poderoso de Solène es innegable. Esa niña debió de asimilar todos los preceptos patriarcales de su entorno e imponérselos a su hermano.

–Pero ¿cómo se dio cuenta la doctora Florent de que Solène era Raphaël?

–El juez de instrucción me ha comunicado las distintas teorías que establecieron la doctora Florent y usted. Si quiere mi opinión, creo que debió de llegar a la conclusión de que dos de ellas confluían.

–¿A qué se refiere?

–Primero se planteó usted que el motivo del secuestrador era la familia. No se equivocaba del todo. Aunque Pierre Bozon no fuera en origen el responsable de la desaparición de los mellizos, en una segunda etapa se construyó lo que le parecía ser su familia ideal. Cuando murió Solène, se liberó de la vergüenza que le generaba la atracción que sentía por ella, y Arnaud Belli le permitió inventarse una historia totalmente distinta. La de un padre adoptivo que protegía a unos hijos que dependían totalmente de él y dotados de una inteligencia superior que podía modelar a su antojo. Solène, alias Raphaël, encajaba ahora con la imagen que él deseaba. Por fin era él el dominante. Al morir Bozon, resurgió la Solène destructora. Recogió la antorcha y sustituyó al padre de familia. De hecho, apuntó usted en esta columna que el secuestrador podía ser una mujer.

—Fue la doctora Florent quien lo sugirió —precisó Fabregas.

—Ya lo sospechaba —sonrió el psiquiatra—. Su segunda teoría se basaba en la personalidad de Solène. La tituló «Lolita».

—Me acuerdo.

—Aceptaba el hecho de que Solène pudiera ser una manipuladora. En cambio, no acababa de situar a Gabriel.

—¿Cómo lo sabe?

—Puso un signo de interrogación junto a la palabra «esbirro». He deducido que no le quedaba claro cuál era su papel.

—Exacto.

—Y es muy natural. Solène solo le dejaba sitio a su hermano cuando le interesaba. Como usted supuso, Solène debió de ver en Zélie y en Gabriel el reflejo perfecto de sí misma y de su hermano. Zélie no tenía en absoluto las mismas predisposiciones que Solène, pero he detectado en esa niña una tremenda empatía. Creo que Solène estaba convencida de que podría manipularla lo bastante como para instilarle su personalidad. Por su parte, Gabriel era un niño obediente. Ese mutismo suyo cuando regresó nos lo demuestra. Solène le había reservado, lógicamente, el papel de Raphaël. Pero Gabriel no estuvo a la altura de sus expectativas. Puede que fuera demasiado sensible, o más limitado intelectualmente de lo que era su hermano. Acabaremos sabiéndolo cuando Gabriel esté listo para contarlo. Por desgracia, la doctora Florent no llegó a saber que habían liberado al niño, pero estoy seguro de que ello no le impidió vislumbrar ese patrón.

—¿Realmente cree que comprendió todo eso?

—Sí que lo creo. Igual que debió de comprender antes de morir que su tercera teoría también era correcta.

—No lo sigo.

—Su última columna se titulaba «Venganza». Al comprobar que Solène se había apropiado del espíritu de Raphaël, la doctora Florent comprendió que el niño tenía una parte de responsabilidad en la muerte de su hermana melliza y que había decidido aplicar su propia venganza. No merecía vivir y se infligió el castigo de cederle su lugar a su hermana.

—¡Y al darse cuenta de que la doctora Florent lo había comprendido todo, Solène se sintió amenazada!

—Sí, eso creo.

—¡Pero no está seguro de nada!

—No. Quizá con el tiempo… —concluyó el psiquiatra dejando la frase en el aire.

Fabregas sintió un gran vacío. Buscaba desesperadamente respuestas que solo podía darle la doctora Florent. Tendría que aprender a vivir con esas dudas.

Al despedirse del doctor, le preguntó una última cosa:

—Usted es psicopediatra, pero Solène es una adulta. ¿Por qué la atiende usted?

—No atiendo a Solène, capitán. De eso se encarga otro colega. El que me interesa en este caso es Raphaël. Al contrario de lo que cree su hermana, no está muerto. Está ahí, en alguna parte. Y ese niño de once años necesita que alguien lo ayude. Tiene cosas que contarnos. De hecho, ya lo ha intentado varias veces, pero no le hemos escuchado.

Fabregas se quedó inmóvil esperando a que el médico se explicara.

–No debería contárselo, pero creo que tiene derecho a saberlo. Le he pedido a Solène que volviera a escribir el texto que era para usted. Mientras se lo dictaba, la llamé todo el rato Raphaël. Solène se encogía de hombros para darme a entender que estaba perdiendo el tiempo, pero su mano se puso a escribir como un niño. He comparado los dos textos y, aunque no soy grafólogo, puedo decirle que las dos grafías coinciden en todos los aspectos.

–¿Y qué conclusión saca?

–Que Raphaël se expresó a escondidas de su hermana.

–¡Quería que entendiésemos que seguía vivo! –exclamó el capitán.

–Y que tenía algo que decirnos.

–¿Qué?

–Solène aborrece a su padre, se lo cuenta a voces a todo el que quiera oírla. Por eso yo no entendía por qué al final de esa carta se dirigía a él con tanto cariño. No tenía sentido. Así que, cuando se la dicté, omití la última frase.

–¿Y qué pasó?

El doctor Blanc sacó una hoja suelta de la carpeta que tenía delante. Era una fotocopia. Fabregas supuso que el original se había incluido en el expediente judicial. Se sabía las palabras de memoria por haberlas leído unas cien veces. La disposición y el papel en el que estaban escritas eran distintos, pero el mensaje seguía siendo el mismo. No faltaba nada. Raphaël, que llevaba años amordazado por su hermana, había sacado fuerzas para decir lo que le remordía la conciencia:

Y dígale a nuestro padre que lo queremos y que lo sentimos mucho.

Epílogo

Caroline. La doctora Florent se llamaba Caroline. Era dos años mayor que Fabregas. En el epitafio no ponía de qué mes era. Solo indicaba el año en el que había nacido y en el que había muerto. Fabregas esperó más de tres semanas antes de ir a visitar su tumba. Creía que podría prescindir de ello. Estaba convencido de que el tiempo ayudaría, el trabajo bastaría. Al final, tuvo que capitular. El doctor Blanc tenía razón. Si quería rendir homenaje a esa mujer, tenía que aprender a conocerla. Fabregas había empezado por el final, por su última morada, pero ya sabía más que cuando llegó al cementerio.

La familia había elegido granito rosa para la losa de la tumba. ¿Sería porque era una mujer y no compartía la sepultura con nadie? A Fabregas le hizo gracia su propia ocurrencia. La guerra de sexos acababa modelando la forma de pensar de todos.

La lápida incluía una figura de bronce en forma de paleta de pintor. A Fabregas nunca se le hubiera ocurrido que Caroline Florent tuviera otra pasión aparte de su trabajo. Tenía grabadas dos dedicatorias. Una de sus padres y otra de sus sobrinos. Fabregas concluyó que Caroline no estaba casada ni tenía hijos. En cambio, sí que tenía un hermano o una hermana. Quizá ambos. En cualquier caso, la inscripción decía que sus sobrinos la querían mucho.

Unas margaritas se marchitaban poco a poco en un jarrón sin agua. Julien Fabregas no sabía nada de flores, pero quiso creer que un alma desconsolada había pasado por allí hacía poco.

Sus ojos se demoraron en el medallón de cerámica. Había retrasado todo lo posible ese momento. Era una reproducción en blanco y negro. Caroline parecía feliz, sonreía, y Julien, por primera vez, se confesó a sí mismo lo guapa que era.

Agradecimientos

No concibo poner punto final a este libro sin expresar mi gratitud a Michel Bussi y al jurado del premio VSD-RTL al mejor thriller francés por el tiempo que le han consagrado a mi manuscrito y por sus sabios consejos. También quiero dar las gracias por su respaldo a Bertrand Pirel y a la editorial Hugo Thriller, así como a los equipos de Fyctia y a su comunidad por la maravillosa oportunidad que ofrecen a los escritores. Sin ellos, probablemente esta obra no habría visto la luz.

Tampoco me olvido de todas las personas que me apoyan a diario y me permiten vivir esta aventura que es la escritura, aunque sea difícil citarlas a todas. Aun así, quiero dedicar este libro a Rita, mi primera lectora, que me da ánimos en cuanto me desaliento; a mis dos Éric, gracias a los cuales nunca podrá pasarme nada malo; y a mi familia, por ser mi soporte y por soportarme.

Por último, ¡gracias a vosotros, lectores, por quienes tengo tantas ganas de seguir adelante!

Papel certificado por el Forest Stewardship Council®

Título original: *Les jumeaux de Piolenc*
Primera edición: abril de 2019

© 2018, Hugo Thriller, departamento de Hugo Publishing
Edición publicada por acuerdo con Hugo Publishing en conjunción con su representante,
Autre Agence, París, y The Ella Sher Literary Agency, Barcelona.
Reservados todos los derechos

© 2019, Penguin Random House Grupo Editorial, S. A. U.
Travessera de Gràcia, 47-49. 08021 Barcelona
© 2019, María Teresa Gallego Urrutia y Amaya García Gallego, por la traducción

Printed in Spain – Impreso en España

ISBN: 978-84-17511-49-4
Depósito legal: 2.326-2019

Compuesto en M. I. Maquetación, S. L.
Impreso en Unigraf (Móstoles, Madrid)

RK11494

Penguin
Random House
Grupo Editorial